돌아온 여기사

돌아온 여기사 6

초판 1쇄 인쇄 2019년 9월 5일
초판 1쇄 발행 2019년 9월 30일

지은이 이하린
발행인 오영배
편집 편집부
디자인 디자인그룹 헌드레드
본문 디자인 오정인
제작 조하늬

펴낸 곳 (주)삼양출판사 · 피오렛
주소 서울시 강북구 도봉로 173
대표 전화 02-980-2112 / **팩스** 02-983-0660
편집부 전화 02-987-9393 / **팩스** 02-980-2115
블로그 blog.naver.com/dan_gul
출판등록 1999년 3월 11일 제9-00046호

ISBN 979-11-283-9701-1 (04810) / 979-11-283-9695-3 (세트)

+ 이 도서의 국립중앙도서관 출판시도서목록(CIP)은 서지정보유통지원시스템홈페이지(http://seoji.nl.go.kr)와
+ 국가자료공동목록시스템(http://www.nl.go.kr/kolisnet)에서 이용하실 수 있습니다. (CIP제어번호: CIP2019034104)

fiore 은 (주)삼양출판사의 로맨스 판타지 문학 브랜드입니다.

돌아온 여기사

이하린 장편소설

VI

목차

43

그 첫 번째 덫

이레나는 미라벨을 데리고 황태자궁으로 들어왔다.

미라벨은 거의 실신할 때까지 울음을 멈추지 못했고, 이레나는 조용히 그 옆자리를 지키며 다독여 주었다.

사전에 이레나는 미라벨이 납치되었던 시간 동안 다행히도 걱정할 만한 일은 아무것도 없었다는 보고를 받은 터였다.

그렇기에 지금 미라벨의 슬픔이…….

쿤과 연관이 되었을 가능성이 매우 크다는 사실을 알아차렸다. 그가 마지막으로 이레나와 헤어지면서 했던 말이 바로 이것이었으니까.

—제 손으로 마무리 지을 수 있도록 허락해 주십시오.

이레나는 쿤과 미라벨 사이에 어떤 결론이 났는지 알지 못했다. 하지만 쿤이 가장 먼저 도착해서 미라벨을 구해 냈다는 사실을 알았기에 그 장소에서 둘이 만났다는 건 확실했다.

그런데 미라벨이 돌아와서 이토록 우는 걸 보아하니, 결코 좋은 방향으로 마무리가 지어진 건 아닌 듯싶었다.

'내가 뭐라도 도와줄 수 있었다면 좋았을 텐데…….'

이레나가 중간에서 해 줄 수 있는 게 아무것도 없었다.

남녀 사이에 함부로 관여할 수 없다는 걸 알고 있었지만, 미라벨이 아파하는 모습을 가만히 지켜보고 있자니 속이 타들어 가는 것 같았다.

미라벨은 어느 순간 울다 지쳤는지 깜빡 잠이 들었다.

이레나는 그사이 칼라일과 블레이즈 저택에 사람을 보내 '오늘은 미라벨과 함께 자겠다'는 내용을 전달했다.

칼라일은 미라벨이 납치라는 큰일을 겪었다는 걸 알기에 별다른 말 없이 수락했고, 블레이즈 저택에서도 이레나와 미라벨이 같이 있다면 걱정할 일이 없었기에 허가했다.

어느덧 시간이 흘러 어둑한 밤이 찾아왔다.

침대 위에 곤히 자고 있던 미라벨은 정신이 들었는지

자리에서 부스스하게 일어났다.

이레나는 바로 옆에서 책을 보며 미라벨이 깨어나길 기다리고 있었기에 곧바로 그 사실을 알아차릴 수 있었다.

"미라벨, 일어났어?"

"아, 으응."

미라벨이 흐린 눈망울로 천천히 주변을 둘러보며 말했다.

"언니, 여긴……."

"황태자궁의 귀빈실이야. 오늘은 여기서 너와 함께 자겠다고 블레이즈 저택에 미리 말해 두었으니 걱정할 거 없어."

그 말에 미라벨이 다행이라는 듯 고개를 끄덕였다.

지금 미라벨은 너무 울어서 눈이 퉁퉁 부어 있는 상태였다. 이런 꼴로 저택에 들어갔다간 무슨 일이 있었는지 추궁을 당할 게 뻔했다.

이레나가 읽고 있던 책을 덮으며 말했다.

"정신이 들었으면 우선 뭐라도 먹자. 그동안 아무것도 못 먹었지?"

"응, 그러고 보니…… 그러네."

"끼니를 잘 챙겨야 해. 그래야 기운 차리지."

이레나는 테이블 위에 놓인 종을 울려서 바깥에서 대

기하고 있던 하녀를 불렀다.

하녀는 곧장 귀빈실 안으로 들어오더니 조심스럽게 입을 열었다.

"부르셨습니까. 비전하."

"저녁 식사를 준비해 줘. 음, 뭐가 좋을까? 미라벨 먹고 싶은 거 있어?"

"아니, 딱히……."

미라벨이 말꼬리를 흐리자, 이레나가 마침 기억이 난다는 듯 입을 열었다.

"아, 미라벨 너 닭으로 만든 보양식을 좋아했잖아. 그거 먹을래?"

이레나의 물음에 미라벨은 저도 모르게 멈칫하고 말았다.

닭 한 마리와 온갖 영양제를 넣어서 푹 삶은 보양식은 미라벨이 가장 좋아하는 음식 중 하나였다. 그래서 예전에 블레이즈 저택에서 쿤에게 대접해 준 적이 있었다. 자신이 가장 좋아하는 음식을 쿤과 같이 나누고 싶었으니까.

미라벨은 갑자기 떠오른 기억에 마음이 쓰라렸지만 겉으론 내색하지 않았다. 그저 고개를 절레절레 저으며 대답했다.

"아니, 그건 이제…… 못 먹겠어. 닭 빼고 다른 건 아무거나 괜찮아."

"그래. 그럼 닭 요리 말고, 해산물로 만든 보양식으로 준비할게."

이레나는 전복이나 낙지 등, 지금 가장 신선한 재료를 엄선해서 보양식을 만들어 달라고 하녀에게 지시를 내렸다.

그렇게 하녀가 주방장에게 말을 전하기 위해 바깥으로 나가자, 귀빈실에는 다시 이레나와 미라벨만 남게 되었다.

이레나는 아무렇지 않은 표정으로 말을 건넸다.

"그럼 준비가 되는 대로 저녁 식사부터 하고, 그 뒤엔 소화도 시킬 겸 잠깐 정원을 산책할까?"

미라벨은 자신을 평상시와 다름없이 대해 주려고 노력하는 이레나를 보며, 그녀가 배려해 주고 있다는 사실을 느낄 수 있었다.

황궁에 도착하자마자 갑자기 울음을 터뜨린 미라벨 때문에 분명 궁금한 게 많을 텐데도, 이레나는 혹시 미라벨에게 다시 슬픈 기억을 떠올리게 할까 봐 참고 있는 것이다.

이렇듯 언제나 변함없는 이레나의 애정에 미라벨은 진심으로 고마운 마음이 들었다.

"묻고 싶은 게 있으면 뭐든 물어봐도 좋아. 언니라면

아무것도 숨김없이 대답해 줄게."

그 말에 이레나가 희미하게 웃으면서 다정한 목소리로 대답했다.

"난 아무것도 궁금한 거 없어. 네가 무사히 돌아와 준 것만으로도 감사하게 생각하니까. 나중에 네가 정말 괜찮아졌을 때, 나한테 하고 싶은 말이 생기면 그때 하면 돼. 억지로 무리할 필요 없어."

이레나의 말 한마디, 한마디에 담겨 있는 따스한 감정이 느껴졌다. 그래서인지 미라벨은 슬픔으로 복잡하게 뒤엉켜 있던 마음이 조금은 느슨하게 풀어지는 듯한 기분이 들었다.

물론 조금만 시간이 흐르면 다시 쿤을 향한 그리움으로 가슴이 옥죄어 오겠지만, 최소한 이 시간만큼은 정말로 한결 괜찮아진 듯했다. 그만큼 미라벨은 이레나에게서 많은 위로를 받고 있는 중이었다.

이레나가 문득 생각난 듯 입을 열었다.

"미라벨, 너야말로 나한테 궁금한 거 없어? 혹시라도 의문스러운 게 있으면 망설이지 말고 물어봐."

"아냐. 나도 그런 거 없어. 대충 쿤에게 설명을 듣기도 했고, 자세한 사정을 알지 않아도 언니가 선택한 거라면 믿고 있으니까."

미라벨과 쿤이 처음 만나던 날, 그는 이레나의 호텔 방 안에 있었다. 그렇다면 둘은 대체 언제부터 알던 사이인 건지, 블레이즈 저택에는 왜 잠입시킨 건지 궁금한 점은 있었다.

하지만 미라벨은 굳이 그에 대한 설명을 더 듣지 않아도 이레나가 한 일에는 그만한 이유가 있을 거라고 믿고 있었다.

이레나도 그 말을 듣고 미라벨이 자신에게 갖는 신뢰를 느낄 수 있었다.

이레나가 흐릿하게 미소 지으며 말했다.

"그래."

두 사람은 더 이상 말하지 않아도 각자의 입장을 충분히 이해하고 있었다.

물론 그 밑바탕에는 믿음이란 감정이 깔려 있었기 때문에 가능했지만, 그만큼 어린 시절부터 함께 자라 온 두 사람의 애정이 두터웠다.

마침 귀빈실의 문을 두드리는 소리가 들려왔다.

똑똑, 방문이 열리며 방금 전에 들어왔던 하녀가 다시 모습을 드러냈다.

"저녁 식사 준비가 끝났습니다. 비전하."

그 말에 이레나가 침대에 누워 있는 미라벨을 바라보며 부드럽게 눈꼬리를 접었다.

"그럼 식사하러 가 볼까?"

"응, 언니."

이레나와 미라벨은 둘이서 오붓하게 저녁 식사를 마쳤다. 그리곤 말한 대로 간단하게 정원 산책까지 끝낸 두 사람은 아주 오랜만에 같은 침대에 누워서 함께 잠을 청했다.

편안한 잠옷 차림으로 누워 있던 미라벨이 나지막한 목소리로 입을 열었다.

"언니……."

"응?"

"혹시 예전에 나한테 프리그랑 왕국으로 유학 가고 싶은지 물어봤던 거 기억나?"

"당연히 기억하지."

"나…… 가고 싶어졌어."

"정말?"

생각지 못한 미라벨의 의견에 이레나는 깜짝 놀랄 수밖에 없었다.

하지만 놀란 이레나와 달리 미라벨은 이미 마음의 결정을 내렸는지, 덤덤한 표정으로 말을 이어 나갔다.

"혼자서 생각해 봤는데, 나한테 백작 영애란 신분과 블레이즈 가문의 재산을 버리면 남는 게 아무것도 없더라고."

미라벨은 그동안 쿤을 위해서라면 모두 다 버릴 수 있다고 생각했다. 하지만 그 후의 자신은 아무것도 가진 것이 없는 무기력한 사람이었다.

막연하게 처음부터 다시 시작하면 된다고, 고생을 해도 상관없다고 생각했지만 현실적으로 금전적인 수입 없이는 살아갈 수 없었다.

쿤을 향한 미라벨의 마음은 진심이었지만, 그것을 지킬 준비가 하나도 되어 있지 않은 상태라는 걸 뒤늦게 깨달았다.

"언니는 아니라고 할지도 모르겠지만…… 사실 난 혼자서 할 줄 아는 게 많지 않으니까."

"아니야, 미라벨. 그렇지 않아!"

이레나는 크게 반발했다. 미라벨이 몸이 약하게 태어난 건 그녀의 죄가 아니었다. 미라벨의 입장에서 언제나 최선을 다했다는 걸 이레나는 알고 있었다.

미라벨이 사람들에게 베푸는 친절함과 순수함, 그리고 착한 심성은 정말이지 크나큰 장점이었다.

이레나도 그런 미라벨의 선하고 밝은 성격 덕분에 혼자 길을 잃고 방황할 때마다 몇 번이나 구원을 받았었다.

하지만 미라벨은 그럴 줄 알았다는 듯 그저 희미하게 웃을 뿐이었다.

"이레나 언니는 왠지 그렇게 말해 줄 줄 알았어. 그런 말은 고맙지만…… 나 한 사람의 몫을 당당히 해내는 사람이 되고 싶어."

미라벨은 혼자만의 힘으로 자신이 정한 길을 걸어갈 수 있는 사람이 되고 싶었다. 스스로의 마음과 선택에 책임을 질 수 있는, 그런 사람이 말이다.

"그러려면 최소한 백작 영애란 직위와 블레이즈 가문의 재산이 아니어도, 나만의 능력으로 인정받을 수 있어야겠지."

"그래. 그게 네가 원하는 길이라면 내년이나, 내후년쯤에……."

"아니, 나 최대한 빨리 루퍼드 제국을 떠나고 싶어."

"뭐? 그렇게 빨리?"

"응. 마음을 정했는데 여기서 더 시간 끌어서 뭐해. 어차피 아버지랑 오라버니의 허락을 받는데도 시간이 걸릴 텐데."

"하지만 유학 가서 네가 아프기라도 하면……."

"그런 게 무서워서 피하다 보면 난 블레이즈 저택에서 벗어날 수 없다는 거, 언니도 잘 알잖아."

무엇보다 미라벨은 지금 떠나지 않으면 다시금 쿤을 찾아갈지도 몰랐다.

자의로든 타의로든 조금 더 멀어지고 싶었다. 혹시라도 쿤이 보고 싶어 죽을 것 같은 순간이 찾아와도 쉽사리 찾아가지 못하도록 말이다.

"내일 블레이즈 저택에 돌아가면 아버지한테 한 번 말씀드려 볼 생각이야. 내가 허락받을 수 있게 언니도 도와줬으면 좋겠어."

이레나는 왠지 하루 사이에 미라벨이 엄청나게 어른스러워진 느낌이 들었다.

미라벨이 본인의 장점을 살려 프리그랑 왕국으로 유학을 가는 건 이레나도 무척이나 바라던 일이었다.

곧이어 마음을 정한 이레나가 고개를 끄덕거렸다.

"알겠어. 네가 아버지한테 허락받을 수 있도록 도와줄게. 그리고 프리그랑 왕국에 언니가 아는 사람이 있으니, 조만간 자리를 만들어서 소개시켜 줄게."

이레나와 협력 관계인 아스타 상단의 본거지가 프리그랑 왕국이었다.

결혼식 피로연장에서 처음 만났던 로그가 현재는 프리그랑 왕국에 있을 테니, 미라벨을 부탁하기에 적합하다는 생각이 들었다.

미라벨이 감동받은 표정으로 말했다.

"고마워, 언니. 사실…… 이렇게 쉽게 허락해 줄 줄 몰랐는데, 내 마음을 헤아려 줘서 정말로 고마워."

"아니야. 나도 이번 일로 느낀 바가 커. 누구보다 네가 원하는 방향으로 갈 수 있도록 언니가 든든한 조력자가 될게.”

미라벨은 괜스레 눈물이 차오를 것 같아서 손등으로 눈가를 문질렀다. 쿤은 곁에 없었지만, 미라벨에겐 이처럼 자신을 위해 주는 이레나가 있었다.

그 사실이 무척이나 큰 위안이 되었다.

“그리고 염치없지만, 언니한테 한 가지만 더 부탁할게.”

“뭐든 말해도 돼. 미라벨.”

“혹시라도 쿤을…… 미워하지 말아 줘.”

“……!”

생각지도 못한 미라벨의 부탁에 이레나는 내심 놀랄 수밖에 없었다.

이레나가 쿤에게 딱히 악감정이 있는 건 아니었지만, 그렇다고 미라벨을 이토록 울린 남자에게 좋은 감정이 남아 있을 리는 만무했다.

이레나가 이해할 수 없다는 표정으로 물었다.

“왜 그런 부탁을 해?”

“내가, 좋아하는 남자니까.”

미라벨의 그 한마디에는 많은 감정이 담겨 있었다.

그리고 이레나는 순간 이해가 안 되었던 마음들이 단번에 납득이 되었다.

“……그래, 네 말이 무슨 뜻인지 알겠어.”

미라벨이 슬픈 눈동자로 조금 쑥스럽다는 듯이 웃었다.

“지금까지 언니가 몸이 약한 나 때문에 항상 많은 걸 짊어져야 했다는 거 알고 있어. 나중에 내가 이자까지 다 쳐서 꼭 갚을게.”

“됐어. 뭘 그런 소리를 해. 나한텐 네 존재 자체가 선물인걸.”

언제나 미라벨을 위해 희생해야 했던 이레나였지만, 두 사람 사이엔 미웠던 기억보다 행복했던 추억이 더 많았다.

미라벨은 왠지 다시금 눈물이 터질 것 같아서 재빨리 이레나의 품을 파고들었다.

“……자주 편지할게, 언니.”

“당연하지. 언니도 너한테 매일 편지 쓸 거야.”

두 사람은 약속이라도 한 듯, 상대방을 바라보면서 배시시 웃어 보였다.

많은 일들이 일어난 하루였지만 적어도 이레나와 미라벨이 서로 끌어안고 있는 이 순간만큼은 무척이나 포근했다.

그렇게 이레나와 미라벨은 오랜만에 서로의 체온을 느끼며 잠이 들었다.

* * *

그 시각.

레드필드는 본인이 주최한 마약 파티에 참석한 상태였다.

언제나처럼 비밀스러운 모임이었기에 레드필드가 초대한 멤버만이 입장할 수 있었고, 그 이외에는 전부 출입이 제한되었다.

화려한 파티장 안에는 희뿌연 연기로 가득 차 있었는데, 이건 레드필드가 향료를 통해 피우는 일종의 마약이었다.

어떤 재료를 조합하느냐에 따라 증상이 조금씩 달랐지만, 지금 사용한 건 가장 빠른 시간 안에 천국으로 안내해 주는 최상의 각성제였다.

거기다 도수 높은 양주까지 함께 곁들이니, 이 파티에 참석한 모두가 벌써 반쯤 정신을 놓고 있는 상태였다.

"저기 보십시오. 2황자님의 초대장을 받고 오늘은 예상대로 세리나 영애가 참석했네요."

그 말에 레드필드의 시선이 힐끔 세리나가 있는 곳으로 향했다. 청순한 외모에 글래머러스한 몸매가 마음에 들어서 이번에 레드필드가 직접 고른 타깃이었다.

레드필드가 음흉한 시선으로 세리나의 몸매를 훑어보

며 나지막이 말했다.

"당연하지. 제깟 년이 내 초대를 거부할 수 있겠느냐?"

레드필드의 교만한 말투에도 옆자리에 앉아 있던 귀족들은 너 나 할 것 없이 재빨리 맞장구를 쳤다.

"당연한 말씀이십니다요."

"벌써 기대가 되네요. 저번처럼 2황자님이 먼저 즐기시고, 저희에게 넘겨주실 거죠?"

레드필드를 따르는 멤버들 사이에선 꽤나 오래된 유흥거리였다. 그가 지목한 영애를 파티장으로 초대해 여러 명이 능욕을 하는 것이다.

보통 피해를 입은 여성은 그러한 사실을 감추느라 급급했고, 개중에 간혹 진실을 밝히려 하는 경우는 레드필드의 권력으로 무마시키면 되었다.

어차피 여기에 참석한 멤버 모두 권력가의 자제들이었으며, 무엇보다 황후 오펠리아를 등에 업고 있는 레드필드를 건드릴 사람은 없었다.

아무것도 모르는 젊은 귀족들은 권력에 가까워지고 싶어서 레드필드가 주최하는 파티에 관심을 쏟았고, 덕분에 외부에선 이 파티를 선망의 장소로 꼽을 정도였다. 물론 여기에 숨겨진 비밀이 바깥으로 새어 나가지 않았기에 가능한 일이었다.

레드필드가 한쪽 입꼬리를 올리며 말했다.

"어차피 난 한 여자와 두 번 자지 않는 거 알잖아. 나중에 넘겨줄 테니 너희끼리 마음대로 해라."

"앗싸!"

그때 마침 세리나가 영문도 모른 채 마약에 취해서 비틀거렸다. 아무런 내성도 없이 공기 중으로 마약을 들이켰으니 당연한 결과였다.

쇼 타임을 시작할 순간이 찾아왔다고 생각한 레드필드가 비릿한 웃음과 함께 자리에서 일어났다.

"슬슬 움직여볼까."

그렇게 레드필드가 자신만만한 걸음걸이로 세리나를 향해 걸어갈 때였다.

벌컥, 갑자기 굳게 닫혀 있던 파티장의 문이 열렸다. 그리곤 엄청나게 많은 기사들이 안으로 쏟아져 들어오며 일사불란하게 파티장의 주위를 감싸기 시작했다.

레드필드가 표정을 와락 구긴 채 소리를 질렀다.

"뭐 하는 놈들이냐! 감히 여기가 어딘 줄 알고!"

그의 질문에는 가장 늦게 이곳에 모습을 드러낸 남자가 대답했다.

"여기가 어딘데? 네 놈이 만든 더러운 소굴인가?"

시리도록 푸른 눈동자에 새까만 머리카락. 그리고 완벽한 이목구비가 모두의 시선을 잡아끄는 마성의 남자, 바로 칼라일이었다.

생각지도 못한 칼라일의 등장에 레드필드의 눈이 크게 뜨여졌다.

"카, 칼라일……!"

칼라일이 어처구니없다는 듯 픽 하고 작게 웃음을 흘렸다.

"아무리 막돼먹었기로서니 형님이라고는 불러야 하지 않겠느냐?"

레드필드가 미간을 와락 구기면서 못마땅하다는 듯이 입을 열었다.

"그래요, 형님. 여긴 어떻게 알고 온 겁니까? 어디서 정보를 얻었는지 모르겠지만, 설마 날 체포할 수 있을 거라고 생각하는 거요?"

비아냥거리는 레드필드의 말에도 칼라일이 여전히 나른한 표정을 짓고 있을 뿐이었다.

"정답."

그 말에 레드필드가 잘못 들었다는 듯 재차 물었다.

"……뭐요?"

하지만 칼라일은 더 이상 레드필드와 말장난을 할 생각이 없었다.

그가 아무도 빠져나가지 못하도록 주변을 에워싸고 있는 기사들에게 나지막이 명령했다.

"전부 다 체포해."

"네! 황태자 전하!"

임무를 받은 기사들은 기다렸다는 듯이 테이블에 앉아 있던 귀족가의 자제들을 포박하기 시작했다.

그들에게 제압당한 젊은 귀족들은 아직도 이 상황이 믿기지 않는 듯 연신 두리번거리고 있을 뿐이었다.

레드필드는 이 상황이 기가 차다는 듯, 악에 받친 소리를 내질렀다.

"감히 날 체포하고도 어머니가 가만히 있을 거라고 생각하면 오산이오!"

"당연히 가만히 있지 못할 거야. 내가 그렇게 내버려 두지 않을 테니까."

칼라일은 의미를 알 수 없는 미소를 지은 채, 이곳의 상황이 정리되는 것을 바라보며 기사들을 향해 나지막이 말했다.

"모두 끌고 가."

"네!"

기사들은 우렁찬 대답과 함께 붙잡은 귀족들을 바깥으로 끌고 나갔다.

레드필드와 그를 따르는 주요 멤버들은 반항했지만, 정식으로 훈련을 받은 기사들의 손아귀에서 빠져나갈 수는 없었다.

그렇게 모두가 파티장에서 사라지자 칼라일이 아직도

연기가 피어오르는 향료를 바라보며 입을 열었다.

"저건 챙겨라."

그의 명령에 몇몇 기사들이 향료를 통째로 옮기기 시작했다.

칼라일은 텅 비어 버린 파티장 안을 한 번 훑어보곤 망설임 없이 그곳을 나섰다.

지금까지 그가 오펠리아를 무너뜨리기 위해 준비한 계획은 이제부터 시작이었다.

그리고 이게 그 첫 번째 덫이었다.

* * *

오펠리아는 검술 대회가 끝난 이후부터 정신이 하나도 없었다.

분명히 데릭을 우승 후보에서 제외시키기 위해 마비침을 사용했는데, 어찌 된 영문인지 그는 뛰어난 검술을 선보이며 승리를 거머쥐었다.

덕분에 오랫동안 아니타 가문이 지켜 오던 검술 대회 우승자란 타이틀을 이레나의 친정인 블레이즈 가문에게 내주어야 했다.

그 자체만으로도 오펠리아는 기분이 언짢아 죽을 지경이었는데, 문제는 그게 끝이 아니라 시작에 불과하다는 것이다.

오펠리아가 한 손으로 이마를 감싸 쥔 채 나지막이 입을 열었다.

“그래서 도대체 어디에서 우리가 플라워 브리지를 무너뜨리려 했다는 확실한 증거가 발견됐다는 거야?”

그녀의 질문을 받은 체자레가 침통한 표정으로 대답했다.

“그것이…… 일단 다리를 무너뜨리려고 할 때 보낸 우리 애들이 자백을 한 모양이고요.”

“그건 음모라고 딱 잡아떼면 그만이잖아.”

“그뿐이 아닙니다. 저희가 사전에 플라워 브리지를 정말로 부실 공사로 만들기 위해 자재를 바꿔치기했던 것 기억하십니까?”

“…….”

오펠리아는 딱히 대답하지 않았지만, 그때의 일이 생생히 떠올랐다.

플라워 브리지는 황제파인 케이시 가문이 도맡아 공사를 하고 있었다.

어떻게든 황제파가 더욱 성장하는 것을 막기 위해 오펠리아는 다리를 무너뜨리기로 결심했고, 가장 첫 번째로 펼쳤던 계략이 다리를 공사하는데 들어가는 재료를 바꿔치기하는 것이었다.

그래서 실제로 부실하게 지어진 다리를 빌미 삼아, 황제인 설리반과 케이시 가문의 명예를 바닥으로 떨어트리려고 했다.

하지만 눈치 빠른 케이시 가문이 무언가 이상한 낌새를 느끼고, 다리 공사에 들어가는 재료들을 일일이 검토하기 시작했다.

그 덕분에 처음의 계략은 실패로 돌아가고, 결국에 완성된 다리를 폭약으로 무너뜨리기로 작전을 바꾼 것이다.

점점 어두워지는 오펠리아의 표정을 살피며, 체자레가 조심스럽게 말을 이어 나갔다.

"그때 저희가 자재를 바꿔치기하려 했다는 내용의 증거들을 수집한 모양입니다. 당시에 저희 측에서 보낸 재료와 구입 경로까지……."

콰앙, 오펠리아가 더는 참지 못하고 앉아 있던 의자의 손잡이 부분을 내리쳤다.

체자레가 깜짝 놀란 표정으로 입을 열었다.

"누, 누님……."

"일이 이 지경이 될 때까지 네놈은 대체 뭘 하고 있었던 것이냐! 쓸데없이 칼라일네 세력을 도발하기나 하고, 이런 거나 잘 챙겼어야지!"

"하지만 저도 용무가 바빴……."

오펠리아의 눈빛이 형형해지자, 체자레는 하려던 말을 멈추고 꼬리를 만 강아지처럼 의기소침한 목소리로 말했다.

"……죄송합니다."

오펠리아는 머리끝까지 화가 났지만, 계속해서 체자레를 다그치고 있을 수만은 없었다.

중요한 건 이 일에 대한 상황 수습이었지, 무작정 화를 낸다고 해서 달라지는 일은 아무것도 없었기 때문이다.

으드득, 오펠리아는 어금니를 꽉 깨문 채 평정심을 유지하려고 노력했다.

"다른 건 몰라도 플라워 브리지를 우리가 무너뜨리려고 했다는 게 밝혀지면, 생각보다 치명타가 클 수밖에 없다."

"고작 다리가 하나 무너질 뻔했을 뿐인데, 그게 그렇게 심각한 문제일까요?"

아직도 사태 파악을 못 한 체자레를 바라보며, 오펠리아는 미간을 잔뜩 찌푸릴 수밖에 없었다.

"철없는 소리. 황제가 진행하던 사업을 황후인 내가 가로막았는데 사람들이 뭐라고 수군대겠느냐? 더구나 다리가 무너졌으면 제국민들 또한 크게 다쳤을 것이다. 여론이 우리한테 등을 돌릴 수밖에 없는 일이란 소리야."

"하찮은 평민들이 우리를 어떻게 생각하든 그게 무슨

상관입니까?"

"하아, 이러니까 내가 너한테 큰일을 맡기지 못하는 것이다."

오펠리아는 정말로 골치가 아프다는 듯이 관자놀이를 주물렀다. 그리곤 나지막한 목소리로 설명을 이어 나갔다.

"개개인으로 보았을 때 평민들은 아무런 힘도 갖고 있지 않는 게 맞다. 하지만 그들 대다수를 적으로 돌리게 되면 말이 달라져. 사교계에 떠도는 소문이 귀족의 이미지를 만들 듯이, 민심은 나중에 날카로운 칼날이 되어서 돌아올 수밖에 없어."

체자레는 여전히 납득할 수 없다는 표정이었지만, 여기서 그런 말을 했다간 그녀가 가만히 있지 않을 거란 걸 알기에 입을 꾹 다물었다.

오펠리아도 그것을 눈치챘기에 더는 체자레를 가르칠 생각을 포기하고, 혼자 조용히 생각에 잠겼다.

이번 사건을 만만하게 여길 수는 없었지만, 그렇다고 완전히 수습이 불가능한 것은 아니었다. 다만 어떻게 하면 가장 피해를 입지 않은 채 깔끔하게 해결할 수 있느냐가 중요한 것이다.

잠시 후, 오펠리아가 말했다.

"조만간 귀족들을 소집해야겠다. 이 사건의 책임을 전

가할 사람을 어떻게든 만들어서, 주범은 내가 아닌 다른 사람이었다고 성명문을 발표해야겠어."

"알겠습니다. 누님."

"가뜩이나 곧 건국 기념제라 많은 사람들의 시선이 황실로 몰릴 텐데, 빨리 해결하지 않으면 망신살이 뻗치겠구나."

조금만 있으면 루퍼드 제국의 건국 기념제가 열렸다.

매년 성대하게 열리는 건국 기념제에는 각 지방의 수많은 귀족들이 몰려들었다. 또한 제국의 건국일을 기리며 황실과 수많은 대신들이 한자리에 모여서 정치를 논하는 시간을 갖기도 했다.

올해에는 얼떨결에 검술 대회와 건국 기념제의 날짜가 가까이 겹쳐서 수도에 모인 귀족들이 더더욱 북적북적한 시기였다.

"다행히 플라워 브리지 건은 귀족들이 우리에게 등을 돌릴만한 사건은 아니니, 성명문 발표 후에는 상황에 맞춰 하나씩 수습해 나가도록 하자."

"네. 누님의 말씀대로 최대한 빨리 귀족들을 소집하겠습니다."

"……그래."

오펠리아는 자꾸만 제 뜻대로 이뤄지지 않는 일들이 불길하게 느껴졌다.

하지만 고작 이 정도로 무너질 오펠리아가 아니었기에, 스스로도 그러한 사실에 자그마한 위안을 얻고 있었다.

그때였다.

바깥에서 시녀장인 카사나의 다급한 목소리가 들려왔다.

"황후폐하! 큰일 났습니다!"

방금 플라워 브리지에 대한 해결책을 마련하자마자, 기다렸다는 듯이 또다시 들이닥치는 일에 오펠리아의 표정이 보기 좋게 구겨졌다.

오펠리아가 잔뜩 짜증이 난 목소리로 대꾸했다.

"이번엔 또 무슨 일이냐?"

카사나가 허겁지겁 안으로 들어오며, 창백하게 질린 표정으로 입을 열었다.

"그, 그게 2황자님께서……."

"레드필드가 왜?"

"파티를 즐기는 와중에 황태자 전하께 끌려가셨다고 합니다!"

"뭐야!"

오펠리아가 분노를 참지 못하고 자리에서 벌떡 일어섰다.

체자레 또한 그 말이 믿기지 않는다는 듯 눈을 부리부

리하게 뜨며 카사나를 향해 소리 쳤다.

“그게 무슨 소리냐! 그 하찮은 놈이 우리 2황자님을 대체 무슨 이유로 끌고 간단 말이야.”

“소인이 듣기론 2황자님께서 마, 마약을 하신 혐의가 있다고…….”

“뭐? 마약?”

체자레의 표정이 험상궂게 일그러졌다.

오펠리아나 체자레 둘 다 말을 하지 않았을 뿐, 레드필드가 주최하는 파티에서 무슨 일이 벌어지고 있는지 대충 눈치를 채고 있었다.

그럴 수밖에 없었다. 레드필드에게 몹쓸 짓을 당했다고 찾아온 귀족 영애를 황후인 오펠리아가 직접 무마시킨 적이 한두 번이 아니었으니까.

오펠리아의 얼굴이 분노로 인해 시뻘겋게 달아올랐다. 이만큼이나 화가 난 그녀를 보는 것도 쉽지 않은 일이었다.

“내 그토록 말했건만, 기어이……!”

칼라일이 황궁으로 돌아온 시점부터 오펠리아는 레드필드에게 한동안은 조용히 지내라고 수차례나 경고를 줬었다. 그런데 뒤에서 몰래 아직까지 마약 파티를 벌이고 있었다는 사실을 알게 되자 오펠리아는 크게 분노할 수밖에 없었다.

"누님, 이 일을 어찌할까요?"

체자레는 잔뜩 화가 난 오펠리아의 눈치를 살피면서도 조심스럽게 의중을 물어보았다.

그만큼이나 매우 중요한 사안이었다.

어찌 됐든 오펠리아가 지금처럼 거대한 세력을 모을 수 있었던 건 바로 2황자인 레드필드가 있었기 때문이다.

정확히는 레드필드가 갖는 황위 계승권 때문에 수많은 귀족들이 오펠리아를 따르는 것이다.

루퍼드 제국에서의 황제란 자리는 그만큼이나 중요했고, 결국 레드필드가 황위를 물려받지 못하면 지금 오펠리아가 쥐고 있는 권력은 물거품처럼 사라질 수밖에 없었다.

아니타 가문이 제아무리 수많은 장군을 배출해 낸 명문가라 할지라도, 황권을 얻지 못한다면 그저 그런 권세가일 뿐이었다.

그랬기에 오펠리아도, 그녀의 뿌리인 아니타 가문도 어떻게 해서든 레드필드를 황제로 만들기 위해 필사적인 노력을 하고 있는 것이다.

오펠리아는 치밀어 오르는 분노를 간신 히 가라앉히며 말했다.

"……레드필드가 붙잡혀 있는 곳이 어디인지 알아냈느냐?"

"아직 정확한 장소는 파악하지 못했으나, 황태자궁 안으로 끌려가는 걸 봤다는 목격자들이 있습니다."

카사나의 말에 오펠리아의 두 눈동자에서 서늘한 빛이 감돌았다.

"체자레."

"네, 누님."

"당장 모든 병력을 집결시켜서 황태자궁을 수색해라."

오펠리아가 상상했던 것 이상으로 강경한 대응을 펼치자, 체자레와 카사나는 깜짝 놀란 표정으로 그녀를 쳐다보았다.

오펠리아는 이미 마음을 굳힌 듯 나지막이 말을 이었다.

"무슨 수를 써서라도 황태자궁을 뚫고, 레드필드를 내 눈앞에 데리고 와."

모든 정황을 떠나서 레드필드가 칼라일에게 붙잡혀 있다는 사실, 그 하나만으로도 황후 측의 세력은 기세가 꺾일 수밖에 없었다.

어떤 일은 차근차근 순서를 밟아 가며 해결해야 했지만, 또 반대로 절대로 양보하면 안 되는 것이라는 게 있었다.

지금이 바로 그것이었다.

레드필드는 절대로 건드려선 안 되는 오펠리아의 약점이었다.

잠시 굳어 있던 체자레는 곧장 고개를 수그리며 우렁차게 대답했다.

"명 받들겠습니다!"

* * *

이레나는 새벽녘에 잠에서 깨자마자 황태자궁을 감싸는 묘한 기류를 느꼈다. 미라벨은 피곤했는지 아직도 자고 있었지만, 보통 사람보다 감각이 예민한 이레나는 곧바로 알아차릴 수밖에 없었다. 사방에서 느껴지는 살기를 말이다.

이레나는 곧장 귀빈실의 창문을 열어 바깥을 한 번 확인해 보았다. 그러자 수백 개의 횃불이 일사불란하게 움직이는 모습이 보였다. 마치 저번 생의 블레이즈 성을 떠올리게 만드는 풍경이었다.

무언가 범상치 않은 일이 벌어진 게 틀림없었다.

이레나는 재빨리 잠옷을 벗고, 외출을 할 수 있는 드레스로 갈아입었다. 그리곤 소리 없이 귀빈실을 빠져나와서 입구를 지키며 꾸벅꾸벅 졸고 있는 하녀에게 낮은 목소리로 명령했다.

"지금 당장 시녀장과 메리를 귀빈실로 부르거라. 그리고 미라벨이 수면에 방해받지 않도록 지키라고 전해."

갑작스러운 이레나의 등장에 하녀는 깜짝 놀란 듯했다. 하지만 곧바로 고개를 수그리며 황송하다는 표정으로 대답했다.

"네. 비전하."

현재 황태자궁에서 이레나가 가장 믿을 수 있는 사람은 시녀장을 맡고 있는 유모와 블레이즈 저택에서부터 데리고 온 메리였다. 이제부터 잠시 자리를 비울 이레나를 대신해 미라벨을 맡길 수 있는 사람은 그 두 사람뿐이었다.

이레나가 나지막이 말을 이었다.

"날이 밝는 대로 블레이즈 저택으로 사람을 보내서, 미라벨을 데리러 데릭 오라버니가 직접 와 줬으면 좋겠다는 내 말을 전하거라."

얼마나 큰일이 벌어졌는지 알 수는 없었지만, 미라벨을 블레이즈 저택으로 귀가시키는 일을 아무에게나 맡길 순 없었다. 혹시 모를 위험 상황을 대비해 이레나는 가장 믿을 수 있는 데릭을 황궁으로 불러들여야겠다고 판단한 것이다.

하녀가 재빨리 허리를 숙이며 대답했다.

"네, 말씀하신 대로 하겠습니다. 비전하."

그렇게 이레나는 가장 먼저 미라벨의 안전을 확보하고 난 후, 칼라일의 집무실을 향해 빠르게 걸음을 옮겼다.

이런 일이 벌어졌는데 칼라일이 침실에서 얌전히 잠을 자고 있을 리는 만무했다. 아마도 그는 본인의 집무실이 아니라면 가장 최전방에서 진두지휘를 하고 있을 것이다.

이레나의 예상은 그대로 들어맞았다.

칼라일의 집무실 문을 열자 제너드와 긴밀한 대화를 주고받고 있는 그의 모습을 발견할 수 있었다.

"카릴."

이레나의 등장에 칼라일이 힐끗 제너드를 바라보며 말했다.

"나머지는 내 지시대로 하고, 이만 나가 보도록 해."

"네, 전하."

볼일을 끝낸 제너드는 칼라일과 이레나에게 깍듯하게 인사를 마치곤, 서둘러 집무실 바깥으로 모습을 감췄다.

그렇게 단둘만 남게 되자 이레나가 심각한 표정으로 물었다.

"대체 무슨 일이에요?"

하지만 걱정스러운 이레나와 정반대로 칼라일은 어쩐지 여유가 넘치는 모습이었다.

"벌써 깬 건가? 더 자도 되는데."

"사방에서 사람들이 살기를 풍겨대고 있는데, 제가 어떻게 잠을 잘 수 있겠어요."

"하긴 그것도 그렇군."

칼라일이 거기까진 생각하지 못했다는 듯 픽 하고 웃었다.

이레나가 아까보다 진중해진 표정으로 다시 한 번 질문했다.

"저한테 무언가 감추고 있다는 거 알고 있어요. 이제 말해 줘요. 대체 무슨 일을 꾸미고 있는 거예요?"

"최대한 부인의 상처가 다 나을 때까지 감추려고 했지만, 일이 이렇게 된 이상 이제 더는 미룰 수가 없겠군."

칼라일이 책상 위에 기밀이라고 적힌 서류를 이레나의 앞으로 내밀었다.

이레나가 의아한 표정으로 그것을 받아들자, 칼라일이 다시금 말을 이었다.

"읽어 봐. 보면서 설명하지."

그 말에 이레나는 조용히 칼라일이 내민 기밀 서류를 눈으로 읽어 내려가기 시작했다. 뜻밖에도 거기에 적혀 있는 내용은 모두 마약에 관한 것들이었다.

[마약을 만드는 재료.

1. 파얀꽃, 겉모습은 노란색의 아름다운 꽃이지만 그것을 조합해 연기를 피우면 사람을 환각에 빠뜨리는 마약의 일종이다.

2. 셀니줄기, 파얀꽃의 마약 효과를 극대화시키는 데 효과적인 작용을 한다.

3. 테리코, 냄새를 맡으며 몸을 둔하게 만들고, 어떤 것과 조합하느냐에 따라서 마비 상태까지……]

이레나는 기밀 서류에 적힌 마약에 관한 내용들을 한 차례 정독하고 난 후, 혼란스러운 표정으로 칼라일을 쳐다보았다. 그중에 파얀꽃은 이레나가 예전에 레드필드의 파티에 갔다가 맡았던 향이었다.

"이건……."

"그래. 부인이 레드필드의 파티장에서 가져온 가루를 기억하지? 그걸 정확히 성분 조사한 내용들이야. 물론 거기에 따로 더 추적해서 첨가한 부분들도 있지만."

칼라일의 말에 기밀 서류를 들고 있는 이레나의 손이 가볍게 떨렸다. 여기에 적힌 내용으로 레드필드만 옭아맬 수 있다면, 자연스럽게 황후인 오펠리아에게도 큰 타격을 줄 수 있었다. 그리고 그건 바로 칼라일이 황제의 자리에 한 걸음 더 가까워진다는 뜻이었다.

언젠가 그때 구해 준 가루에 대한 결과가 나올 거라고 생각은 하고 있었다.

하지만 이레나의 예상보다 훨씬 빠른 시기였다. 웬만

한 정보력이 아니고서는 그런 가루들만 가지고 정확한 성분을 파악하기가 쉽지만은 않았다. 그것도 이렇게나 단시간 안에 말이다.

이레나가 기쁨에 찬 표정으로 칼라일을 향해 말했다.

"이제 이걸로…… 드디어 2황자의 약점을 잡을 수 있겠군요."

"맞아. 그래서 오늘 밤, 레드필드의 파티가 열린다는 정보를 듣고 황태자궁으로 붙잡아 왔어."

"뭐, 뭐라고요?"

이레나는 생각지도 못한 사실에 깜짝 놀랄 수밖에 없었다.

이레나의 붉은 눈동자가 절로 창밖으로 보이는 횃불들을 향했다. 그리곤 믿을 수 없다는 듯이 재차 입을 열었다.

"설마, 지금 저 사람들은……."

칼라일은 아무렇지 않은 표정으로 고개를 끄덕이며 대답했다.

"부인의 예상이 맞을 거야. 황후가 내게서 레드필드를 되찾기 위해 보낸 병사들이지."

"……!"

이레나는 자신이 모르는 동안 진행되었던 일들을 뒤늦게 확인하곤 당황한 마음을 감출 수 없었다.

"카릴, 혹시 너무 성급하게 움직인 건 아닌가요?"

스윽, 그 질문에 칼라일은 말없이 다른 서류를 이레나에게 건네주었다.

이레나는 다시금 그가 준 서류들을 재빨리 눈으로 살펴보았다. 그러자 거기에는 플라워 브리지를 황후인 오펠리아가 무너뜨리려고 했다는 정보들이 상세하게 담겨 있었다.

이레나가 붉은 눈동자를 크게 뜬 채로 칼라일을 쳐다보았다.

그제야 칼라일이 희미한 웃음을 머금은 채 나직이 대답했다.

"그럴 리가 없잖아. 기회는 여러 번 오는 게 아니니 한 번 승기를 잡았을 때, 확실히 황후의 숨통을 틀어막아야지."

"……카릴."

이레나는 새삼 감탄할 수밖에 없었다. 자신이 모르는 사이에 이 많은 일들이 진행되었다는 놀라움보다 이제는 칼라일이란 남자에 대한 순수한 감탄만이 남았다.

칼라일은 머리만 비상할 뿐 아니라 과감했고, 추진력 또한 대단했다. 처음엔 막무가내로 보일지 모르는 행동이라도 결국 나중에 알고 보면 다 철두철미한 계산속에서 움직이는 것들이었다.

황제…….

칼라일은 정말로 그 자리에 누구보다 잘 어울리는 남자였다.

이레나가 일렁거리는 눈빛으로 칼라일을 바라보며 말했다.

"언제 이렇게 많이 준비한 거죠? 정말…… 대단하다는 말밖에 할 말이 없네요."

"이건 모두 부인이 마련해 준 것들이야. 레드필드의 마약도, 플라워 브리지가 무너지지 않게 만든 것도 전부 그대가 이뤄낸 것이지."

칼라일의 말대로 이 모든 일들의 시발점은 이레나였다. 하지만 아무나 자신에게 찾아온 기회를 손에 넣는 건 아니었다.

미래를 경험한 이레나가 남들보다 한발 앞서 움직이긴 했지만, 그걸 이렇게나 잘 가다듬고 반격의 발판으로 삼은 건 순전히 칼라일의 능력이었다.

이레나가 혹시나 하는 표정으로 말했다.

"솔직히 말해 봐요. 이게 당신이 준비한 끝이 아니죠?"

그 말에 칼라일은 의미심장한 미소를 지으며 대답했다.

"역시 부인의 눈은 못 속이겠군. 어지간한 공격으로 황후의 세력을 완전히 무너뜨리긴 힘들어. 그래서 조금 더

극적인 상황을 마련해 봤지."

"극적인 상황이라면……."

"곧이어 열릴 건국 기념제를 이용하려고 해."

칼라일의 말을 듣고 이레나는 다시 한 번 '아!' 하고, 감탄할 수밖에 없었다.

모든 제국민들과 귀족들의 시선이 한곳으로 모이는 건국 기념제야말로 황후 오펠리아의 악행을 밝히기에 적격이었다.

조금만 빠져나갈 틈이 있어도 오펠리아는 어떻게든 다른 사람을 배후로 지목해서 위기를 모면하려고 할 것이다. 그렇기에 오펠리아가 차마 손을 쓸 수조차 없을 정도로 단시간에 마무리를 지어야만 했다.

칼라일의 말이 이어졌다.

"일단 레드필드를 황태자궁 안에 붙잡아 둔 건 내가 계획한 일부분에 불과해. 나머지는 건국 기념제가 열리는 날 한꺼번에 터트릴 예정이니, 그때까지 이런 상황을 조금만 더 참아 줘."

얼마 후면 건국 기념제가 열리긴 했지만, 그렇다는 건 그때까지 계속해서 황후 측과 대치를 하고 있어야 한다는 뜻이었다. 더구나 시간이 갈수록 초조해진 오펠리아는 더욱 강한 방법으로 황태자궁을 뚫고 들어오려 할지도 몰랐다.

이대로라면 황태자궁에 침입하려는 황후 측의 병사들과 그것을 제지하려는 칼라일의 병사들끼리 서로 무력 충돌이 일어날 수밖에 없는 상황이었다.

아마 칼라일은 그에 대한 대비도 해 놨겠지만…….

가능하면 피를 흘리지 않고 오펠리아의 병사들을 막아서는 게 좋았다.

잠시 생각에 잠겼던 이레나가 나지막한 목소리로 말했다.

"건국 기념제까지 2황자를 안전하게 우리 쪽에 붙잡아 두려면…… 아무래도 저의 힘이 필요한 상황인 것 같군요."

칼라일은 재고해 볼 가치도 없다는 듯 바로 대답했다.

"안 돼."

"왜 안 된다는 거예요?"

"검술 대회에서도 그렇게 무리를 해 놓고 나더러 다시 그대가 검을 쥐는 걸 지켜보라는 건가? 이번엔 아무리 부인이 원한다 해도 허락 못 해."

강경한 칼라일의 말을 들으며 이레나의 입매가 저도 모르게 느슨해졌다.

"제 말은 그게 아니라……."

이레나는 기사로서 그들을 막아서겠다는 뜻이 아니었다. 하지만 그보다 먼저 칼라일의 걱정 어린 말을 듣고 가슴이 뭉클해졌다.

"……많이 걱정했어요?"

"당연한 소리 묻지 마."

"왠지 기분 좋네요."

뜬금없는 이레나의 말에 칼라일이 궁금한 눈빛으로 쳐다보았다.

그러자 이레나가 빙긋 웃으며 나지막이 말을 이었다.

"엄청 사랑받고 있는 것 같아서요."

그 말에 칼라일이 벌떡 자리에서 일어나 이레나의 바로 앞까지 다가갔다. 그리곤 그녀의 뺨을 한 손으로 쓰다듬으며 낮게 속삭였다.

"말은 제대로 해야지. 사랑받는 것 같은 게 아니라, 엄청 사랑받고 있어. 내가 부인한테 빠져서 허우적거리는 게 안 보이나?"

이레나는 바로 눈앞에서 칼라일의 뜨거운 푸른 눈동자를 바라보고 있자니, 자신도 모르게 가슴이 쿵쿵거리며 뛰기 시작했다.

칼라일이 세운 계획을 들은 지금, 이레나가 해야 할 일은 태산처럼 많았다. 그런데 그의 사랑스러운 눈짓 한 번, 또 손길 한 번에 이레나는 순식간에 녹아내릴 것 같은 기분이 되어 버렸다.

"그러니까 이번만큼은 내가 하는 대로 지켜보고 있어. 지금 부인이 해야 하는 건 잘했다는 칭찬 한마디면 돼."

"……."

"아니지. 그런 말 한마디로 때우기가 아쉬우면, 조금 더 상을 줘도 좋고."

칼라일의 손이 노골적으로 이레나의 입술선을 덧그렸다.

그의 푸른 눈동자가 조금 전보다 짙어진 걸 보니, 이레나는 말하지 않아도 그가 무엇을 원하는지 자연스럽게 깨달았다.

가만히 칼라일을 올려다보던 이레나가 못 말리겠다는 표정으로 대꾸했다.

"……적당히 좀 해요. 그런 말로 꼬시면 안 넘어갈 수가 없잖아요."

이레나가 순식간에 자신보다 높은 칼라일의 목덜미를 감싸 안았다. 그리곤 그대로 고개를 끌어당겨 입술을 맞췄다.

뭐라고 말을 하려던 칼라일의 입술이 그대로 이레나에게 먹혀 버렸다.

순간 칼라일의 눈동자가 조금 놀란 듯 커졌지만, 곧이어 그가 못 참겠다는 표정으로 이레나의 입술을 탐닉해 갔다.

칼라일은 그대로 이레나의 가느다란 허리를 끌어안고 책상 위로 올려 앉혔다. 덕분에 무언가 물건이 바닥으로 떨어지는 소리가 들렸지만 두 사람 다 신경 쓰지 않았다.

그렇게 서로를 갈구하는 뜨거운 키스가 길게 이어졌다.

간신히 두 사람의 입술이 떨어지고 거친 호흡을 가다듬고 있을 때, 이레나가 나지막한 목소리로 속삭였다.

"그리고 잊었나 본데…… 제 능력은 기사로서만 발휘되는 게 아니에요."

이레나는 누구보다 뛰어난 기사였지만, 그 이전에 루퍼드 제국의 황태자비라는 높은 직위를 가지고 있는 여자였다.

"날이 밝는 대로 사교계의 귀부인들을 황태자궁으로 초대할게요. 그럼 자연스레 보는 사람들의 시선이 많아질 테니 황후도 쉽게 무력으로 뚫고 들어오진 못할 거예요."

건국 기념제만큼 주목을 받진 않겠지만, 황후의 병사들이 칼라일을 공격했다는 소문이 나면 그에 대한 이유도 궁금해지기 마련이다.

그렇다면 자연스럽게 레드필드가 칼라일에게 잡혀있다는 사실이 알려질 것이고, 그 이유가 마약에 관련된 거라는 게 퍼져 나갈 터였다.

현재 칼라일은 그러한 진실을 널리 퍼뜨리고 싶은 쪽이었고, 오펠리아는 반대로 감추고 싶은 치부일 테니 선불리 움직일 리 없었다.

애초부터 이레나는 검을 들고 황태자궁을 지키려는 생각이 아니라 황태자비라는 지위를 이용해 세간의 이목을 집중시킬 계획이었다.

생각지 못한 아이디어에 순간 칼라일의 눈동자에 이채가 어렸다.

"그거 좋은 생각이군. 내 부인은 정말이지, 무엇 하나 못 하는 게 없어."

그 말에 이레나가 살짝 얼굴을 붉히면서 흐릿한 웃음을 지었다.

방금 전까지 뜨겁게 키스를 나누던 상태였기에, 지금 두 사람은 누구보다 가깝게 밀착이 되어 있는 자세였다.

칼라일이 열기가 맺힌 눈동자로 이레나를 내려다보며 나지막이 말을 이었다.

"그렇다면 칭찬은 나만 받을 게 아니라, 부인에게도 해줘야겠군."

"네……?"

이레나가 의문을 표현하기도 전에, 칼라일이 그대로 고개를 기울여 그녀의 입술에 다시 한 번 입을 맞췄다.

그렇게 몇 번의 장난스러운 버드 키스가 오고 갈 때였다.

칼라일이 눈가를 부드럽게 누그러트리며 이레나를 향해 달콤하게 속삭였다.

"그러니까 한 번 더."

상이라는 명목하에 칼라일은 다시 한 번 이레나에게 진한 키스를 퍼부었다.

이레나는 처음에 잠깐 당황스러운 눈빛을 보았지만, 곧이어 기꺼운 표정으로 칼라일의 목에다 손을 둘렀다.

44

황태자궁의 만찬회

이레나는 칼라일에게 말한 대로 날이 밝자마자, 사교계의 많은 여성들에게 황태자궁에서 주최하는 만찬회의 초대장을 보냈다.

초대 날짜는 바로 당일인 오늘 저녁이었다. 미리 계획되어있던 일정이 아니었기에 황태자궁의 하녀들 또한 덩달아 손님을 맞이하기 위해 분주해질 수밖에 없었다.

바깥에서는 여전히 황후 측의 병사들과 대치를 하고 있는 상태였지만, 그 부분에 관한 건 칼라일이 도맡기로 결정을 한 상태라 이레나는 자신이 할 수 있는 만찬회의 준비에 최선을 다했다.

이레나는 초대장을 보낸 목록을 최종적으로 점검하다

가 '비비아나 백작가'라는 항목에서 잠시 시선을 멈추었다.

"갑작스러운 초대에 얼마나 많은 인원이 참석할지는…… 순전히 비비아나 백작 부인에게 달렸다고 해도 과언이 아닌데."

스텔라 비비아나.

수도권 사교계의 실세이자, 결혼 전에 낳은 아들로 인해 비운의 길을 걷게 될 여인이었다.

이미 한 번 미래를 경험한 이레나가 스텔라의 숨겨진 아들을 빌미로 오래전 엘렌을 공격할 때 도움을 받은 적이 있었다. 그 후로도 몇 번의 교류를 통해 친분을 쌓기는 했지만, 스텔라의 진짜 속마음이 무엇인지는 이레나도 아직 가늠할 수 없었다.

가능하면 같은 편으로 두고 싶었지만, 스텔라는 자신의 약점을 아는 이레나를 꺼림칙하게 여길지도 몰랐다.

"과연 오늘 만찬회에 참석해 주려나?"

만약 스텔라가 황후 측의 병사들과 대치를 하고 있는 상황이란 걸 알고 있다면, 만찬회의 초대를 거절할 수도 있었다. 그리고 사교계의 실세인 스텔라가 빠진다면 만찬회에 참석하는 인원들이 현저하게 줄어들 가능성이 컸다.

고민을 하고 있는 이레나를 향해 시녀장인 유모가 말을 건넸다.

“비전하께서는 하실 수 있는 일을 전부 하셨습니다. 그러니 백작 부인의 참석 여부는 하늘의 뜻에 맡겨 두는 수밖에요. 결과가 바뀌지 않는 일에 너무 고민하지 마세요.”

유모의 말대로 스텔라에겐 초대장과 같이 가능한 꼭 참석해 줬으면 좋겠다는 메시지까지 따로 전달한 상태였다. 여기서 이레나가 더 할 수 있는 일은 없었다.

이레나는 흐릿하게 웃으면서 유모를 향해 고개를 끄덕거렸다.

“그래, 이젠 결과를 기다리는 수밖에 없겠어.”

이미 이레나의 손을 떠난 일을 더 이상 고민하는 건 시간 낭비였다. 이레나는 머릿속에 떠돌아다니는 상념들을 지우고, 만찬회의 준비에 부족함이 없도록 더욱 심혈을 기울였다.

이때만 해도 이레나는 알지 못했다. 자신이 생각지도 못한 손님이 만찬회에 방문할 줄은 말이다.

그렇게 시간은 빠르게 흘러갔다.

푹 쉰 미라벨도 옆에서 이레나가 하는 일을 도왔다.

꼼꼼히 이레나의 드레스 룸을 살펴보던 미라벨이 입을 열었다.

“언니, 오늘은 이 드레스를 입는 게 어떨까?”

만찬회의 준비만큼이나 중요한 게 바로 오늘 이레나가 입을 의상이었다.

갑작스럽게 마련된 자리인 만큼 새로운 드레스를 준비할 시간은 없었다. 하지만 사교계의 모임을 주최하는 입장에서 이레나가 어떤 스타일로 모습을 보이느냐는 꽤나 중대한 일이었다.

이레나의 모습이 초라하다면 아무리 황태자비라는 높은 직위를 가지고 있다고 해도 뒤에서 수군거릴 것이 뻔했다. 그만큼 사교계는 패션에 민감한 곳이었고, 이레나는 누구보다 많은 사람들에게 주목을 받는 위치였다.

이레나가 미라벨이 가리킨 드레스를 바라보며 물었다.

"이걸 말하는 거야?"

미라벨이 추천한 드레스는 평상시 이레나가 입는 스타일과는 많이 달랐다. 보라색으로 이루어진 드레스의 치맛자락은 층층이 레이스로 이루어져, 더욱 풍성한 느낌을 주도록 제작된 독특한 스타일이었다.

"응. 여기서 이 부분을 조금만 바꿔도 훨씬 더 괜찮아질 거야. 한 번 봐 봐, 언니."

거기다 미라벨의 손길이 몇 번 더해지자, 훨씬 더 패셔너블하게 탈바꿈이 되었다.

이레나는 그 모습을 빤히 바라보며 감탄을 금치 못했다.

"역시, 미라벨 네가 골라 주는 드레스는 뭔가 다르네."

확실히 미라벨은 디자인과 관련해 특출한 재능이 있었다.

이레나가 흐뭇한 표정으로 바라보자, 미라벨이 내심 쑥스럽다는 얼굴로 대답했다.

"마음에 들어?"

"당연히 좋지. 누가 골라 준 건데."

오늘 고른 드레스는 정숙하고 우아한 느낌보단, 트렌디하고 개성 있는 것으로 젊은 감성이 돋보이는 스타일이었다.

의상까지 완벽하게 준비하긴 힘들겠다고 생각했는데, 미라벨 덕분에 오늘 입을 드레스마저 순조롭게 진행된 느낌이었다.

이레나가 부드러운 미소를 지으며 말했다.

"고마워, 네가 도와줘서 드레스는 더 이상 고민하지 않아도 될 것 같아."

"우리 사이에 그런 말은 됐어. 그렇게 따지면 내가 언니한테 고마운 게 훨씬 많은걸."

미라벨은 아무렇지 않은 척 웃었지만, 어딘지 모르게 눈동자에는 여전히 슬픈 빛이 깃들어 있었다. 아마도 쿤과의 관계 때문인 듯싶었다.

이레나는 뭐라고 말을 하려다가 이내 입을 다물었다. 지금은 그대로 내버려 두는 게 미라벨을 도와주는 거라는 생각이 들었기 때문이다.

미라벨이 말했다.

"한 번 갈아입고 와 봐, 언니."

"그래. 잠깐만 기다려."

이레나는 피팅 룸으로 들어가서 하녀들의 도움을 받으며 드레스를 갈아입었다.

좌르르륵—

잠시 후 이레나가 다시 피팅 룸의 커튼을 열고 나오자, 순간 미라벨의 진녹색 눈동자가 크게 뜨여졌다.

미라벨이 곧 놀란 얼굴 대신 환하게 웃으며 자그맣게 손뼉을 쳤다.

"잘 어울릴 거라고 생각은 했는데, 기대했던 것보다 더 좋은 것 같아. 정말 예쁘다."

미라벨의 칭찬을 듣고 나서야 이레나는 거울 속에 비친 자신의 모습을 바라보았다.

그녀의 칭찬대로 이레나를 위해 제작된 드레스처럼 색상이며 디자인이 무척이나 자신과 잘 어울렸다. 무엇보다 평상시보다 더욱 신비로운 분위기가 풍기는 것 같아 마음에 들었다.

이레나가 만족스러운 표정으로 웃었다.

"그러게, 직접 입어 보니까 더 마음에 들어."

그렇게 이레나와 미라벨이 즐겁게 대화를 나누고 있을 때였다.

똑똑, 갑자기 문을 두드리는 노크 소리가 들려왔다.

"들어와."

이레나의 허락이 떨어지자 문을 열고 들어온 하녀가 꾸벅 허리를 숙이며 보고했다.

"비전하, 블레이즈 저택에서 데릭 경이 오셨습니다."

그 말은 이제 미라벨이 돌아가야 할 시간이 다가왔다는 뜻이었다.

미라벨이 조금 아쉽다는 표정을 지으며 자리에서 일어났다.

"난 이만 돌아가 볼게, 언니."

"잠깐만 기다려. 미라벨."

이레나는 만찬회를 준비하며 틈틈이 작성했던 편지를 꺼냈다.

미라벨이 얼떨결에 그 편지를 건네받으며 의아한 표정으로 물었다.

"이건 뭐야?"

"내가 아버지한테 보내는 편지야. 거기에 네 유학에 관련한 내용을 적었어."

"아, 언니……."

"이걸로 아버지 마음을 돌릴 수 있을지 모르겠지만, 계속 허락해 주지 않으신다면 내가 직접 찾아뵐 생각이야."

미라벨은 물기 어린 눈동자로 이레나를 바라보았다.

오늘 이레나가 만찬회를 준비하느라 얼마나 바빴는지 익히 알고 있는 미라벨로서는 감동이 아닐 수 없었다.

"네가 아버지와 직접 이야기를 나누기 전에, 내가 먼저 편지로 말씀드리는 게 나을 것 같아서 적어 본 거니 저택으로 돌아가면 그것부터 보여 드려."

"……고마워, 언니."

그 말과 동시에 미라벨이 조심스럽게 다가오더니 이레나의 품에 쏙 안겼다.

이레나는 희미하게 웃으며 나지막한 목소리로 대꾸했다.

"아까는 우리 사이에 고맙다는 말은 됐다며."

"그래도 이것 말고는 내 마음을 표현할 길이 없는걸. 정말 고마워, 언니."

"아니야. 데릭 오라버니와 함께 조심해서 돌아가."

"응. 언니도 만찬회를 성공적으로 잘 끝내길 바랄게."

이레나와 미라벨은 서로를 세게 끌어안고는 팔을 풀었다. 그리곤 거짓말처럼 상대방의 얼굴을 동시에 바라보며 해맑게 웃었다.

* * *

만찬회의 모든 준비가 끝났다.

어렵게 섭외한 일류 주방장이 최고급의 요리를 만들었으며, 황태자궁 안에 마련한 연회장도 갑자기 준비한 거라고는 생각지 못할 정도로 무척이나 호화로웠다.

이레나는 하나둘씩 입장하는 귀부인들을 반갑게 맞이하며 인사를 나눴다.

"오랜만이에요, 부인."

이레나가 먼저 말을 건네자 상대방은 황송하다는 듯이 대답했다.

"만찬회에 초대해 주셔서 감사합니다. 비전하. 못 본 사이에 더 아름다워지신 것 같아요."

"과찬이에요. 따님은 잘 지내나요? 얼마 전에 데뷔탕트를 했다고 들었어요."

"어머, 그런 일까지 기억해 주시다니 감사할 따름입니다."

그렇게 이레나가 도착하는 손님들과 사소한 이야기들을 나누고 있을 때였다.

"비전하—"

뒤편에서 들려오는 익숙한 목소리에 이레나가 고개를 돌렸다. 그러자 이레나의 황궁 시녀인 마가렛이 방긋 웃으며 가까이 다가왔다.

"제일 먼저 도착하려고 했는데 조금 늦었네요."

"아니에요. 만찬회가 열리는 시간보다 훨씬 빨리 왔는걸요."

"그래도 제가 가장 먼저 와서 비전하를 도와드려야지요."

"마음만으로도 고맙네요."

이레나와 마가렛은 다정하게 인사를 나누곤, 함께 하나둘씩 도착하는 다른 손님들을 향해 발걸음을 옮겼다.

마가렛은 이레나의 옆자리에서 대화의 흐름이 끊기지 않게끔 도와주는 윤활제 역할을 톡톡히 해내고 있었다. 덕분에 이레나가 한결 수월하게 손님들을 상대하고 있을 때였다.

또각또각—

멀찍이서 한 무리의 사람들이 동시에 연회장으로 다가오는 모습이 보였다. 선두에 서 있는 여성을 중심으로 몰려 있는 걸 보니, 제법 영향력 있는 인물이 도착했다는 사실을 알아차릴 수 있었다.

이레나는 일상적인 안부를 묻던 사람들과 자연스럽게 대화를 끝내고, 새롭게 도착한 무리들을 향해 다가갔다.

곧 그들의 중심에 서 있는 여성이 누구인지 확인할 수 있었다.

'저 사람은…….'

바로 수도권 사교계의 꽃이라 불리는, 율리아 영애였다.

율리아는 명망 높은 네크렌시 후작 가문의 일원일 뿐

만 아니라, 눈에 띄는 외모만큼이나 뛰어난 패션 감각으로 루퍼드 제국 내에서 매우 유명한 여성이었다.

하지만 이레나와는 황실 무도회에서 마돈나를 뽑는 이벤트 때 잠깐 마주친 인연밖에 없었다. 그래서 형식적으로 초대장을 보내긴 했지만, 정말 율리아가 직접 만찬회까지 참석해 주리라곤 전혀 예상치 못한 부분이었다.

의문스러운 표정으로 서 있는 이레나를 향해 율리아가 먼저 다가왔다.

"제국의 비전하를 뵙습니다. 루퍼드 제국에 무한한 영광을—"

율리아가 정중하게 인사를 건네자, 뒤이어 온 다른 영애들도 따라서 예를 표했다.

서둘러 마음을 추스른 이레나가 미소 띤 얼굴로 대답했다.

"갑작스러운 초대에도 모두 이렇게 참석해 주어서 고맙습니다."

많은 영애들이 '아니에요', '비전하가 부르시는데 당연히 와야지요'라는 인사치레를 내뱉었다.

그 와중에 율리아가 이레나를 물끄러미 바라보며 말을 꺼냈다.

"오늘 비전하의 의상이 무척 아름답군요. 역시 비전하의 패션 센스는 뛰어나시네요. 안 그런가요?"

루퍼드 제국의 유행을 주도하는 율리아가 칭찬을 내뱉자, 옆에 서 있던 영애들이 너 나 할 것 없이 모두 맞장구를 쳤다.

“그러게요. 비전하의 드레스가 정말 독특하고 아름답네요.”

“보라색으로 만든 드레스가 이렇게나 예쁘다니, 오늘 처음 알았어요.”

오늘 이레나가 선택한 드레스는 누가 보아도 감각적인 디자인이 돋보였지만, 그것과 별개로 이렇게 율리아에게 직접 인정을 받는다는 것은 무척이나 특별한 일이었다.

아마도 내일이면 온 사교계에 이레나가 오늘 입은 드레스를 칭찬하는 말들이 쫙 퍼져 있을 것이다. 뿐만 아니라 조만간 수많은 의상실에 보라색으로 만든 드레스가 가장 메인 상품으로 전시될지도 모르는 일이었다.

그만큼 율리아가 제국 내 패션 업계에 끼치는 영향력이 컸고, 그걸 바탕으로 이레나를 톡톡히 도와주고 있는 느낌이 들었다.

이레나는 예상치 못한 율리아의 호의를 받으며 의아한 마음을 감출 수 없었다.

‘어째서 날 도와주는 거지?’

이제껏 이레나와 율리아는 딱히 인연이 없는 사이였다. 정말 이레나의 드레스가 마음에 들었다고 해도 속으로 간직하면 될 말을 굳이 입 밖으로 꺼냈다는 건 그만한 이유가 있을 터였다.

하지만 율리아의 등장으로 인해 만찬회의 손님이 한꺼번에 몰린 이 상황에서 그런 깊은 대화를 나눌 수는 없었다. 나중에 기회를 봐서 다시 그녀와 대화를 나누더라도 지금은 다른 손님을 맞이하는 데 열중해야 했다.

이레나는 짐짓 아무것도 모른 척 희미한 웃음을 지으며 말을 이었다.

"그럼 곧 만찬회를 시작할 예정이니 다들 안으로 들어가시죠. 모두 즐거운 시간 보내셨으면 좋겠군요."

그 말에 율리아를 포함, 같이 따라온 젊은 영애들이 동시에 대답했다.

"네, 비전하."

그렇게 그들은 재잘거리면서 연회장 안으로 모습을 감췄다. 하지만 이레나는 '웃지 않는 미녀'라는 별명이 따라다니는 율리아의 도도한 뒷모습을 저도 모르게 힐끔 쳐다보았다.

지금껏 조용히 이레나의 옆에 서 있던 마가렛도 무언가 이상함을 느꼈는지 자그마한 목소리로 말을 건넸다.

"비전하, 혹시 네크렌시 영애와 친분이 있으셨나요?"

"아니요. 황실 무도회에서 잠깐 마주친 적이 있을 뿐이에요."

"희한하네요. 네크렌시 영애는 어지간한 파티에는 참석도 하지 않을뿐더러, 지금처럼 사람들 앞에 나서는 경우가 없거든요."

마가렛의 말에 이레나는 가볍게 고개를 끄덕이며 동조의 뜻을 비쳤다.

어찌 됐든 율리아 덕분에 만찬회의 구색을 갖출 최소한의 인원은 충족된 셈이었다.

너무 촉박한 일정으로 진행된 만찬회였기 때문에 참가 인원이 적을까 봐 걱정이었는데, 다행히 그러한 걱정은 접어 둘 수 있었다.

그때였다.

이레나의 옆에 서 있던 마가렛이 깜짝 놀란 표정으로 입을 열었다.

"비전하, 저기……."

그 말에 이레나가 마가렛이 보는 방향으로 고개를 돌렸다. 그러자 이곳으로 걸어오는 사교계의 실세인 스텔라와 그녀의 추종자들이 눈에 들어왔다.

안 그래도 이레나는 스텔라가 참석하지 않을까 봐 걱정했었다. 이미 율리아로 인해 이레나의 고민은 해결된 상황이었지만, 그렇다고 스텔라의 등장이 기쁘지 않은 것은 아니었다.

이레나가 환한 얼굴로 스텔라를 바라보며 말했다.

"어서 오세요. 비비아나 부인."

이레나의 심려와 달리, 오늘 열린 만찬회는 무척이나 성황리에 시작되었다.

사교계의 실세와 사교계의 꽃이 모두 참석했기에 그들을 따르는 귀부인과 젊은 영애들이 골고루 등장한 상황이었다.

그리고 하루 만에 이만큼의 인원을 모았다는 건, 그동안 사교계에서 이레나가 보인 기량이 대단하다는 뜻이기도 했다.

* * *

콰앙, 잔뜩 화가 난 오펠리아가 탁자를 내리쳤다.

"뭐라고? 황태자비가 만찬회를 주최했다는 말이냐?"

오펠리아의 분노에 시녀장 카사나가 새하얗게 질린 얼굴로 연신 고개를 끄덕였다.

"네, 네. 황후 폐하. 지금 황태자비가 연 만찬회에 참석하기 위해 수많은 귀부인과 영애들이 모였다고 합니다."

"하. 당돌하기 짝이 없구나!"

오펠리아는 단번에 이레나의 속셈을 간파해 낼 수 있었다.

현재 황태자궁 바깥에는 서로의 병력들이 대치를 하고

있는 상황이었다. 이미 몇 번이나 무력으로 뚫고 들어가려 했지만 예상보다 칼라일의 군사 수가 너무 많았다.

'황태자가 변방에서 군사들을 불러 모으는 것 같다는 소식을 언뜻 접하긴 했지만, 그게 이때를 대비한 움직임이었다니.'

안 그래도 칼라일에게 한 방 먹었다는 생각에 기회를 봐서 더욱 강하게 밀어붙이려는 찰나였다.

그런데 이레나가 만찬회를 주최함으로써 오펠리아의 움직임을 완전히 봉쇄한 것이다.

'내가 지금 움직이면 레드필드가 붙잡혀 있다는 걸 사방에 알리는 꼴이 될 뿐이야.'

더구나 이런 식으로 소문이 퍼지게 되면 오펠리아에게 불리할 수밖에 없었다.

분명 말하기 좋아하는 사람들은 오펠리아가 무언가 찔리는 게 있어서 힘으로 레드필드를 빼내려 했다고 떠들 것이다.

사실 완전히 틀린 말은 아니었지만, 그런 내용이 사람들의 입에 오르내리게 할 수는 없었다.

오펠리아의 궁극적인 목적은 바로 레드필드를 황제로 만드는 것이었다. 그랬기에 사람들에게 보여지는 레드필드의 위엄과 신망은 그만큼 중요했다.

이 점을 노리고 이레나가 만찬회를 열었다는 걸 알았

지만, 그럼에도 오펠리아는 선불리 행동할 수가 없는 입장이었다.

"……처음부터 마음에 들지 않더라니."

만만하게 여겼던 이레나가 쌍둥이 화초를 선물 받고 난 뒤, 갑자기 발톱을 드러냈을 때부터 무언가 범상치 않은 기운을 느끼긴 했었다.

하지만 이 정도일 줄은 몰랐다. 이런 시기에 만찬회를 열었다는 것은 오펠리아의 예상보다 이레나가 더 뛰어나다는 뜻이었다.

뒤늦게 이레나와 칼라일의 결혼을 막을 걸 그랬다는 후회가 밀려들었지만, 지금 와서 그런 생각을 해 봤자 소용없었다.

오펠리아가 못마땅하다는 듯 미간을 찌푸리며 입을 열었다.

"일단 황태자궁을 에워싸고 있던 병력을 치우라고 전해라."

"네? 아, 알겠습니다. 언제까지 대기하라고 전할까요?"

"우선은 상황을 더 지켜봐야겠으니, 내가 다시 명령을 내릴 때까지 선불리 행동하지 말라고 해."

"네. 황후 폐하."

오펠리아의 명령은 거기서 끝이 아니었다.

"체자레에게도 내 말을 전하거라. 더는 미룰 수 없으니 오늘 밤 귀족들을 소집하라고."

"알겠습니다."

카사나는 곧장 명령을 수행하기 위해 자리를 비웠다.

지금까지 오펠리아는 무력을 사용해서라도 한시라도 빨리 레드필드를 되찾아오려고 했지만, 상황이 이렇게 흘러간다면 계획을 전면 수정하는 수밖에 없었다.

잠시 혼자서 생각에 잠겼던 오펠리아가 눈을 번뜩이며 중얼거렸다.

"……칼라일 황태자, 내가 이 정도에 무너질 줄 알았다면 오산이야."

루퍼드 제국의 양대 산맥이라고 불리는 오펠리아의 저력은 만만치 않았다. 힘으로 레드필드를 빼 올 수 없다면, 칼라일이 직접 석방하도록 만들 것이다.

오펠리아의 입술에 의미심장한 웃음이 걸렸다.

* * *

이레나가 주최한 만찬회가 시작되었다.

테이블의 중심에 앉아 있던 이레나는 먼저 와인을 들고 일어나, 오늘 이 자리에 모인 많은 이들에게 감사의 인사를 전했다.

"갑작스러운 초대에도 이렇게 자리를 빛내 주어서 모

두 고맙습니다. 정성껏 마련한 음식들이니 모쪼록 맛있게 즐겨 주세요."

이레나가 와인 잔을 더 높이 치켜들자, 모두 약속이라도 한 듯이 허공으로 잔을 들어 올리며 화답했다.

서로의 잔을 부딪치지 않아도 이로써 귀족들만의 방식으로 우아하게 교감을 나눈 것이었다.

이레나가 빙긋 웃으면서 마무리 멘트를 날렸다.

"그럼 모두 만족스러운 식사 시간이 되시길 바랍니다."

몇몇이 '네, 비전하!' 하고 외치는 소리가 들렸다. 곧이어 자유롭게 각자 친분 있는 사람들끼리 어울리기 시작했다.

테이블 사이로 수많은 시종들이 준비한 음식을 나르기 위해 모습을 드러냈다.

준비한 코스 요리는 순서대로 우선 애피타이저부터 세팅이 되었는데, 벌써 그것만으로도 귀족들 사이에선 수군거리는 목소리가 흘러나왔다.

"어머, 이 음식은 쉘리랑 레스토랑에서 나오는 것 아닌가요?"

"정말요? 거긴 항상 예약이 꽉 차서 저도 아직 못 가 봤는데."

오늘 이레나가 어렵게 섭외한 사람은 바로 수도에서 가장 유명한 쉘리랑 레스토랑에서 근무하는 메인 주방장이었다.

사실 갑작스럽게 준비한 만찬회에 그런 유명한 레스토랑의 주방장은 엄두도 내지 못하는 상황이었다. 그런데 칼라일이 중간에서 무슨 수를 쓴 것인지, 이레나에게 쉘리랑 레스토랑의 주방장을 직접 구해다 준 것이다.

—부인이 하는 일인데 이 정도의 내조는 해야지.

그때 칼라일이 짓궂은 웃음을 지으면서 했던 말이 떠올라서 이레나는 저도 모르게 흐릿한 미소를 머금었다.

지금 만찬회에서 나오는 갖가지의 요리를 누가 만들었지에 대해 순식간에 귀족들 사이에서 소문이 퍼져 나갔다.

사람들이 칭찬을 늘어놓는 소리가 이레나의 귓가에까지 들릴 정도였다.

"어머, 입 안에서 육즙이 그대로 느껴져요."

"고기의 불 맛이 아주 일품이에요."

손님들의 연이은 호평에 이레나의 기분도 좋아질 수밖에 없었다.

그때 유모가 조용히 이레나의 뒤편으로 다가왔다.

"비전하, 긴히 드릴 말씀이 있습니다."

이레나가 살짝 고개를 끄덕이자, 유모는 몸을 가깝게 기울이며 속삭였다.

"황태자궁을 에워싸고 있던 황후 측의 병력이 철수되었다는 소식입니다."

계획대로 황후 측의 병사들이 사라졌다는 보고에 이레나의 입가에는 감출 수 없는 기쁨의 미소가 지어졌다.

"수고했어. 이제라도 좀 쉬도록 해."

"네, 비전하."

말을 전한 유모가 조심스럽게 물러가자, 이레나도 다른 귀족들처럼 만찬회를 즐기기 위해 포크와 나이프를 들었다.

눈으로 보기에도 무척이나 예쁜 음식이었지만, 입 안에 넣으니 그 맛은 가히 무엇과도 비교할 수가 없을 정도였다.

모든 게 원하는 대로 순조롭게 진행되었기에 이레나는 더욱 홀가분한 마음으로 저녁 식사에 전념할 수 있었다.

만찬회의 저녁 식사가 끝나자, 자연스럽게 디저트와 차를 즐기면서 여러 사람들끼리 대화를 나누는 분위기가 형성되었다.

이레나도 적당히 사람들과의 교류를 즐기고 있을 때였다.

문득 율리아가 연회장 안을 벗어나 혼자 테라스 바깥으로 빠져나가는 모습이 눈에 들어왔다.

안 그래도 오늘 율리아가 보여 준 호의에 대해 궁금하던 참이었다.

이레나의 고민은 길지 않았다. 잠시 대화를 하고 있던 부인들에게 양해를 구한 후, 이레나는 곧바로 자리에서 일어나 율리아를 따라 테라스 바깥으로 걸음을 옮겼다.

소란스러운 연회장과 달리, 테라스는 적막할 정도로 고요했다.

"네크렌시 영애."

이레나의 부름에 율리아가 가던 길을 멈추고 뒤를 돌아보았다.

"아, 비전하."

율리아가 고개를 숙이며 예를 표하자, 이레나는 한층 더 가까이 다가갔다.

"왜 밖에 나와 있어요? 연회장 안에서 사람들과 더 어울리지 않고요."

"저는 원래 사람들과의 교류를 그리 즐기지 않습니다."

율리아에게 괜히 '웃지 않는 미녀'라는 별명이 생긴 건 아니었다.

소문대로 율리아의 사교성은 그리 좋지 못했다. 하지만 빼어난 외모와 뛰어난 패션 감각으로 많은 영애들이 그녀를 우상처럼 따르는 것일 뿐이었다.

이레나가 말했다.

"이런 자리를 좋아하지 않는데도 내 초대에 응해 준 거군요."

"아, 그건……."

한순간 율리아의 도도한 얼굴에 살짝 당황한 기색이 어렸다.

이레나는 최대한 예의에 어긋나지 않게 궁금했던 질문을 던졌다.

"사실 네크렌시 영애가 만찬회에 나타나 줄 거라곤 생각지 못했어요. 더구나 제 드레스를 칭찬한 것도 일부러 그런 것 맞죠?"

"……."

"왜 그런 행동을 했는지 물어도 될까요?"

무슨 의도인지는 몰라도 율리아가 이레나에게 안 좋은 감정을 품고 있을 리는 없었다. 왜냐면 지금까지 율리아가 보여 준 행동들이 전부 이레나에게 도움이 되는 것들이었기 때문이다.

그렇기에 이레나도 이런 내용을 솔직하게 물어볼 수 있었다.

율리아는 이내 하는 수 없다는 표정으로 대답했다.

"비전하께서 눈치채셨다면 굳이 감출 생각은 없어요. 제가 이런 행동을 한 이유는…… 이름을 밝힐 수 없는 친구 때문입니다."

"친구요?"

전혀 예상치 못한 율리아의 답변에 이레나는 내심 놀란 상태였다.

대체 어떤 연유로 자신을 도와준 걸까 궁금했는데, 그게 설마 율리아의 친구와 연관된 것일 줄은 꿈에도 생각하지 못했었다.

"사실……."

율리아는 잠시 말하기를 주저했지만, 곧이어 마음을 다잡고 다시 설명을 이어 나갔다.

"오래전 2황자에게 파티 초대장을 받은 적이 있어요. 저한테 온 것이었는데 제가 워낙 사람이 많은 자리를 좋아하지 않다 보니, 친구 혼자서만 그곳에 참석하게 되었죠."

이레나는 예전에 자신이 보았던 레드필드의 파티를 떠올리자 왠지 불길한 예감이 들었다. 하지만 우선은 율리아의 말을 자르지 않고 계속해서 경청했다.

"2황자가 주최하는 파티가 워낙 젊은 층에서 유명하다 보니, 친구는 거기에 꼭 한번 가 보고 싶어 했거든요. 저한테 같이 가자고 졸랐는데…… 제가 싫다고 거절했어요. 거기서 그런 일이 있을 줄 알았다면 제가 어떻게든 따라갔어야 했는데…… 지금도 그게 가장 후회돼요."

이레나가 설마 하는 심정으로 물었다.

"그곳에서 대체 무슨 일이 있었던 거죠?"

"제 친구가…… 마약에 취해 여러 남자들에게 겁탈을 당했어요."

"……!"

이레나의 붉은 눈동자가 놀라움으로 인해 크게 뜨여졌다.

율리아는 다시금 떠오르는 그때의 기억에 표정을 잔뜩 일그러뜨렸다.

"친구는 어떻게든 이 사실을 알리려고 황후 폐하를 찾아갔지만, 오히려 발설하면 가문을 몰락시키겠다는 협박을 받았고요."

예전부터 레드필드가 쓰레기라고 생각은 했지만, 그는 이레나가 짐작했던 것보다 훨씬 더러운 짓을 일삼고 있었다.

사실 이레나도 숨겨 놓은 검술 실력 때문에 위기를 모면할 수 있었던 거지, 만약 저번 생에서처럼 평범한 백작 영애였다면 안 좋은 일을 겪었을지도 모르는 일이었다.

꽈악, 이레나가 저도 모르게 주먹을 세게 쥐었다.

율리아의 말은 계속해서 이어졌다.

"그러다 한밤중에 아버지의 서재에서 우연히 황태자 전하와 황후 폐하의 병사들이 서로 대치 중이라는 이야기를 들었어요. 그 뒤에 비전하가 보내신 만찬회의 초대장을 받자 어떤 의도를 가지고 계시는지 짐작할 수 있었죠."

"……그랬군요."

"제가 많은 걸 바꿀 순 없지만…… 2황자가 황위를 물려받는 건 어떻게든 막고 싶었어요. 그래서 미력하게나마 제힘을 비천하께 보태려고 참석하게 된 거예요."

이레나는 설명하는 내내 가늘게 떨리던 율리아의 손을 붙잡아 주었다.

예상대로 율리아의 손은 차갑기 그지없었다. 이게 황후에 대한 두려움 때문인지, 아니면 그때의 기억을 다시 떠올리고 분노한 것인지 알 수 없었지만…….

중요한 건 이 자리에 오기까지 율리아에겐 엄청난 용기가 필요했다는 것이다.

이레나가 따스한 눈빛으로 율리아를 바라보며 말했다.

"영애가 만찬회에 참석해 준 덕분에 많은 도움이 되었어요. 방금 전 황후 측의 병사들이 물러갔다는 소식도 전해 들었고요. 어려운 이야기였을 텐데 말해 줘서 고마워요."

율리아는 말없이 고개를 끄덕거렸다. 무언가 감정이 잔뜩 복받친 표정이었다.

그동안 율리아가 느꼈을 죄책감을 상상하니, 이레나 또한 마음이 좋지 않았다. 저번 생에서 미라벨의 최후가 어땠는지 아직도 기억하기 때문에 지금 율리아의 심정을 더욱 이해할 수 있었다.

"나머지는 내게 맡겨요. 이 기회를 발판삼아 더욱 힘써 볼 테니까요."

율리아는 자신이 한 행동이 이레나의 칭찬만큼이나 대단하지 않다는 걸 알았다. 그동안 괴로웠을 율리아를 위로해 주려고 일부러 하는 말이라는 걸 알기에, 이레나의 의도와 달리 그녀의 가슴은 더욱 저릿해졌다.

율리아가 울음기 섞인 목소리로 말했다.

"……고맙습니다."

지금 이레나의 손에서 전해지는 온기는 정말이지 따스했다.

"사실 처음 봤을 때부터 비전하께는 왜인지 모를 호감을 느꼈어요. 그리고 오늘 입은 드레스도 정말로 예뻐요. 진심으로요."

점점 물기가 짙어지는 율리아의 목소리에 이레나는 조금 난처한 얼굴이 되었다.

"그리 말해 주니 기쁘군요. 사실 드레스는 제 동생이 골라 준 거예요. 나중에 네크렌시 영애가 칭찬했다는 사실을 알게 되면 무척이나 좋아할 거예요."

그 말을 들으며 율리아는 결국 참지 못한 울음을 터뜨리고 말았다.

이레나는 말없이 흐느끼는 율리아를 끌어안아 주었다.

율리아는 그동안 참아 왔던 눈물을 하염없이 쏟아 내며, 이레나의 품 안에 안긴 채로 계속해서 중얼거리듯 말했다.

"고맙습니다, 비전하. 정말로…… 고맙습니다."

이레나는 아직 자신이 아무것도 한 게 없어서 이런 인사를 들을 자격이 없다는 생각이 들었다. 하지만 율리아는 본인의 개인적인 이야기를 이레나가 귀 기울여 들어 준 것만으로도 꽤나 큰 위로를 받은 것 같았다.

그렇게 이레나는 율리아의 울음이 완전히 그칠 때까지 가만히 안아 주었다.

만찬회는 성황리에 끝이 났다.

이레나와 율리아가 제대로 이야기를 나눈 것은 오늘이 처음이었지만, 왠지 서로에게 깊은 유대감을 느낄 수 있었다.

이레나는 다른 사람에게 율리아가 울었다는 것을 들키지 않게끔, 가장 먼저 마차에 탑승할 수 있도록 배려해 주었다.

그렇게 이레나가 하나둘씩 떠나가는 손님들을 배웅하고 있을 때였다.

어느덧 사교계의 실세인 스텔라가 많은 부인들을 이끌

고 다가오며 마지막 인사를 건넸다.

"그럼 저도 이만 가 보겠습니다. 비전하."

"잠깐만요, 비비아나 부인."

"……네?"

스텔라가 의아한 눈빛으로 이레나를 쳐다보았다. 그것은 이레나가 지금처럼 자신을 붙잡을 줄 몰랐다는 표정이었다.

이레나가 말을 이었다.

"가기 전에 잠시 이야기를 좀 나누고 싶은데 어떠세요?"

"아, 저야 영광이지요."

잠시 주저하던 스텔라가 언제 그랬냐는 듯이 환한 미소를 지었다. 하지만 그 웃음이 진심에서 우러나온 게 아니라는 걸 이레나는 눈치챌 수 있었다.

당연한 건지도 몰랐다. 스텔라의 숨겨진 아들에 대해 알고 있는 이레나가 단둘이서만 대화를 하자고 요청하면 긴장할 수밖에 없는 입장이었으니까.

사실 이레나도 스텔라를 같은 편으로 두고 싶다는 마음만 있었지, 진심으로 먼저 다가갈 생각은 하지 못하고 있었다.

이유는 하나였다.

스텔라를 믿지 못한 것이다.

사교계의 실세인 스텔라의 언변은 너무 화려했고, 자칫 이레나를 무너뜨려 아예 비밀을 덮으려고 할까 봐 걱정되는 부분도 있었다.

그런데 오늘 율리아와 대화를 나눠 보고 생각이 조금 바뀌었다.

모든 사람에게 진심이 통하는 건 아니었지만…….

결국 사람의 마음을 움직이는 것 또한 진심이라는 사실을 말이다.

어찌 됐든 이레나는 스텔라에게 오늘을 포함, 여러 차례 도움을 받았었다. 그게 스텔라가 치밀한 계산으로 한 행동일지라도 이레나는 최소한 그녀에게 해 줄 수 있는 진심 어린 조언을 전하고 싶었다.

스텔라의 앞날이 결코 좋지 않다는 사실을…… 이레나만은 유일하게 알고 있었으니까.

스텔라가 먼저 자신을 따르는 추종자들을 돌아보며 말했다.

"그럼 다들 먼저 돌아가세요."

그 말에 스텔라의 뒤편에 서 있던 많은 귀부인들이 무척이나 아쉬워하는 표정을 지었다.

"아니에요. 굳이 급한 일이 있는 것도 아닌데, 비비아나 부인만 괜찮으시면 황궁 밖에서 기다리고 있을게요."

"맞아요. 비비아나 부인과 같이 돌아가려고 했는데, 우리끼리만 마차를 타려니 뭔가 섭섭하네요."

그들의 제안에 스텔라는 태연한 표정으로 빙긋 웃으면서 대꾸했다.

"저도 피곤해서 비전하와의 담소가 끝나면 저택으로 돌아가 쉬어야겠습니다. 시간도 늦었으니 오늘은 이대로 헤어지는 게 좋겠어요."

"뭐, 부인께서 그리 말씀하신다면 어쩔 수 없지요. 얼마 있으면 저희 저택에서 티파티가 열리니 그때 다시 뵈어요."

"그래요. 그날 만나는 거로 하죠."

스텔라는 어렵게 추종자들을 떨어트리고 이레나를 향해 다가섰다.

그 모습을 지켜보던 이레나가 먼저 걸음을 옮기며 말했다.

"이쪽으로 따라오세요."

또각또각, 이레나와 스텔라는 단둘이서만 이야기를 나눌 수 있는 조용한 장소로 이동했다.

그렇게 방에 도착하자마자 스텔라가 긴장했는지 먼저 입을 열었다.

"비전하, 무슨 일로 저를 따로 보자고 하신 건지 여쭤도 될까요?"

"별다른 일은 아니에요. 비비아나 부인에게 지금까지 많은 도움을 받은 것 같아서…… 제 나름대로의 감사 인사를 전하고 싶었어요."

과거로 돌아온 이레나는 엘렌이 퍼뜨린 악소문에 시달렸지만, 딱히 사교계에 도움을 요청할 만한 사람이 없었다. 그래서 부득이하게 미래를 통해 알게 된 스텔라의 숨겨진 아들을 약점으로 잡아 이레나에게 협력하도록 만들었었다.

그게 두 사람의 첫 만남이다 보니…….

사실 결코 좋은 시작이었다고는 말할 수 없었다.

이레나는 이야기가 꽤나 길어질 것을 예상하고, 먼저 자리에 앉아 우아하게 맞은편 의자를 손짓했다. 그러자 스텔라도 자연스럽게 그곳으로 다가가 착석했다.

스텔라는 이레나가 이곳으로 자신을 부른 이유가 별게 아니라는 것을 확인하고 한결 표정이 풀려 있었다.

"제가 비전하를 돕는 건 당연한 일인데 굳이 그런 인사는 하지 않으셔도 된답니다."

"비비아나 부인, 제가 이런 말을 하는 게 어떻게 들릴지 모르겠지만 부인에게 고마운 마음에 진심으로 조언을 하는 거니 새겨들어 줬으면 좋겠어요."

"네, 말씀하세요. 비전하."

"……부군에게 숨겨 놓은 아들을 솔직하게 털어놓는 게 어떨까요?"

"……!"

그 말에 스텔라의 표정이 눈에 띄게 굳어졌다. 단순히 감사의 인사를 전하겠다고 한 이레나가 갑자기 아들에 관한 이야기를 꺼내니 내심 놀란 모양이었다.

하지만 이레나가 생각하기엔 이 방법이 가장 최선이었다. 곧 있으면 스텔라가 낳은 아들의 친부가 나타날 것이다. 그리고 스텔라는 비비아나 가문에 폐를 끼치지 않기 위해 자살을 선택한다.

그것만으로도 비극이었지만, 이어지는 이야기는 더 좋지 않았다.

스텔라의 남편은 평생 그녀를 잊지 못하고, 아무도 모르게 숨겼던 아들은 잃어버린 엄마를 그리워하며 복수를 꿈꾼다.

그렇게 먼 훗날 스텔라를 사랑하는 남편과 아들은 서로 치열하게 다투게 되는 것이다.

이레나는 가능한 그런 슬픈 사태는 막고 싶었다.

하지만 이레나의 진심과 달리, 스텔라는 싸늘하게 굳은 표정으로 대답했다.

"그건 비전하께서 관여하실 일이 아닌 것 같군요. 제 비밀을 끝까지 지켜 주시겠다고 약속하신 걸 잊으신 모양입니다."

"이건 협박하려는 게 아니라……."

"원하는 게 있으면 그냥 솔직하게 말씀하세요. 괜히 빙빙 돌려서 설명하시면 듣는 입장이 썩 좋지만은 않답니다."

스텔라는 이레나의 의도를 완전히 오해하고 있었다.

이레나도 이럴 거라고 예상하지 못한 것은 아니었다. 스텔라의 입장에서는 가장 감추고 싶은 비밀을 자꾸만 들춰내는 자신이 얄미울 수밖에 없었으니까.

이레나는 속으로 깊은 한숨을 삼키고, 아까보다 더 진지한 목소리로 말을 이었다.

"오해하지 마세요. 제 생각을 솔직하게 전하는 것뿐이니, 부인이 원하지 않는 선택을 강요할 마음은 없습니다."

"……."

스텔라는 여전히 의심스러운 눈초리로 쳐다보았지만, 이레나는 전혀 개의치 않고 하고 싶은 말을 이어나갔다.

"한번 생각해 보세요. 세상에 영원한 비밀은 없습니다. 만약에라도 이 사실을 밝혀진다면 어떻게 수습하실 생각이죠?"

"그건 제가 알아서……."

"그래요. 부인은 명예를 지키기 위해 자살을 선택할지도 모르겠네요. 하지만 그 뒤에 남겨질 가족들을 생각해 본 적 있나요?"

이레나는 저번 생에서부터 생각했었다. 차라리 죽는 건 쉽다고 말이다. 정말 끔찍하고 괴로운 건, 어떻게든 살아 나가야만 한다는 사실이었다.

그런 부분에선 사실 명예롭게 죽음을 선택한 스텔라보다, 남겨진 그녀의 남편과 아들에게 더 감정이입이 되었다.

스텔라는 살짝 당황한 기색을 보였지만, 곧 아무렇지 않은 표정으로 대답했다.

“비전하께서 물으시니 대답하겠습니다. 그때가 되면 원흉인 제가 사라지는 것만으로도 해피엔딩이 아닐까요? 남편은 새 부인을 얻을 것이며, 아들은 지금보다 자유롭게 살아가겠죠.”

“그러기엔 두 사람 다 부인을 너무 많이 사랑하고 있지 않나요?”

“……!”

한순간 스텔라의 눈빛이 흔들렸다.

비비아나 백작 부부가 무척이나 금슬이 좋다는 건 사교계에 파다하게 퍼진 소문이었다. 더구나 이레나는 먼 미래를 경험했기 때문에 그들의 사랑이 진심이었다는 걸 누구보다 잘 알고 있었다.

“다시 한 번 생각해 보세요. 남편이 정말로 부인을 그렇게 쉽게 잊을 것 같나요? 아드님이 원하는 건 부인이 없는 자유로움보다 지금의 단란한 생활일지도 모르잖아요.”

“……혹시 추가적으로 제 뒷조사를 하셨나요?”

“아니에요. 조사를 하지 않아도 이건 누구라도 생각할 수 있는 문제예요. 쉽지 않은 결정이란 걸 잘 알지만, 마지막의 마지막 순간이 오면 솔직하게 털어놓는 방법도 있다는 걸 잊지 말아요.”

이건 지금 이레나가 해 줄 수 있는 최대한의 충고였다. 이 상황에서 미래를 알고 있다는 말을 해 봤자, 오히려 이레나에 대한 신빙성만 사라지게 만들 가능성이 컸다.

그리고 나중에 스텔라가 어떤 결정을 내리든, 그것은 그녀의 선택이었다.

이레나가 할 수 있는 건 그저 손쉬운 죽음보다, 어려운 삶을 선택하는 방법도 있다는 걸 알려 주는 것뿐이었다.

“비비아나 부인, 당신은 생각보다 더 많은 사랑을 받고 있어요. 이건 당신의 사정을 잘 아는 제가 진심으로 해 주고 싶은 조언이에요.”

스텔라는 잠시 멍한 얼굴로 이레나를 쳐다보았다. 사실 마지막엔 이레나가 시키는 대로 하지 않으면, 이런 불우한 미래를 겪게 만들 거라는 협박이 있을 줄 알았다. 그런데 이레나의 말은 정말로 거기서 끝이었다.

그 사실이 오히려 총명한 스텔라를 당황스럽게 만들었다.

'정말로…… 진심이라는 건가?'

믿기 어렵지만 이레나는 정말로 스텔라를 생각해서 해 준 말인 듯했다.

갑자기 이레나가 이런 말을 꺼낸 게 무척이나 의아했지만, 한편으론 스텔라가 지금껏 생각해 보지 못한 결론에 도달할 수 있었다.

정말로 남편과 아들이 자신을 끝까지 잊지 못한다면…… 최악의 상황이 찾아올 수 있다는 사실을 간과했었기 때문이다.

'지금까진 그런 상황이 찾아오면 내가 사라져야겠다고만 생각했는데…… 내가 죽어도 끝나지 않을 수도 있겠구나.'

스텔라는 자신의 남편과 아들을 진심으로 사랑했다.

그녀가 자란 가문은 무척이나 엄했다. 그래서 어렸을 때 치기 어린 반항심으로 딱 한 번 일탈을 한 적이 있었다.

그리고 처음으로 술에 취하게 된 그 날 밤, 지금의 아들을 갖게 된 것이다.

스텔라의 가문에서는 어떻게든 아이를 없애려고 했지만, 그녀는 그러면 자신까지 죽어 버리겠다고 악착같이 버텼다.

결국에는 가문에서 정해 준 남자와 모든 것을 숨긴 채

결혼을 하는 조건으로 스텔라는 자신의 아들을 지킬 수 있었다.

말 그대로 정략결혼이었다. 그런데 황당하게도 그런 상대와 사랑에 빠지게 된 것이다.

스텔라는 평생 죄를 짓고 사는 기분이었다. 남편에겐 차마 떳떳하게 말할 수 없는 비밀이었고, 아들에겐 단 한 번도 자랑스러운 엄마가 되어 주지 못했다.

그래서 만약 최악의 상황이 찾아오면, 스텔라는 혼자서 모든 걸 다 짊어지고 가리라 다짐한 것이다.

그런데 지금 이레나가 해 준 말은, 이제껏 스텔라가 해 온 결심을 무너뜨리는 것이었다.

무척이나 혼란스러웠다. 하지만 한편으로는 이런 말을 꺼낸 이레나의 진심을 느낄 수 있었다.

"비전하는…… 황후 폐하와 다르시군요."

지금까지 스텔라의 눈에 비친 이레나는 무척이나 영악한 여성이었다. 사실 이레나가 칼라일과 결혼해 황태자비가 되지 않았다면, 스텔라는 그녀를 죽이기 위해 전력을 다했을지도 모른다.

하지만 황실의 사람을 섣불리 건드릴 수 없었기에 지금까지 지켜볼 수밖에 없었다.

가장 감추고 싶은 비밀을 들켰으니 상황에 따라 같은 편이 되어도 좋다고 생각했지만, 스텔라는 언제라도 이레나의 등에 칼을 꽂아 넣을 수 있는 입장이기도 했다.

이레나가 픽 웃으면서 대꾸했다.

"황후 폐하와 다르다는 말, 칭찬인가요?"

"글쎄요……."

사교계의 실세인 스텔라는 누구보다 오펠리아를 잘 알았다.

오펠리아는 웃는 얼굴에 비수를 감추는 타입이었다. 가능한 절대로 적으로 두고 싶지 않은 무서운 부류라고 해야 할까.

당연히 이레나도 나중에는 오펠리아처럼 될 거라고 여겼다.

그런데 이레나는…… 아니었다.

이런 대화를 스텔라가 좋아하지 않을 거라는 걸 알면서도, 이레나는 진심으로 아무런 이득 없이 충고를 해 주었다. 만약 오펠리아였다면 이 약점을 빌미로 스텔라의 뼛골까지 빼먹으려 했을 것이다.

"딱 꼬집어 말할 순 없지만, 그래도 이거 하나는 분명히 말할 수 있겠네요. 황후 폐하는 상대의 두려움을 이용해 군림하시는 분이라면, 비전하는…… 사람의 마음을 움직이는 능력이 있으시군요."

스텔라는 어쩐지 이레나가 마음에 들었다. 지금까지 얼굴에 겹겹이 쓰고 있던 가면이 벗겨지는 기분이었다.

이레나의 솔직한 발언이 결국 스텔라의 마음까지 움직인 것이다.

"부인의 말이 좋은 뜻인지 모르겠군요."

"적어도 저한텐 좋았습니다. 처음으로 비전하의 편이 되고 싶다는 생각이 들었거든요."

생각지도 못한 스텔라의 대답에 이레나의 붉은 눈동자가 살짝 커졌다. 사실 기분만 나빠하지 않아도 다행이라고 여겼는데, 총명한 스텔라는 거기에 담긴 이레나의 진심까지 간파한 것이다.

이레나가 살짝 얼굴을 찡그리며 어쩔 줄 모르겠다는 표정으로 웃었다.

"그런데 지금 부인의 말은 그동안 우리가 나눈 대화가 꽤나 가식적이었다는 거군요. 몇 번이나 제 편이 되어 주겠다는 뉘앙스를 풍겼는데, 그런 생각이 진심으로 든 건 이번이 처음이라는 거니까요."

"부정하지 않겠습니다. 사실 비전하도 제게 백 퍼센트 진심은 아니셨잖아요."

무척이나 솔직한 스텔라의 답변에 이레나는 이내 작게 웃음을 터뜨리고 말았다.

지금까지 두 사람은 몇 번이나 만나서 이야기를 나눴지만, 이제야 처음으로 서로를 제대로 마주 보는 느낌이었다.

이레나는 먼저 용기를 내어 스텔라에게 다가가서 다행이라는 생각이 들었다. 이제는 정말로 스텔라와 같은 편이 될 수 있을 것 같았다.

"비비아나 부인이 이렇게 호쾌한 성격이신지 몰랐네요."

"저도 비전하께서 이렇게 다정한 분이신지 몰랐습니다."

불현듯 두 사람은 서로를 마주 보며 피식하고 웃음을 흘렸다.

하지만 이내 스텔라가 진지한 표정으로 말을 이어 나갔다.

"오늘 비전하가 제게 해 주신 충고 잊지는 않을게요. 하지만 그 전에 비밀이 들키지 않도록 최선을 다할 거예요. 최악의 상황이 닥친다면 그게 어떤 선택이든 저한텐 너무 힘든 결정이거든요."

그 말에 이레나는 고개를 끄덕이며 대답했다.

"네, 이해해요. 부인이 어떤 결정을 내리시든 저는 좋은 결과가 있기를 기원할 뿐입니다."

진심이었다. 이레나는 이번 생의 스텔라가 행복한 엔딩을 맞이하기를 바랐다.

스텔라가 빙긋 웃으면서 대답했다.

"우리 생각보다 꽤 좋은 사이가 될 수도 있을 것 같네요."

* * *

그 시각, 오펠리아는 자신을 따르는 세력들을 모아 회의를 진행하고 있었다.

가장 높은 자리에는 오펠리아가 황제처럼 앉아 있었고, 그 바로 옆엔 체자레가 직접 그녀를 보좌하고 있었다.

두 사람 앞에 쭈욱 늘어선 귀족들의 모습은 마치 루퍼드 제국의 국사를 논하는 대신 회의를 연상케 하는 풍경이었다.

"황후 폐하, 외람되오나 2황자님께서 마약 혐의로 황태자궁에 갇혀 계시다던데 소문이 사실입니까?"

오펠리아가 최대한 감춘다고 감췄지만 모두의 눈과 귀를 막을 수는 없었다. 가능한 이런 이야기가 나오기 전에 레드필드를 되찾아 오려 했지만, 그건 이미 이레나의 만찬회 때문에 실패한 상황이었다.

그랬기에 오펠리아도 이곳으로 나오면서 어느 정도 예상한 질문이었다.

'하이에나 같은 자들…….'

이중에 오펠리아를 진심으로 따르는 이들도 있었지만, 사실 세밀히 따지고 보면 그렇지 않은 사람들이 더 많았다.

그런데 그들이 계속해서 오펠리아를 지지하는 이유는 단 하나였다.

바로 오펠리아가 강하기 때문이다.

귀족들은 레드필드가 붙잡혔다는 소문이 암암리에 퍼져 나가자, 그 사실에 대한 진위 여부를 확인하는 것과 동시에 오펠리아가 건재한지 알아보려는 것이다.

오펠리아는 가능한 소문이 널리 확산되는 것을 막아야 했지만, 이미 진실을 아는 자들에게까지 감출 수는 없는 노릇이었다.

오히려 이 자리에서 제대로 해명을 하지 않은 채 모두에게 불안감을 심어 주는 것보다 명확하게 밝히는 게 나았다.

오펠리아는 여유로운 표정으로 대답했다.

"맞습니다. 현재 레드필드는 황태자궁 안에 있는 상황입니다."

웅성웅성—

그 말의 파장은 컸다. 귀족들이 수군거리며 자기들끼리 이야기를 나누기 시작할 때였다.

오펠리아의 옆에 서 있던 체자레가 눈을 부라리며 크게 소리쳤다.

"어허, 조용히 하시오! 황후 폐하께서 앞에 계시는데 무슨 짓들이오!"

그 말에 거짓말처럼 주위가 고요해졌다.

오펠리아는 입가에 미소를 지은 채로 나직하게 말을 이었다.

"모두 요즘 황제의 병환이 심상치 않다는 것을 알고 있을 겁니다. 이번 일은 칼라일 황태자가 황위를 노리고 벌인 짓이죠."

조용히 이야기를 경청하고 있던 귀족들 중 하나가 질문했다.

"그렇다면 2황자님께서 마약을 하신 혐의가 없다는 말씀입니까?"

"이 일이 진실인지가 중요한 게 아닙니다. 황태자가 공식적으로 일을 처리하지 않고 레드필드를 가둔 이유가 무엇이겠습니까? 거짓 증거를 만들어서라도 우리 레드필드를 음해하려고 하는 것입니다."

오펠리아는 아주 교묘하게 마약에 관련한 사실을 회피하며, 계획했던 대로 천천히 귀족들을 선동하기 시작했다.

그러자 귀족들에게서 예상된 반응이 나왔다.

"그렇다면 큰일이 아닙니까?"

"어서 2황자님을 구해야 합니다."

오펠리아는 그런 그들을 바라보며 적당한 타이밍에 다시 입을 열었다.

"여러분도 잘 알고 있을 겁니다. 지금까지 루퍼드 제국의 황제들이 얼마나 독재 정치를 펼쳤는지요. 이번에 칼라일 황태자가 벌인 일만 봐도 그가 황위에 오르면 어떤 일이 벌어질지 짐작이 가지 않나요?"

워낙 제국의 역대 황제들이 잔혹한 피의 역사를 써 내려갔기 때문에 아직까지도 귀족들은 그 사실을 잊지 않고 있었다.

"칼라일 황태자가 정말로 황제가 된다면 가장 먼저 무슨 일을 할까요? 아마도 여기에 계신 분들은 모두 살아남기 힘들지도 모르겠군요."

"……!"

모두 약속이라도 한 것처럼 안색이 흙빛으로 변했다.

오펠리아는 대놓고 선언한 것이다. 이미 배를 갈아타기엔 늦었다고 말이다.

여기까지 들은 귀족들은 더 이상 레드필드의 마약에 관한 이야기가 궁금하지 않았다. 어떻게든 레드필드를 안전히 구해 내는 것에 초점이 맞춰질 수밖에 없었다.

드디어 분위기가 무르익었다고 판단한 오펠리아가 궁극적으로 하고 싶었던 말을 내뱉었다.

"황제 폐하께 항의서를 올려서 지금 칼라일 황태자가 하는 만행을 막아야 합니다. 설령 레드필드가 무언가 죄를 지었다고 해도 정당하게 법으로 심판을 받아야지, 개

인적인 공간에 갇혀 있다는 건 제국법상 어긋나는 일이에요."

오펠리아의 말은 구구절절 옳았다. 그리고 그녀는 이곳에 참석하기 전에 모든 법관들을 매수해 놓은 상태였다.

황태자궁에서 풀려난 레드필드가 공식적인 수사를 받게 되면, 거기서 일하고 있는 모두가 이미 오펠리아의 사람들일 것이다.

그렇게 되면 칼라일은 절대로 진실을 밝혀낼 수가 없었다.

만약 칼라일이 이 사실을 눈치챈다고 하더라도 계속해서 황태자궁에 레드필드를 붙잡아 둔다면, 여론만 점점 더 안 좋아질 뿐이다.

그때는 힘으로 밀어붙이려고 한 오펠리아를 의심하기보다, 오히려 칼라일에게 무언가 켕기는 것이 있다고 말이 나올 테니까.

이미 오펠리아의 뜻대로 생각하게 된 귀족들은 모두가 합심해서 이번 일을 설리반에게 항의해야겠다고 열을 내고 있었다.

"당장 돌아가자마자 황제 폐하께 2황자님의 석방을 요청할 것이오!"

"이대로 둘 순 없지요. 황태자는 법을 지키지 않고 일을 처리한 것에 대한 처벌을 받아야 합니다."

오펠리아가 노린 게 바로 이것이었다. 이로써 칼라일은 이러지도 저러지도 못하는 상황에 빠진 것이다.

'자, 칼라일 황태자 이젠 어떻게 나올 셈이지?'

오펠리아가 한쪽 입꼬리를 올리며 득의양양하게 웃었다.

45

건국 기념제

처음엔 레드필드의 마약 혐의에 대해 수군거리던 사람들이 순식간에 공식적으로 수사를 진행하지 않은 칼라일에게로 화살의 방향을 바꾸었다.

여론은 날이 갈수록 안 좋아졌지만 정작 칼라일은 눈 하나 깜빡하지 않았다.

어찌 됐든 칼라일이 허락하지 않는 한, 황태자궁에서 레드필드를 강압적으로 빼낼 수 있는 사람은 존재하지 않았다.

현재 황태자궁 안에 주둔하고 있는 군사의 숫자는 상당했고, 황후 오펠리아조차 뚫지 못한 그 세력을 무력으로 해제시킬 수 있는 귀족은 없었다.

덕분에 레드필드는 계속 황태자궁 안에 갇힌 채, 며칠이란 시간이 흘러갔다.

그렇게 건국 기념제의 날이 찾아왔다.

스읏, 슥, 슥.

이레나는 평상시처럼 하얀 셔츠를 입고 서 있는 칼라일의 바로 앞으로 다가가 꼼꼼히 크라바트를 매어 주었다.

지금까지 흘러가는 상황이 칼라일에게 썩 유리하게 보이지 않았지만, 이레나는 그에 대해 단 하나도 물어보지 않았다. 그만큼 칼라일의 판단을 믿고 있었기 때문이다.

그가 건국 기념제를 이용해 한꺼번에 사건을 터뜨리겠다고 했으니, 그저 오늘 무슨 일이 벌어질 거라는 사실만 짐작하고 있을 뿐이었다.

이레나는 그게 무엇이든 칼라일이 원하는 결과를 얻을 수 있기를 마음속 깊이 응원하고 있었다.

어쩐지 결연한 표정으로 크라바트를 만지고 있는 이레나를 바라보며, 칼라일이 피식하고 작게 웃음을 흘렸다.

"귀여운 표정으로 뭘 그리 골똘히 생각하고 있는 거지? 혹시 오늘 벌어질 일에 대해 걱정이라도 하는 건가?"

"……조금은요."

"뭐, 오늘 일의 결과에 따라 많은 것들이 바뀌긴 할 거야."

그 말에 이레나가 힐끗 고개를 들어 칼라일의 얼굴을 쳐다보았다.

"만약에라도 내게 안 좋은 상황이 찾아오면 어떨 것 같아?"

칼라일은 나약한 질문과 달리 자신만만한 표정을 짓고 있었다.

잠시 고민하던 이레나가 아무렇지 않은 목소리로 대답했다.

"글쎄요. 재빨리 2황자의 목이라도 베어 버릴까요? 어찌 됐든 숨통을 끊어 버리면 황위를 계승할 수 없게 될 테니까요."

거침없는 이레나의 발언에 칼라일이 큭, 하고 낮게 웃음을 터뜨렸다.

그가 부드럽게 눈꼬리를 휘며 사랑스럽다는 눈빛으로 이레나를 내려다보았다.

"역시 내 부인답게 과격하군. 하지만 그런 일을 벌이면 황후가 온갖 죄목을 만들어 부인과 나를 죽이려들 테지."

혐의가 확실하지 않은 황자를 죽이는 것은 앞으로 황제가 될 칼라일에게 많은 리스크를 감수해야 하는 일이었다.

오펠리아와의 전면전으로 군사적 손해는 물론, 패륜을 저지른 이유로 황태자 자리에서 물러나야 할지도 몰랐다.

그렇기에 힘으로 황실을 뒤엎으려면 2황자인 레드필드뿐만 아니라, 황제 설리반을 포함한 모든 친인척들을 다 죽여야만 가능했다. 어정쩡하게 레드필드만 죽이려 들면 오히려 칼라일은 황위에서 멀어질 것이기 때문이다.

이레나 역시도 그 사실을 잘 알고 있었다.

"그만큼 당신을 위해 내가 못 할 게 없다는 소리예요."

전혀 생각지 못한 응원의 말에 칼라일의 푸른 눈동자가 순간 미미하게 떨렸다.

칼라일이 이내 희미한 웃음을 지으며 이레나의 얼굴을 쓰다듬었다.

"걱정하지 마. 부인을 그렇게 고생시킬 일은 없을 테니까. 오히려 이번 일이 잘 마무리되면 그대는 오래전 나와 한 계약을 지켜야 할 거야."

"계약이라면……."

불현듯 이레나의 머릿속에 떠오르는 기억이 있었다.

—원하던 황후가 되면 그때부턴 오로지 내 여자로서만 살아.

그것은 두 사람이 계약 결혼을 할 때 정한 사항 중에 하나였다.

황후가 되기 전까지 잠자리를 갖지 않는다, 그 말은 즉 칼라일이 황위를 물려받는 순간부터 두 사람은 진짜 부부가 되는 것이었다.

두근, 이레나의 심장이 요동쳤다.

이레나도 모르지만은 않았다. 키스를 하고 물러서는 칼라일의 눈빛에는 언제나 식지 않은 열기가 어려 있었다. 그가 매일 밤마다 스스로를 녹초로 만들고 나서야 침실로 들어오는 이유를, 이레나가 모를 수는 없었다.

칼라일은 지금까지 그녀와의 약속을 지키기 위해 최선을 다하고 있었다.

"대관식을 치르는 날, 가장 먼저 침실에 있는 소파를 불태울까 생각 중이야."

소파가 꼴도 보기 싫다는 듯한 칼라일의 말에 이레나의 얼굴이 불그스름하게 변했다.

결혼식 이후로 이레나는 침대, 칼라일은 소파에서 잠을 청했다. 하지만 칼라일이 황제가 되면 두 사람은 같은 침대를 쓰게 될 테니, 더 이상 침실에 소파를 둘 필요가 없었다. 그 말뜻을 자연스럽게 이해할 수밖에 없었다.

"마음대로 해요. 그때가 되면…… 정말 소파는 필요 없어질 테니까요."

이레나는 어쩐지 쑥스러워서 귀까지 뜨겁게 달아오르는 느낌이었다.

그런 순간이 찾아오길 원하는 건 칼라일만이 아니었다. 누구보다 이레나가 그를 황제로 만들고, 블레이즈 가족들을 안전하게 지켜 낼 수 있는 나날들을 바라고 있었다.

당시엔 깊게 고민하지 않고 한 계약이었지만…….

이젠 모든 일이 끝나면 칼라일만을 위한 여자로 살아가도 좋겠다는 생각이 들었다.

"……지금 한 말, 잊지 마."

칼라일은 이글거리는 눈빛으로 이레나를 쳐다보다, 이내 서약을 하듯 조심스럽게 이레나의 이마에 입을 맞췄다.

가벼운 스킨십이었음에도 불구하고 서로를 갈구하는 격렬한 키스만큼이나 칼라일의 입술이 뜨겁게 느껴지는 입맞춤이었다.

이레나가 일렁이는 눈동자로 칼라일을 올려다보자, 그가 조금 전보다 더 높아진 체온으로 그녀의 얼굴을 쓰다듬으며 말을 이었다.

"기다리고 있어. 곧 그대를 받으러 갈 테니."

* * *

오펠리아는 칼라일이 레드필드를 순순히 풀어 주지 않

자, 오늘 건국 기념제에서 결판을 지으려고 단단히 마음을 먹은 상태였다.

어차피 여론은 이미 오펠리아 쪽으로 넘어온 상태였다. 칼라일이 자신의 병력을 이용해 버티고 있었지만, 결국 황제인 설리반이 명령을 내리게 되면 따를 수밖에 없었다.

그 누구도 칼라일의 병사를 강제로 해산시킬 수 없었지만…….

그게 루퍼드 제국의 황제라면 말이 달라졌으니까.

그래서 오펠리아는 수많은 귀족들이 한자리에 모이는 오늘 건국 기념제에서 대대적으로 설리반을 압박할 계획이었다.

오펠리아를 뒤따르던 체자레가 나지막한 목소리로 속삭였다.

"누님, 예상대로 황태자가 오늘 모습을 드러낼 거라는 정보가 들어왔습니다."

"그래, 이 자리에 빠질 수는 없었겠지."

매년 루퍼드 제국에서는 건국일을 기리며 황실과 수많은 귀족들이 허심탄회하게 정치를 논하는 시간을 가졌다.

레드필드를 구금한 이후로 칼라일은 한동안 공식 석상에 모습을 드러내지 않았지만, 오늘만큼은 그도 참석을 피할 수 없었을 것이다.

오펠리아가 뱀처럼 눈을 번뜩거리며 중얼거렸다.

"……모두가 보는 앞에서 누가 더 우위를 점하고 있는지 똑똑히 보여 줘야겠구나."

그동안 레드필드를 강제로 가둔 죗값을 칼라일에게 톡톡히 치르게 할 생각이었다.

오펠리아는 건국 기념제가 열릴 회의장에 가까워지자, 언제나처럼 본심을 감춘 채 얼굴 전체에 인자한 미소를 지었다.

"루퍼드 제국의 황후 폐하 드십니다!"

입구에서 오펠리아의 등장을 알리는 목소리가 우렁차게 퍼졌다. 그러자 회의장 안에 먼저 도착해 있던 귀족들이 전부 오펠리아를 향해 허리를 수그리며 한목소리로 인사를 건넸다.

"루퍼드 제국의 황후 폐하를 뵙습니다! 제국에 무한한 영광을!"

오펠리아를 선두로 바로 뒤에는 체자레와 시녀장 카사나가 회의장으로 들어왔다. 그 이외에도 오펠리아를 따르는 수많은 권세가의 부인들의 입장이 줄줄이 이어졌다.

그 모습에서 루퍼드 제국의 양대 산맥이라 불리는 황후의 위엄이 느껴졌다.

그렇게 오펠리아는 당당히 가장 상석에 앉아 있는 설리반의 옆자리로 가서 앉았다.

"콜록콜록, 오셨소?"

설리반의 안색은 무척이나 좋지 못했다. 오펠리아는 타인의 시선을 의식해 걱정스러운 표정으로 말했다.

"오늘 폐하의 컨디션이 많이 안 좋으신 것 같습니다."

하지만 오펠리아는 말과 달리, 속으로는 회심의 미소를 짓고 있었다.

오늘 그녀가 준비한 일들을 겪게 되면 설리반의 상태는 더욱 악화될지도 몰랐다. 그는 오늘 눈앞에서 칼라일이 당하는 꼴을 직접 지켜보아야만 할 테니까 말이다.

오펠리아는 절로 올라가려는 입꼬리를 누르고, 정면으로 고개를 돌려 속속들이 도착하고 있는 귀족들을 바라봤다. 그중에 오펠리아에게 남몰래 눈짓으로 인사를 건네는 귀족들은 상당수였다. 이미 이 자리에 모인 많은 이들이 오펠리아의 편이기 때문이다.

그때였다.

"루퍼드 제국의 황태자 전하와 비전하 드십니다!"

그 말에 오펠리아의 시선이 자연스럽게 칼라일과 이레나를 향해 움직였다. 그리곤 그 둘의 모습을 확인하자마자 오펠리아의 표정이 눈에 띄게 경직되었다.

'어떻게 이런…….'

회의장에 입장하는 이레나를 뒤따라 들어오는 여성들은 전부 사교계에서 널리 이름이 알려진 유명 인사들이었다.

가장 먼저 등장한 여성은 이레나의 황궁 시녀가 된 후로 왕성히 활동을 펼치고 있는 로렌스 백작 가문의 마가렛이었다. 그 뒤로는 사교계의 꽃이자, 루퍼드 제국의 유행을 선도하는 네크렌시 후작 가문의 율리아가 걸어 들어왔다.

거기서 끝이 아니었다. 젊은 영애들뿐만 아니라 사교계의 실세인 비비아나 백작 가문의 스텔라까지 모습을 드러냈다.

그렇게 율리아를 동경하는 젊은 영애들과 스텔라를 따르는 추종자들을 합치면 그 행렬이 상당히 길 수밖에 없었다.

'……언제 이렇게 성장한 거지?'

오펠리아의 짐작보다 사교계에서 이레나가 가지는 위치는 상당히 견고해 보였다.

오랫동안 사교계에 몸담아 온 오펠리아조차 자신의 편으로 끌어들이지 못한 이들이었다. 그런데 무슨 수를 쓴 것인지 그들이 이레나를 따르고 있었다.

그 모습에 자연히 오펠리아의 기분이 저조해질 수밖에 없었다.

'이젠 더 늦기 전에 제거해야겠어.'

새삼 이레나의 성장을 확인한 오펠리아는 경각심을 높였다. 다행히도 오늘 건국 기념제에서 칼라일을 재기불능으로 만들 수 있을 테니, 그다음 타깃은 바로 이레나였다.

모두 제자리에 착석하자, 어느덧 건국 기념제를 맞아 회의를 열 시간이 되었다.

설리반은 병색이 완연한 얼굴과 달리 위엄 있는 목소리로 말했다.

"콜록, 그럼 이제부터 회의를 시작하지."

원래대로였다면 제국민들의 생활에 관련된 문제나 이웃 국가들에 대한 건의사항이 가장 먼저 나왔을 것이다.

하지만 이번은 달랐다.

어느 귀족 한 명이 입을 열었다.

"황제 폐하, 소신 외람되오나 이 자리에서 드리고 싶은 말씀이 있습니다."

이 회의의 목적은 황제와 귀족들이 허심탄회하게 국사를 논의하는 것이었다.

설리반은 망설이지 않고 대답했다.

"말하라."

"현재 2황자님이 황태자궁에 붙잡혀 계신 걸 알고 계십니까? 엄연히 루퍼드 제국에는 법이 있는데 이건 너무 과한 처사가 아닐는지요."

그 이야기가 시작되자마자 다른 귀족들도 준비했다는 듯이 한마디씩 말을 보탰다.

"맞습니다. 2황자님께서 어떤 혐의를 가지고 계신지 모르나 그건 정정당당하게 법대로 조사하고 심판해야 될 문제입니다."

"아무리 황태자 전하라고 하나 법을 무시할 수는 없는 노릇입니다."

옆에서 가만히 상황을 지켜보고 있던 체자레는 중간에 오펠리아와 눈짓을 주고받았다. 그리고 오펠리아가 슬쩍 고개를 끄덕이며 사인을 보내자, 적절한 시기라고 판단한 체자레가 드디어 입을 열었다.

"귀족들이 폐하께 그동안 2황자님과 관련하여 수많은 항의서를 올렸습니다만, 어찌 한 번도 제대로 된 대답을 주지 않으시는 겁니까?"

그 말에 설리반은 한 손으로 기침이 터져 나오는 입가를 가리며 대답했다.

"콜록콜록, 어떻게 된 영문인지 조사를 하고 있었던 것이다."

"혹시 황태자라는 직위 때문에 그러시는 것은 아닙니까? 아무리 귀한 신분이라고 해도 법을 어긴다면 그에 합당한 죗값을 치러야 할 것입니다."

강경한 체자레의 요구에 맞춰 그의 뒤편에 서 있던 아니타 가문의 기사들이 일제히 눈을 빛내며 투지를 불태웠다. 삽시간에 회의장의 분위기가 흉흉하게 변할 수밖에 없었다.

거기에 결정타를 날리기 위해 체자레는 품에 가지고 있던 연명서를 꺼내었다. 연명서는 여러 사람들이 하나의 주장을 내세우기 위해 같은 뜻을 가진 이들끼리 이름을 적은 종이였다.

현재 체자레의 손에 들린 연명서에는 수많은 귀족들이 칼라일의 처벌을 원한다는 내용에 동의를 하고 있었다.

"이건 황태자 전하를 처벌해 주십사 요구하는 귀족들의 염원이 담긴 연명서이니, 부디 외면하지 말아 주십시오. 폐하."

체자레는 이곳에 오기 전 오펠리아에게 언질을 받은 대로 말을 하며, 당당하게 설리반 앞으로 걸어가 연명서를 내밀었다.

이 정도로 판을 벌였으면 건국 기념제의 특성상 절대로 무시할 수는 없었다.

체자레가 슬쩍 입꼬리를 올리며 자신만만한 표정으로 칼라일을 쳐다볼 때였다.

'……어라?'

칼라일은 자신에게 불리하게 돌아가는 상황임에도 불

구하고 여전히 나른한 표정으로 그들이 하는 행동을 지켜보고 있을 뿐이었다. 이 상황을 모르는 자가 본다면 칼라일이 지루해한다고 느낄지도 몰랐다.

하지만 칼라일이 머릿속에 생각이 있는 사람이라면, 지금처럼 이 자리에 태연하게 앉아 있을 리가 만무했다.

체자레는 무언가 불길한 기분이 들어 오펠리아를 쳐다보았다.

오펠리아 또한 뭔가 이상하다는 것을 감지했는지, 심상치 않은 표정으로 칼라일을 바라보고 있었다.

설리반이 힐끔 칼라일을 보며 말했다.

"황태자, 이것에 대해 직접 해명해라."

그 말이 떨어지자 칼라일의 푸른 눈동자에는 순간 의미심장한 빛이 감돌았다.

칼라일은 마치 시시하다는 듯 픽 하고 낮게 웃음을 터뜨리며 나지막이 입을 열었다.

"연명서라…… 대체 어떤 걸 보여 줄지 기대했는데, 그동안 준비한 게 고작 이거라니 조금 실망이군."

"뭐, 뭐라?"

일순 화가 난 체자레의 얼굴이 붉게 달아올랐다.

그 모습을 여유로운 표정으로 바라보던 칼라일이 재차 낮은 목소리로 말했다.

"그럼 이제 내가 준비한 것을 보여 줄 차례인가?"

말과 동시에 칼라일의 시선이 회의장 입구에 서 있는 제너드를 향했다.

제너드는 처음부터 그의 명령이 떨어지기만을 기다리고 있던 상태였다.

"케이시 경을 들어오라고 해."

"네, 전하."

제너드가 깍듯하게 인사를 올리고는 곧바로 바깥에서 대기 중이던 케이시 가문의 수장 스미스를 데리고 들어왔다.

스미스는 회의장 안에 들어서자마자 황실의 일원들을 향해 정중하게 예를 표했다.

"제국의 존귀하신 폐하와 전하를 뵙습니다. 루퍼드 제국에 무한한 영광을—"

케이시 가문이 황제파의 주축이라는 걸 모르는 사람은 없었다.

갑작스러운 스미스의 등장에 회의장 안에 있던 사람들이 웅성거리기 시작했다. 하지만 스미스는 조금도 개의치 않고, 곧바로 체자레의 바로 옆으로 다가가 똑같이 설리반에게 문서를 내밀었다.

자연히 설리반이 물었다.

"이건 또 뭔가?"

"저희 케이시 가문에서 도맡아 공사하던 플라워 브리

지를 아실 겁니다. 이 문서는 황후 폐하가 다리를 무너뜨리려 했다는 증거 자료입니다."

수군수군, 지금 이 말을 듣고 나자 회의장 안의 웅성거림이 훨씬 더 커졌다.

가만히 상황을 지켜보던 오펠리아의 안색이 어둡게 변했다. 칼라일의 입에서 케이시 가문이라는 이름이 나올 때부터 이런 상황이 닥치리란 걸 예상하긴 했었지만, 여러 가지의 일이 한꺼번에 터지니 수습하기가 쉽지만은 않았다.

더 이상 분위기가 안 좋은 방향으로 흐르기 전에 오펠리아가 먼저 입을 열었다.

"폐하, 이건 누군가의 모함입니다."

문서를 가지고 온 스미스가 그럴 줄 알았다는 듯 대꾸했다.

"황후 폐하께서 다리를 건설할 때 자재들을 바꿔치기하려 했다는 명백한 증거가 있습니다. 지금까진 정확한 증거를 잡기 위해 밝히지 않은 것뿐입니다만…… 일전에 누군가 플라워 브리지를 폭파시키려고 한 적이 있었습니다."

두 사람의 이야기를 듣고 있던 설리반이 물었다.

"누가 시킨 건지 자백했나?"

"네, 폐하. 그들 모두가 황후 폐하의 지시를 받고 움직였다고 실토를 했습니다."

스미스의 적절한 대응에 오펠리아의 미간이 꿈틀거렸다.

이대로 당하고 있을 수만은 없기에 오펠리아도 지지 않고 반박했다.

"황후라는 직위로 인해 저를 따르는 이들이 수만 명입니다. 그들을 제대로 관리하는 것 또한 제 책임이긴 하지만, 설령 저희 측에서 누군가가 움직였다고 해도 무조건 진범이 저라는 보장은 없습니다."

이미 오펠리아는 이 사건의 주모자를 다른 귀족으로 만들기로 마음먹었다. 물론 그 의심을 피해 가는 과정이 쉽지만은 않을 것이다. 그래서 하나씩 차근차근 해결해 나가려고 했던 일이었다.

그런데 레드필드에 관한 일을 처리하고 있던 건국 기념제에서 갑자기 플라워 브리지에 대한 내용이 튀어나오자 조금 당황스러울 수밖에 없었다.

하지만 오펠리아는 여전히 침착하게 말을 이었다.

"플라워 브리지에 관한 재수사를 요청드립니다. 제국의 황후로서 이런 불미스러운 일에 이름이 거론된다는 사실이 무척이나 안타까울 따름입니다. 하지만 지금은……."

그녀가 회의장 안에 모인 귀족들을 쭈욱 둘러보며 목소리에 힘을 주어 말했다.

“제가 아닌 황태자에 대한 일부터 매듭짓고 가야 할 것 같군요.”

오펠리아는 자신에게 꽂히던 관심을 다시금 칼라일에게로 돌렸다.

어찌 됐든 플라워 브리지에 관한 일을 이 자리에서 마무리 지을 순 없었다. 다른 누구도 아닌 제국의 황후를 조사하는 일이었다. 당연히 시일이 소요될 수밖에 없었다.

오펠리아의 말에 눈치만 보고 있던 몇몇 귀족들이 서둘러 동의를 하고 나섰다.

“맞는 말씀입니다. 당장 확실치도 않은 황후 폐하의 죄목을 따지기보다 2황자님을 구금한 황태자 전하의 처벌이 시급합니다.”

“폐하, 통촉하여 주십시오!”

칼라일이 그런 귀족들을 물끄러미 바라보며 입을 열었다.

“레드필드를 공식적으로 조사하지 않은 죄라…… 그럼 그 이유에 대해 밝히면 되는 건가?”

생각지 못한 칼라일의 발언에 오펠리아와 귀족들의 표정이 기묘하게 변했다. 당연히 오펠리아가 레드필드를 보호하려 할 것을 우려해 칼라일이 황태자궁으로 직접 데려간 거라고 추측했기 때문이다.

오펠리아는 왠지 불길한 예감이 들었다.

'설마 다른 이유가 있었다는 건가? 그것도…… 이렇게 모두의 앞에서 증명할 수 있을 정도로 타당한 이유가?'

오펠리아의 믿기 어렵다는 시선을 받으며 칼라일은 태연하게 제너드를 향해 다시 한 번 명령을 내렸다.

"레드필드를 데리고 와."

그 말에 곧이어 레드필드가 기사들에게 붙들려 회의장 안으로 모습을 드러냈다.

수척해진 레드필드의 얼굴을 확인하자 머리끝까지 화가 난 오펠리아가 자리에서 벌떡 일어섰다.

"황태자! 벌써부터 이런 죄인 취급이라니 무슨 짓이오!"

"어, 어머니……."

영문도 모른 채 회의장으로 끌려온 레드필드는 오히려 오펠리아의 얼굴을 보고 내심 안도하는 기색이 역력했다.

하지만 거기서 끝이 아니었다. 레드필드의 뒤로 그가 파티장에서 즐겨 사용하던 마약을 피우는 향료가 옮겨졌다.

모두의 시선이 레드필드와 향료를 향해 쏠릴 수밖에 없었다.

칼라일이 설명하듯 다시 입을 열었다.

"저기 보이는 향료를 통해 레드필드는 파티장에서 마약을 피웠습니다."

설리반에게 연명서를 내밀었던 체자레가 말도 안 된다는 듯 소리쳤다.

"거기에 대한 증거가 있소이까!"

"당연하지."

칼라일은 이미 모든 것을 준비했다는 듯, 수하를 통해 전달받은 서류를 설리반의 앞으로 당당히 내밀었다.

"거기에 레드필드가 지금까지 사용한 마약의 종류들이 적혀 있습니다. 궁금하시다면 제가 직접 똑같이 조합해 이 자리에서 마약을 피워 보일 수도 있습니다."

칼라일의 서늘한 시선이 슬쩍 회의장 안의 귀족들에게 향했다.

"잘하면 마약에 대한 내성을 가진 귀족들을 분간해 낼 수도 있겠군요."

파티장에서 똑같은 향을 맡았는데도 레드필드는 멀쩡하고 처음 접한 이들은 정신을 잃는 이유는 하나였다. 그에 대한 내성을 키워 마약 성분이 주는 쾌락은 즐기되, 몸에 대한 의지를 잃고 쓰러지는 일은 없도록 조절하는 것이었다.

만약 이곳에서 향을 피웠는데 내성이 있는 귀족이 있다면, 그것은 레드필드의 파티에서 같이 즐겼을 확률이 높다는 소리였다.

칼라일의 의미심장한 말에 몇몇 귀족들의 얼굴이 시커멓게 변했다.

하지만 지금 누구보다 놀란 것은 바로 오펠리아였다. 그녀는 향을 제조하고 만드는 일에 능숙했다. 그래서 아들인 레드필드가 남들보다 더 마약을 조합하는 데 익숙했는지도 모른다.

그렇기에 오펠리아는 누구보다 잘 알고 있었다. 어떤 재료들을 조합해 마약을 만들었지는 절대로 빠른 시간 안에 밝혀낼 수가 없었다.

칼라일이 어느 정도 확신이 있으니 나섰을 거라고 생각하긴 했지만, 설마 이 정도로 완벽하게 증거를 마련했을 줄은 몰랐다.

왜냐면 오펠리아는 여태까지 가장 중요한 사실을 모르고 있었기 때문이다. 바로 오래전에 레드필드가 이레나를 파티에 초대했고, 그때 이레나가 마약의 가루를 가져갔다는 사실을 말이다.

'……큰일이야. 쉽게 수습이 안 될지도 모르겠어.'

오펠리아가 속으로 강한 위기감을 느끼고 있을 때였다.

체자레도 일이 점점 불리하게 돌아간다는 것을 눈치채고 재빨리 칼라일을 향해 반박했다.

"설령 2황자님이 마약을 했다고 칩시다. 그렇다고 여기서 황태자 전하께서 단독으로 수사를 진행할 이유가 뭐란 말입니까?"

"좋은 질문이야."

칼라일은 말과 동시에 다시 한 번 입구를 바라보며 명령을 내렸다.

"증인들을 데리고 들어오도록 해."

하지만 증인보다 먼저 기사들이 회의장으로 들어왔다. 그리고 한쪽 구석에 안이 비치지 않는 불투명한 파티션을 쳤다. 그 후에야 얼굴에 베일을 쓴 여성들이 줄지어 입장하기 시작했다.

한눈에 알 수 있었다. 증인을 서는 여성들의 정체를 쉽게 알 수 없도록 철저하게 준비를 했다는 것을 말이다.

가만히 사태를 지켜보고 있던 설리반이 물었다.

"이들은 누구인가?"

"레드필드의 파티에 초대된 피해자들입니다. 어렵게 증인으로 모셨으니 당장은 신분을 감추고 있는 것을 감안해 주십시오. 차후 비공개로 밝힐 것입니다."

여태껏 묵묵히 칼라일이 하는 것을 바라보고 있던 이레나의 눈에 율리아가 크게 동요하는 모습이 보였다.

아마 지금 회의장으로 들어온 증인들 중에 율리아가 말했던 '친구'라는 여성도 포함되어 있는 것 같았다.

이레나가 가까이에 있는 율리아의 손을 슬쩍 잡아 주었다. 그러자 불안에 흔들리던 율리아의 눈동자가 천천히 이레나를 향했다.

"걱정하지 말아요. 다 잘 될 거예요."

"네, 비전하."

율리아는 이레나의 따스한 위로에 고개를 끄덕였다. 그리곤 조금 전보다 더 굳건한 표정으로 증인들을 바라보았다.

그렇게 증인들은 전부 파티션 뒤로 모습을 감추고, 레드필드의 파티장에서 있었던 이야기들을 하나씩 꺼내놓았다.

"어느 순간 정신이 몽롱해지더니 몸을 가눌 수가 없었어요. 그러자 기다렸다는 듯이 2황자님이 다가와서 저를 강제로 겁탈했습니다. 심지어 다른 남성들에게까지 넘겨서……."

이야기를 듣고 있던 레드필드가 붉게 변한 얼굴로 고함을 쳤다.

"말도 안 됩니다! 이건 칼라일 형님이 꾸민 음모예요!"

그 말에 가장 먼저 반응한 건 어렵게 증언을 하고 있던 여성이었다.

그녀가 분노에 찬 목소리로 앙칼지게 물었다.

"그때 2황자님이 제게 황가의 씨를 내려 주었으니 오히려 감사하게 생각하라고 했던 말이 정말 기억나지 않으십니까?"

상상도 못 할 발언에 회의장은 찬물을 끼얹은 듯 조용해졌다.

"거, 거짓입니다. 저 요망한 것이 지금 나를 음해하고 있는 겁니다."

레드필드는 계속해서 결백을 주장했지만, 여기까지 밝혀지자 아무도 쉽사리 편을 들지 못하는 상황이었다. 무작정 레드필드를 감싸기에는 칼라일이 내세우는 증거가 너무 명확했다.

칼라일이 말했다.

"레드필드의 일을 공개수사하지 않은 건 증인들이 자신의 신분을 밝히는 걸 꺼려했기 때문입니다. 그래서 부득이하게 황태자궁 안에 구금을 했고, 때가 되면 지금처럼 밝히려 했습니다."

"아, 아무리 그렇다고 해도 독단적인 수사를 허용할 수는 없소이다!"

체자레가 뭐라도 꼬투리를 잡기 위해 말을 했지만, 칼라일은 전혀 동요하지 않은 채 차분하게 말을 이어 나갔다.

"아니타 경의 의견은 중요하지 않아. 어찌 됐든 여기에 모인 피해자들 중에 그대의 가문 사람은 없을 테니까."

레드필드의 외척이 아니타 가문이라는 걸 모르는 사람은 없었다. 그렇다면 레드필드가 자신의 친척을 건드렸을 리는 없으니, 피해자는 당연히 다른 귀족 가문의 영애일 터였다.

칼라일이 회의장의 귀족들을 쭈욱 훑어보며 재차 입을 열었다.

"무작정 다른 사람의 일이라 생각하고 방관하는 건 좋지 않을 거야. 이 휘장 안에 있는 이들 중에 한 명이 그대들의 딸일 수도 있다."

"……!"

지금까지 적극적으로 오펠리아의 편을 들던 귀족들이 꿀 먹은 벙어리가 된 것처럼 한마디도 반박하지 못했다. 증인들의 얼굴이 드러나지 않았으니 모두의 머릿속에 '설마' 하는 생각이 자리 잡은 것이다.

사람은 누구나 타인의 일에는 무관심하게 반응해도 그게 자신의 일이 되었을 때는 예민하게 받아들이는 법이다.

칼라일은 그런 심리를 이용해 일부러 더욱 피해자들의 얼굴을 가리기로 결정을 내린 것이었다.

사실 정체를 숨기고 싶어 하는 영애들도 있었지만, 그 중에는 얼굴을 공개하더라도 레드필드가 벌을 받길 원하는 용기 있는 여성들도 있었다. 그럼에도 이 같은 판단을 내린 건 피해자들을 위해서도 또 분위기를 주도하는데도 이게 더 유리하다고 판단했기 때문이다.

칼라일이 레드필드를 황태자궁에 가둔 건 여러 가지의 이유가 있었다.

무의식중에라도 오펠리아는 아들인 레드필드에 관한 일로 인해 다른 쪽에 신경이 둔해질 수밖에 없었을 것이다.

한꺼번에 여러 개의 공격을 가할 예정이었으니, 가능한 시선을 한쪽으로 몰리게 하는 것이 좋았다. 또한 레드필드를 감금함으로써 현재 칼라일이 더 우위에 있음을 모두에게 알릴 수 있는 계기도 되었으니까.

칼라일의 생각은 정확했다.

오펠리아는 창백하게 질린 표정으로 아무런 말도 하지 못한 채 서 있었다. 당연했다. 이 상황에서 더 이상 레드필드의 결백을 주장할 수는 없었다.

'……당했다.'

칼라일이 준비한 것에 비해, 오펠리아의 대비책이 부족했다.

최악의 경우 증인들까지 나설 수도 있다고 생각은 했다. 하지만 그들의 얼굴을 가림으로써 모든 귀족들을 옭아맬 줄은 몰랐다.

칼라일의 계략대로 귀족들은 혹시 저 휘장 안에 있는 것이 자신들의 딸일까 봐 전부 몸을 사리고 있었다.

그때 지금까지 회의장 안에서 벌어지는 모든 일들을 지켜보고 있던 설리반이 낮지만 강한 어조로 말했다.

"더 들어볼 것도 없이 이번 사건은 2황자의 죄가 확실하다."

"아, 아버지! 저는 아무런 잘못도……."

레드필드가 재차 억울함을 하소연하려고 했지만, 오펠리아가 가볍게 고개를 저으면서 그가 하려던 말을 막았다.

이제부터는 아무런 죄도 없다고 주장하는 것은 오히려 불리했다.

지금은 어떻게든 레드필드의 죄를 가볍게 만드는 것이 중요했다. 증거와 증인이 이렇게 확실한 이상, 마약에 취해서 심신 미약한 상태였다고 최대한 감형을 받는 수밖에 없었다.

오펠리아가 재빨리 머리를 굴리며 입을 열었다.

"폐하, 아무리 잘못하였다곤 하나 레드필드는 황자의 신분을 가지고 있습니다. 당장 이 자리에서 어떤 처벌을 내릴지 확정을 짓기보단 조금 더 심사숙고하심이 어떻겠습니까?"

그 말에 칼라일이 기가 차다는 듯 웃었다.

"방금 전까지 누가 아무리 귀한 신분이라고 해도 법을 어긴다면 그에 합당한 죗값을 치러야 한다고 했던 것 같은데."

그건 바로 체자레가 칼라일을 압박하면서 한 말이었다. 체자레의 얼굴이 분노로 인해 시뻘겋게 변했지만, 아무런 대꾸도 하지 못한 채 가만히 서 있을 뿐이었다.

사실 칼라일은 오펠리아가 이렇게 나올 거라고 예상했었다. 그래서 마지막으로 준비한 회심의 카드가 있었다.

"폐하, 저번에 제게 하셨던 말씀 기억하십니까?"

칼라일의 말에 설리반이 의아하다는 표정으로 되물었다.

"무엇을 말하는 게냐?"

"예전에 제게 암살자를 보낸 진범을 잡게 되면, 신분 고하를 막론하고 목을 베어서 저잣거리에 걸어도 된다고 허락하셨죠."

"콜록콜록, 그랬지."

"그 사건의 가장 유력한 용의자로 황후 폐하를 지목합니다."

그 순간 모두 약속이라도 한 듯이 오펠리아를 쳐다보았다.

오죽하면 당사자인 오펠리아마저도 놀란 얼굴로 입을 열었다.

"황태자, 지금 대체 무슨 소리를 하는 거죠?"

"당시에 주모자로 셀비 후작이 지목되었다는 걸 알고 계실 겁니다. 하지만 최근에 누군가가 감옥에 갇혀 있는 셀비 영애를 독살하려고 시도했더군요."

불현듯 오펠리아의 머릿속에 얼마 전 시녀장 카사나와 나눈 대화가 떠올랐다.

—굳이 후환을 남겨 두지 말라고 말씀하신 황후 폐하의 명령대로 저희 측에서 깔끔하게 독살로 처리할 계획입니다.

—잘했다. 원래 사냥이 끝나면 사냥개를 잡아먹는 법이지.

오펠리아는 당연히 지금쯤 엘렌이 제거되었을 거라고 생각했다.

그런데 그게…….

'……실패한 건가?'

더구나 그에 대한 일을 칼라일이 정확히 알고 있을 줄은 상상도 하지 못했다.

칼라일의 말이 계속해서 이어졌다.

"셀비 영애를 독살하려고 한 범인과 그가 사용하려던 독극물, 그리고 그 독을 구입한 경로까지 이미 조사를 끝마쳤습니다. 모든 것이 황후 폐하를 가리키고 있습니다. 아무런 연관도 없는 황후 폐하가 셀비 영애를 독살하려고 들진 않았겠죠."

처음에 엘렌은 단순히 오펠리아의 시선을 분산시키기 위해 던진 미끼 중 하나였다. 물론 아예 기대가 없었던 건 아니었다. 칼라일은 누구보다 오펠리아의 방식을 잘 알았으니까.

이번에도 오펠리아가 또 다시 꼬리 자르기를 시도할지 몰라서 지켜보고 있었는데, 역시나 엘렌을 죽이려고 움직인 것이었다.

그 덕분에 오펠리아를 궁지로 몰아넣을 커다란 증거를 잡을 수 있었다.

"아……."

오펠리아는 한꺼번에 너무 많은 일들이 닥치니 순간 패닉이 찾아올 수밖에 없었다.

벌써 오펠리아에게는 플라워 브리지를 무너뜨리려고 했다는 혐의가 있는 상태였다. 그런데 엎친 데 덮친 격으로 칼라일의 암살 사건에까지 연루되었다는 의심을 받게 된 것이다.

그뿐인가. 레드필드마저 몹쓸 죄목으로 곤경에 처해있는 상황이다.

칼라일이 한 번에 하나씩 공격을 했으면 모를까. 이렇게 여러 가지 일이 연달아 터지자 대응을 할 수가 없었다.

설리반은 아무런 반박도 하지 못하는 오펠리아를 바라보며 최종 판결을 내렸다.

"허가한다. 오늘부터 황후에 관한 조사를 시작하도록."

일이 전혀 예상치 못한 방향으로 흘러가자, 회의장 안에 모인 많은 귀족들은 속으로 놀라움을 금치 못하고 있는 상황이었다.

사실 대부분의 이들이 오늘 오펠리아의 승리를 예감했었다. 그런데 뜻밖에도 오펠리아가 되려 칼라일이 쳐 놓은 덫에 걸린 느낌이었다.

칼라일이 진중한 목소리로 말했다.

"지금까지 이 일들을 조사한 사람으로서 폐하께 한 가지 청이 있습니다."

"말하라. 황태자."

"당장은 처벌을 내리기에 앞서 여러 가지 논의가 필요할 것입니다. 하지만……."

말과 동시에 칼라일의 눈빛이 순간 먹잇감을 노리는 맹수처럼 번뜩거렸다.

"오늘 이 자리에서 레드필드의 황위 계승권을 박탈해 주시기를 원합니다."

불리한 상황이라 판단하고 말을 아끼던 오펠리아가 저도 모르게 소리쳤다.

"그, 그건 말도 안 됩니다!"

모든 귀족들조차 눈을 동그랗게 뜬 채 설리반을 바라보았다. 사실 명목상 시간이 필요한 것일 뿐, 오펠리아와 레드필드의 죄는 확정이 된 것이나 다름없었다.

설리반은 이내 마음의 결정을 내린 듯, 굳은 표정으로 고개를 끄덕이며 선포했다.

"오늘부로 2황자 레드필드의 황위 계승권을 박탈한다."

모두의 표정이 경악으로 변했다.

하지만 거기서 끝이 아니었다. 설리반의 말이 계속해서 이어졌다.

"그리고 곧 황태자에게 정식으로 황위를 물려주는 대관식을 치를 것이다."

그건 말 그대로 최후의 승자가 칼라일이 되었음을 알리는 것이나 다름없었다.

오펠리아를 따르던 많은 귀족들의 얼굴이 새하얗게 질렸지만, 이런 상황에서 설리반의 명령을 반대할 명분은 없었다.

"폐하! 레드필드도 당신의 자식이에요! 이건 너무 과한 처사입니다."

오펠리아가 말도 안 된다는 듯이 반박했지만, 이미 마음을 내린 설리반은 조금도 흔들림 없는 표정으로 대꾸했다.

"황후께서 편안히 쉬실 수 있도록 궁으로 모셔라."

"네, 폐하."

명령을 받은 기사들이 다가와서 오펠리아의 앞에 나열

했다. 그들은 강압적인 행동을 취하진 않았지만, 순순히 따르지 않으면 오펠리아를 강제로라도 끌고 갈 것이 틀림없었다.

"이쪽으로 모시겠습니다. 황후 폐하."

오펠리아는 억울함에 이를 꽉 깨물었지만, 더 이상 이 자리에 있어 봤자 소용없는 일이라는 것을 알기에 발걸음을 움직였다.

그렇게 기사들의 안내를 받으며 오펠리아가 회의장에서 나가자, 곧이어 체자레 또한 분하다는 얼굴로 그녀의 뒤를 따라갔다.

회의장 안에 혼자 남겨진 레드필드가 겁에 질린 표정으로 다급히 입을 열었다.

"어, 어머니!"

하지만 오펠리아와 체자레는 뒤도 돌아보지 않은 채 이곳에서 멀어질 뿐이었다.

설리반이 조금 착잡한 표정으로 레드필드를 바라보며 말했다.

"콜록콜록, 2황자는 공식적인 재판이 있을 때까지 구금한다. 어떠한 처분을 내리면 좋을지 좀 더 고민해 보도록 하지."

"아버지, 자, 잘못했습니다. 한 번만 용서를……!"

레드필드는 순식간에 자신에게 다가오는 기사들의 손

길을 뿌리치며, 설리반에게 가까이 다가가려고 발버둥을 쳤다.

반항을 하던 레드필드는 기사들의 손에 붙들려 회의장 바깥으로 끌려나갔다.

그렇게 모두가 사라진 회의장 안에는 무거운 침묵이 감돌았다.

설리반은 가라앉은 눈동자로 귀족들을 한 차례 둘러보며 나지막이 입을 열었다.

"그럼 건국 기념제를 기리며 더 논의할 사항이 있는가?"

"……."

여기서 더 이상 할 말이 있는 귀족들이 있을 리가 만무했다.

모두가 약속이라도 한 듯 입을 다물고 있자, 설리반이 낮은 한숨 소리와 함께 황제의 자리에서 몸을 일으켰다.

"그렇다면 올해 건국 기념제의 회의는 여기서 파하도록 한다."

"네, 네에, 폐하! 루퍼드 제국에 무한한 영광을!"

아직까지 정신을 차리지 못한 귀족들이 한 박자 늦게 대답하는 목소리가 회의장 안에 커다랗게 울려 퍼졌다.

설리반은 한 줌의 미련도 없는 걸음걸이로 회의장을 빠져나갔다. 그리곤 넓은 회의장의 한편에 서 있는 칼라일과 마주쳤을 때였다.

설리반이 칼라일에게만 들리도록 작게 속삭였다.

"수고했다."

설리반이라고 해서 그동안 칼라일이 무슨 일을 꾸미고 있었는지 전부 다 알고 있던 건 아니었다.

하지만 귀족들에게 레드필드를 황태자궁에서 석방하라는 항의서가 빗발쳤을 때, 칼라일이 조용히 그를 찾아와 건국 기념제까지 조금만 시간을 벌어 줄 것을 요청했었다.

설리반은 그저 칼라일이 무언가를 준비하고 있나 보다 생각했지만, 그는 자신의 짐작보다 더욱 훌륭하게 해내주었다. 하지만 마냥 앓던 이가 빠진 것처럼 개운한 기분은 아니었다.

왜냐면 오펠리아가 남긴 마지막 말처럼…….

결론적으로 레드필드 또한 설리반의 아들이었기 때문이다.

우뚝, 그냥 지나칠 것 같았던 설리반이 갑자기 칼라일의 바로 옆에서 걸음을 멈춰 서며 재차 입을 열었다.

"칼라일."

"네, 아버지."

"콜록콜록, 레드필드를 너무 미워하지 마라. 그래도…… 네 동생이다."

그 말에 칼라일의 시리도록 차가운 푸른 눈동자가 슬쩍 설리반을 향했다.

"……그래서 아직까지 그놈의 목숨이 붙어 있는 겁니다."

반쪽이긴 했지만 칼라일과 레드필드는 같은 피를 이어받았다.

설리반은 가능한 형제들끼리 서로 죽이는 상황만은 피하게 하려고 노력했다. 그 사실을 칼라일 또한 잘 알고 있었기에 최대한 자제하고 있는 것이었다.

물론 부득이한 경우 어쩔 수 없이 레드필드를 죽이는 선택을 했을지도 모르지만, 그건 말 그대로 최후의 수단이었다.

적어도 설리반이 살아 있는 동안만큼은 칼라일도 레드필드의 목숨까지 앗아 갈 생각은 없었다. 그리고 그건 칼라일만의 방식으로 하는 일종의 효도였다.

설리반이 한 손으로 칼라일의 넓은 어깨를 짚으며 나지막이 말했다.

"그래. 콜록콜록, 네가 원하는 대로 황위 계승권도 박탈해 주었으니, 가능하면 동생의 목숨만은 살려 주거라."

"글쎄요……. 그런데 제가 살려 주었다고 해서 레드필드가 좋아할지 모르겠습니다."

칼라일의 시선이 무의식적으로 방금 전까지 피해자들

이 앉아 있던 자리를 향했다.

"그놈이 저지른 죗값이 상당히 무거워서 말이죠."

결코 레드필드에 대한 처벌이 가볍지만은 않을 것이다. 칼라일은 동생이라는 이유로 그런 것까지 눈감아 줄 생각이 없었으니까.

설리반도 그런 부분까지는 바라지 않는다는 듯 고개를 저었다.

"되었다. 그저 살려 주기만 한다면…… 나도 더 이상은 바라지 않으마."

"아버지의 뜻은 알겠으니, 참고해서 결정하도록 하겠습니다."

칼라일은 절대 빈말이라도 그리하겠다는 약속을 내뱉지 않았다. 하지만 설리반도 그게 그가 할 수 있는 최선이라는 걸 알았다.

설리반은 아들인 칼라일의 그런 호전적인 성격을 누구보다 잘 알고 있었다. 또한 누구보다 칼라일의 그런 점을 부러워하기도 했었다.

"대관식은, 콜록콜록, 최대한 빨리 진행할 터이니 그리 알고 있거라."

"네, 아버지."

사실 설리반의 몸 상태는 계속 악화되고 있었다. 스스로도 이젠 살날이 얼마 남지 않은 것 같다고 느낄 정도였기에 가능한 죽기 전에 칼라일에게 제대로 황위를 물려 주고 싶었다.

지금처럼 설리반이 직접 나서서 정리해 주지 않으면, 결국 그가 죽고 난 뒤 루퍼드 제국에는 커다란 피바람이 몰아칠 게 뻔했다.

그래서 설리반은 이번에 칼라일이 마련해 준 기회를 놓치지 않고 잡은 것이었다.

설령 그 과정에서 오펠리아와 레드필드가 다치게 된다 해도 어쩔 수 없었다. 황제로서 먼 미래를 생각해 봤을 때 여기서 확실하게 매듭을 지어 주는 게 모두에게 이로울 거라고 판단했기 때문이다.

설리반이 말했다.

"나중에, 며늘아가와 같이, 콜록콜록, 한 번 찾아오너라."

"그리하겠습니다."

때마침 설리반의 눈에 이곳으로 다가오는 이레나의 모습이 보였다. 곧 칼라일이 황위를 물려받게 되었으니, 당연히 이레나의 얼굴 또한 기쁨으로 잔뜩 상기되어 있었다.

설리반이 부드러운 시선으로 이레나를 바라보다가 곧 칼라일을 향해 나지막이 말을 건넸다.

"그럼 나중에 보자꾸나."

그렇게 설리반은 두 사람이 편히 대화를 나눌 수 있도록 자리를 비켜 주었다.

이레나는 다급히 칼라일에게로 걸어왔다. 그리곤 멀어져 가는 설리반의 뒷모습을 보며 의아하다는 듯이 물었다.

"엇, 아버님과 대화 중이신 거 아니었어요?"

"아니야. 할 말은 다 끝난 상태였어."

왠지 무덤덤한 표정의 칼라일을 바라보며 이레나가 마치 제 일처럼 기쁘게 말을 이었다.

"오늘 너무 멋있었어요. 지켜보는 입장에서 조마조마한 순간이 몇 번이나 있었지만, 그때마다 새삼 내 남편이 얼마나 잘난 남자인지 확인할 수 있는 계기가 되었네요."

솔직한 이레나의 칭찬에 그제야 칼라일의 얼굴에도 흐릿한 미소가 감돌았다.

"……부인에게 생각지 못한 칭찬을 들으니 기분이 좋군."

"당연하죠. 저 말고 다른 사람들은 이런 말 안 해 줬어요?"

"뭐, 아무래도……."

칼라일이 점점 말꼬리를 흐리며 이내 쓴 미소를 머금었다.

칼라일에게 감히 칭찬이라는 걸 내뱉을 수 있는 사람은 많지 않았다. 칭찬이라는 건 보통 그보다 윗사람이거나 어깨를 나란히 마주할 수 있는 사람이어야만 할 수 있는 말이었다.

수하들은 그가 시키는 대로 따르는 수족이었고, 귀족들이 하는 말들은 칭찬이 아닌 아부성이 짙은 칭송이었다.

그렇기에 모든 걸 덮어 놓고 순수하게 잘했다고 말해 줄 수 있는 사람은…….

칼라일에겐 이레나밖에 없었다.

그리고 그녀가 아닌 사람에게 그런 걸 허락하지도 않았다.

"황태자인 내가 한 일을 누군가가 판단할 수 있을 리가 없잖아."

칼라일은 자신이 한 일에 책임을 져야 하는 위치였다. 그것에 대해 잘했다 혹은 잘못했다 판단할 수 있는 사람은 아무도 없었다. 그만큼 칼라일은 루퍼드 제국에서 절대적인 존재였으니까.

하지만 이레나는 어쩐지 그런 말을 하는 칼라일에게서 고독함이 느껴졌다.

정확히 표현할 수는 없었지만 왠지 지금 그의 심정이 조금은 이해가 되었다.

이레나 또한 블레이즈 가문의 장녀로서 언제나 희생과 책임감을 의무처럼 짊어지고 살았다. 하지만 정작 그에 대한 칭찬을 받은 기억은 많지 않았다. 그저 자신이 해야 할 일을 끝냈다는 느낌이 들었을 뿐이다.

스윽, 이레나는 칼라일의 손을 잡아 사람들이 없는 구석으로 이끌었다.

지금 회의장 안에는 수많은 귀족들이 저마다 대관식에 관한 이야기를 떠들며 이곳을 떠나고 있었기에 북적북적했다.

인적이 드문 기둥 뒤에 몸을 숨긴 이레나가 주변을 살펴보았다.

칼라일은 갑작스러운 이레나를 의문스럽게 쳐다보았지만, 그렇다고 딱히 그녀의 행동을 제지할 생각은 하지 않았다.

그때였다. 이레나가 까치발을 들고서 칼라일의 머리를 쓰다듬어 주었다. 마치 어린아이에게 잘했다는 칭찬을 해 줄 때 하는 행동처럼 느껴졌다.

순간 칼라일의 푸른 눈동자에 의아함이 깃들었다. 그러자 이레나가 따스한 미소와 함께 나지막이 입을 열었다.

"잘했어요. 그동안 고생 많았죠?"

"……."

"앞으로는 내가 더 많이 칭찬해 줄게요. 진심으로 고마워요. 당신 덕분에 내 오랜 소망도 이룰 수 있게 되었어요."

이레나가 세운 이번 생의 목표는 블레이즈 가족들을 안전하게 지켜 내는 것이었다. 이제는 거기에 칼라일 또한 포함이었지만, 어찌 됐든 그가 황제가 됨으로써 이레나는 그동안 간절히 바랐던 모든 것을 이룰 수 있게 되었다.

사랑하는 사람들을 모두 지킬 수 있는 것과 동시에, 저번 생에 하지 못했던 파벨루크에 대한 복수도 할 수 있을 것이다.

칼라일은 이레나의 생각지 못한 행동에 딱딱하게 굳어 있었다. 그리곤 어느 순간 못 참겠다는 듯 미간을 찡그리며 웃었다.

"부인은…… 남자가 얼마나 칭찬에 약한지 알고 있나?"

"그런가요?"

"그래. 잘했다고 할수록 더 잘하고 싶어지거든. 그리고……."

휘익, 칼라일이 이레나의 어깨를 쥐고 순식간에 기둥으로 밀어붙였다. 그러자 두 사람의 자세가 눈 깜짝할 사이에 역전이 되었다.

얼떨결에 이레나는 기둥과 칼라일의 사이에 껴서 옴짝달싹도 할 수 없이 갇히는 모양새가 되었다.

거기다 칼라일이 한 손으로 벽을 짚고, 고개를 숙여 이레나와 얼굴을 마주하자 위험한 분위기가 물씬 풍겨왔다.

"……그렇게 사랑스러운 말을 하면 참기가 힘들어지지."

"에?"

이레나가 놀란 눈동자로 칼라일을 쳐다보았다. 인적이 드문 기둥 뒤에 몸을 숨기긴 했지만, 언제 이곳으로 사람이 다가올지 모르는 상황이었다.

그런데도 칼라일은 전혀 개의치 않는다는 듯, 가늘게 뜬 푸른 눈동자에 진득한 열기가 맺히고 있었다.

"카릴, 여기는 사람들이……."

"뭐 어때서. 보라고 해."

"그치만……."

"부인이 그리 싫다면, 우리를 목격한 자들의 눈을 파내도록 하지."

"……네?"

이레나가 방금 전보다 더 커진 눈동자로 칼라일을 올려다보았다. 마치 진심이냐고 묻는 그녀의 표정에 칼라일이 피식 웃으면서 말을 이었다.

"하긴 그러면 그들이 마지막으로 본 게 어여쁜 부인의 모습일 테니, 계속해서 그대를 생각할 것 같아 불쾌하군."

"……카릴."

곤란한 이레나의 목소리에 칼라일의 얼굴이 바로 한

치 앞에서 멈춰졌다. 그의 뜨거운 숨소리가 이레나의 콧잔등을 간지럽힐 정도로 바짝 닿아 있는 상태였다.

칼라일이 당장이라도 폭발할 것 같은 눈동자로 이레나를 바라보며 지독히도 낮게 가라앉은 목소리로 속삭였다.

"내가 말했었지. 그대는 자꾸만 나의 인내심을 시험한다고 말이야."

칼라일은 이레나의 바람대로 진한 키스 대신 조심스럽게 그녀의 태양 같은 금발을 매만졌다. 그리곤 이레나를 향해 똑바로 시선을 고정한 채로 칼라일의 붉은 입술이 천천히 그녀의 머리카락에다가 입을 맞췄다.

그 숨 막히도록 섹시한 장면을 이레나는 저도 모르게 멍하니 지켜보고 있었다.

"각오해 두는 게 좋을 거야. 대관식을 치르는 날은 멈추지 않을 테니까."

* * *

그날 밤, 오펠리아는 아무도 모르게 설리반이 머무르는 황제궁을 향해 이동했다. 오늘 회의장에서 있었던 일을 어떻게든 만회하기 위해서였다.

'……시간이 지날수록 더 불리해질 거야.'

칼라일의 대관식 날짜라도 잡히게 된다면 오펠리아가 더 이상 손쓸 수 없을지도 모른다. 그 전에 무슨 수를 써서라도 레드필드의 황위 계승권을 복원시켜야만 했다.

'막대한 손해를 본다고 해도 상관없어. 이대로 황위를 칼라일에게 물려주게 되면 어차피 나와 아니타 가문은 끝이야.'

오펠리아는 아들인 레드필드만 원상 복귀시켜 준다면 설리반이 원하는 것은 무엇이라도 양보할 생각이었다. 정말 오늘만큼은 설리반의 앞에서 자존심도 버리고 무릎을 꿇을 각오가 되어 있었다.

그렇게 오펠리아가 독기 어린 눈을 빛내며, 설리반의 방문 앞에서 멈춰 섰다.

황제궁의 시종장이 그녀를 확인하고는 잠시 망설였다.

"화, 황후 폐하……."

"뭐 하는가? 어서 폐하께 고하지 않고."

오펠리아가 설령 나중에 죗값을 치르게 되더라도 아직은 제국의 황후였다. 일개 시종장이 황후인 오펠리아의 앞길을 막을 수는 없었기에 결국 그는 나지막한 목소리로 입을 열었다.

"폐하, 황후께서 찾아오셨습니다."

하지만 시종장의 보고에도 방 안에서는 아무런 대꾸가 없었다.

오펠리아는 무언가 이상하다는 생각이 들었지만, 마음이 조급했기에 일단 설리반을 만나야겠다는 생각만으로 머릿속이 가득 찼다.

시종장이 말했다.

"폐하께서 오늘 계속 몸이 안 좋으셔서 일찍 취침에 드신 모양입니다. 내일 날이 밝았을 때 다시 찾아오시면……."

"비켜라. 내 폐하께 긴히 할 말이 있다."

"하, 하지만……."

막무가내로 방 안으로 들어가려 하는 오펠리아의 앞을 시종장이 저지했다. 그러자 오펠리아가 두 눈을 부라리며 나지막이 읊조렸다.

"네가 정녕 죽고 싶으냐?"

지금까지 단 한 번도 시종장 따위가 오펠리아에게 이 같은 행동을 한 적이 없었다.

이것만 보아도 지금 오펠리아의 권위가 얼마나 바닥으로 떨어졌는지를 실감할 수 있었다. 그렇기에 더욱 여기서 물러설 수 없었다.

"내가 아무리 이빨 빠진 호랑이가 된다 해도 너 정도는 쥐도 새도 모르게 해치울 수 있다. 잘 생각해서 행동하거라."

오펠리아의 무시무시한 협박에 시종장은 결국 입술을

깨물며 옆으로 비켜서고 말았다.

그렇게 앞길을 가로막는 방해물이 없어지자, 오펠리아는 재빨리 설리반이 머무르고 있는 방 안으로 들어갔다.

끼익, 문을 열자마자 오펠리아가 나긋한 목소리로 입을 열었다.

"폐하."

하지만 여전히 아무런 대답도 들리지 않았다. 의아한 생각이 든 오펠리아가 조심스럽게 설리반이 누워 있는 침대를 향해 다가갔다.

하늘하늘한 휘장으로 둘러싸인 침대 안에 설리반이 창백한 얼굴로 누워있는 모습이 보였다.

"폐하, 드릴 말씀이…… 헉!"

오펠리아는 설리반에게 손을 뻗었다가 이내 싸늘하게 식은 체온을 느끼고 저도 모르게 주춤주춤 뒤로 물러났다.

'설마…….'

오펠리아의 눈동자가 믿을 수 없다는 듯이 커졌다.

그녀가 다시금 천천히 누워 있는 설리반을 향해 다가갔다. 그리곤 그의 코 아래에다 조심스럽게 손가락을 대어 보았다.

아무것도 느껴지지 않았다.

설리반이 사망한 것이다.

이건 누구도 예상치 못한 전개였다. 오펠리아는 순간 설리반이 죽었다는 것을 깨닫고 딱딱하게 굳어 있었지만, 곧 자신이 이 사실을 가장 먼저 발견했다는 것을 알아차렸다.

그 말은 즉 설리반의 죽음을 어떻게 이용하느냐에 따라 오펠리아에겐 새로운 기회가 될 수도 있다는 뜻이었다.

'냉정하게 생각해야 해.'

오펠리아는 레드필드의 황위 계승권을 돌려받기 위해 죽기 살기로 설리반에게 매달릴 각오를 하고 찾아왔다. 하지만 설리반이 그것을 순순히 허락해 주리란 보장은 어디에도 없었다.

그런데 지금은…… 그런 설리반이 죽고 없었다.

그 사실을 현재 오펠리아만이 알고 있는 것이었다.

오싹, 오펠리아의 등 뒤에 전율이 일었다.

'……이건 하늘이 내려 준 기회나 다름없어.'

재빨리 이성을 되찾은 오펠리아는 곧장 설리반의 책상으로 다가갔다. 그리곤 종이에 '레드필드의 황위 계승권을 복원시킨다'라는 내용을 적어 끝부분엔 황제의 인장까지 찍었다.

이제는 이것을 설리반이 죽기 전에 작성한 걸로 만들기만 하면, 오펠리아가 원하는 대로 이뤄진 것이나 다름

없었다.

하지만 그러려면 이걸로는 부족했다. 분명 칼라일이나 황제파 귀족들이 가만히 있지 않을 것이다.

무엇보다도 현재 오펠리아와 레드필드에게 씌워진 몇 가지의 죄명이 있었다. 그것을 조사하다 보면 결국 둘 다 처벌을 피하기가 쉽지 않았다.

칼라일이 마련한 증거와 증인들은 너무 확실했고, 설리반이 죽은 마당에 황위를 오랫동안 비워 둘 수도 없었으니까.

그렇다면 방법은 하나뿐이었다.

'오늘 밤, 칼라일을 죽인다.'

마음의 결정을 내린 오펠리아의 두 눈동자에 싸늘한 빛이 어렸다.

칼라일이 죽으면 그다음으로 황위를 물려받을 자는 바로 자신의 아들, 레드필드였다.

이 문서로 황위 계승권만 복원시킨다면 자연스럽게 레드필드가 황제가 될 것이고, 그럼 루퍼드 제국의 황제가 된 레드필드에게 죄를 물을 수 있는 사람은 아무도 없었다.

그렇게만 된다면…… 영원히 레드필드와 오펠리아의 죄가 묻히게 되는 것이다.

'……시간이 없어.'

황태자궁에는 칼라일을 따르는 수많은 군사들이 주둔해 있었다. 그들이 움직인다면 그 누가 와도 칼라일의 목숨을 앗아갈 수 없었다.

오펠리아의 목적대로 오늘 밤 칼라일을 암살하려면, 황태자궁이 아닌 바깥으로 그를 불러내야만 성공할 수 있었다.

칼라일을 유인하려면 오펠리아의 힘으로는 불가능했다. 하지만…… 설리반의 명령이라면 가능했다.

오펠리아는 힐끗 바깥을 쳐다보았다. 아마 입구에는 조금 전 오펠리아의 앞길을 막았던 시종장이 서 있을 터였다.

일부러 시종장이 들을 수 있도록 오펠리아가 큰 목소리로 외쳤다.

"폐하! 제발, 한 번만 용서해 주세요. 레드필드도 많이 반성을 하고 있을 것입니다."

오펠리아가 직접 의자를 움직이며 마치 설리반이 살아 이동하는 것 같은 소음들을 만들어 냈다.

이런 짓을 하는 이유는 하나였다. 아직까지 설리반이 살아 있다고 믿게 만들기 위해서다.

"저를 벌하신다면 달게 받겠습니다. 그저, 레드필드의 목숨만은 살려 주세요. 흑흑."

오펠리아는 있는 힘껏 자신의 허벅지를 꼬집었다. 시

퍼렇게 멍이 들 정도가 되자 두 눈에서 아픔으로 인한 눈물이 흘러내렸다.

잠시 후, 오펠리아가 자연스럽게 방문을 열었다.

시종장은 울고 있는 그녀의 얼굴을 확인하고 깜짝 놀란 듯했다.

"화, 황후 폐하."

"……시종장."

"네, 말씀하십시오."

"폐하께서 황태자를 부르라고 하시네. 아무래도 레드필드에 관한 일을 상의하고 싶으신 모양이야."

"아, 그러십니까?"

시종장은 설리반이 아닌 오펠리아가 이런 말을 전하는 게 조금 이상하다는 눈치였으나, 울고 있는 그녀에게 질문을 던지기란 쉽지 않았다.

망설이는 시종장을 향해 오펠리아가 표독스럽게 눈을 빛내며 말했다.

"어서 가지 않고 뭐하는 겐가?"

"아, 알겠습니다."

"폐하께서 조용한 북쪽 별궁으로 가시겠다고 하시니, 황태자도 그리로 오라고 전하시게."

"네. 황후 폐하."

그렇게 시종장이 떠나가는 모습을 보고 난 후에야 오

펠리아는 안도의 한숨을 내쉴 수 있었다.

북쪽 별궁은 황궁에서 가장 끄트머리에 위치하고 있는 장소라 뒤편에 높은 절벽이 있었다. 그 덕에 아름다운 경치가 장관이었으나 오펠리아가 그곳을 고른 이유는 하나였다.

바로 칼라일이 쉽게 도망치지 못하게 하려는 속셈이었다.

'이번엔 절대 놓치지 않아.'

오펠리아는 남몰래 눈을 빛내며 입구에 서 있는 다른 하인에게 말했다.

"내가 어지러워서 그러니 황후궁에 있는 체자레를 불러 주려무나. 이 상태로 있다간 그대로 기절을 할 것 같다."

"네. 폐하."

"최대한 빨리 서두르거라."

오펠리아의 명령에 하인은 서둘러 황후궁을 향해 달려갔다.

마음 같아선 오펠리아가 직접 움직이고 싶었지만, 자칫 이 자리를 비웠다간 설리반이 사망했다는 사실을 누군가에게 들킬지도 몰랐다.

어떻게든 모든 일이 마무리될 때까지 설리반의 죽음은 감춰야 했다. 그래서 오펠리아는 자신이 움직이는 대신 체자레를 이곳으로 불러들인 것이다.

오펠리아는 황제궁을 지키고 있는 이들을 바라보며 다시금 단호하게 명령했다.

"폐하와 더 나눌 이야기가 있으니 허락하기 전까진 아무도 들어오지 마라."

"네, 황후 폐하."

입구에 서 있던 모두가 고개를 수그리며 오펠리아의 명을 받들었다.

46

오늘이 마지막 날이라면

현재 황태자궁의 분위기는 축제나 다름없었다.

당연히 그럴 수밖에 없었다. 오늘 설리반의 입에서 대관식을 치르겠다는 말이 나왔으니, 조만간 칼라일이 황제가 되는 건 기정사실이었다.

황태자궁에 소속된 모든 이들이 전부 기쁨의 축배를 들었다. 그리고 그건 칼라일과 이레나도 마찬가지였다.

채앵, 두 사람의 와인 잔이 허공에서 부딪쳤다.

이레나는 오늘따라 무척이나 달게 느껴지는 와인을 마시며 행복한 미소를 머금었다.

"폐하께서 대관식에 대해 언급하신 게 바로 오늘인데도 벌써 많은 축하 선물들이 도착했다고 하네요."

"그걸로 목숨이라도 구걸하려는 모양이지. 아니타 경이 내민 연명서에 이름을 적은 많은 귀족들이 아마 오늘 밤 잠을 이루지 못할 거야."

칼라일의 승리가 확정이 된 지금, 오펠리아를 따르던 많은 무리들이 밤잠을 설칠 거라는 건 당연한 일이었다.

칼라일과 이레나는 약속이라도 한 것처럼 서로를 바라보며 피식 웃음을 삼켰다.

그렇게 와인을 음미하던 이레나가 조심스럽게 입을 열었다.

"카릴, 당신한테 할 말이 있어요."

"무슨 말이지?"

이레나는 아직 칼라일에게 드래곤의 여의주로 인해 한 번 미래를 경험했고, 다시 되돌아왔다는 이야기를 하지 않았다.

처음엔 칼라일이 믿지 못할 거라 생각해서 감췄지만, 여의주에 대해 알고 난 후에는 누구보다 그가 이해해 줄 거라는 확신이 있었다.

하지만 그럼에도 비밀로 감췄던 건…….

칼라일이 미래에 대해 안다고 해서 달라지는 일이 없었기 때문이다. 오히려 그의 머리만 더 복잡하게 만들 수도 있었다.

미래를 경험한 이레나는 많은 일들을 알고 있었지만,

그때와 달라진 게 많아서 모든 것이 다 똑같이 흘러가진 않았다.

칼라일이 죽지 않고 살아 있다는 것.

이미 그것만으로도 수많은 일들이 바뀌었으니까.

일단은 이레나의 경고로 인해 칼라일도 파벨루크를 경계하고 있었으니 그것만으로도 충분하다고 생각했다.

우선은 황후인 오펠리아부터 상대하고, 칼라일이 황위를 물려받게 되면 그때 솔직하게 고백을 하자고 생각했었다.

어쩌면 지금이 그 적절한 타이밍인 것 같았다.

"사실은 말이에요……."

이레나가 막 말을 꺼내려는 찰나였다.

똑똑, 누군가 두 사람이 있는 곳의 방문을 두들기는 소리가 들려왔다.

칼라일은 방해를 받았다고 생각해서인지 슬쩍 미간을 찡그렸지만, 이레나는 무슨 일인지 확인하기 위해 입을 열었다.

"들어와도 돼."

이레나의 허락이 떨어지자, 방문이 열리며 하녀가 모습을 드러냈다.

"전하, 황제궁에서 시종장이 찾아왔습니다. 폐하께서 황태자 전하를 찾으신다고 하는데 어떻게 할까요?"

생각지 못한 설리반의 부름에 이레나와 칼라일의 눈동자가 허공에서 마주쳤다.

이레나가 먼저 고개를 끄덕이며 하녀에게 말했다.

"일단 시종장을 이리로 모시거라."

"네, 비전하."

그렇게 하녀가 물러가자 칼라일이 미심쩍은 표정으로 중얼거렸다.

"이 시각에 무슨 일이지?"

"글쎄요. 하지만 늦은 시간에 부르시는 걸 보면 꽤나 중요한 일이 아닐까요?"

오펠리아와 레드필드에 대한 처벌이 거의 확정되긴 했지만, 아직까지 어떤 형벌을 내릴지 정해진 건 아니었다. 그래서 설리반이나 칼라일은 그때까지 바쁘게 움직일 수밖에 없는 입장이었다.

거기다 최근에 설리반의 건강도 급속도로 안 좋아지고 있어서 그런 부분에 대한 걱정도 많이 되고 있는 상태였다.

끼이익, 곧이어 황제궁의 시종장이 방 안으로 모습을 드러냈다.

"제국의 황태자 전하와 비전하를 뵙습니다. 루퍼드 제국에 무한한 영광을—"

"어서 와요. 아버님께 혹시 무슨 일이라도 생기신 건 아니겠죠?"

이레나의 질문에 시종장이 그건 아니라는 듯 고개를 저었다.

"아닙니다. 최근에 기침이 심하셨는데 오늘은 조용하신 걸 보니 근래 들어 건강 상태는 가장 좋은 날인 듯싶습니다. 그러니 너무 심려치 않으셔도 될 것 같습니다."

이레나가 다행이라는 듯 안도의 한숨을 내쉬었다.

옆에 있던 칼라일이 나지막한 목소리로 물었다.

"무슨 일로 날 찾으시는 거지?"

"그게…… 황후 폐하께서 찾아오셔서 2황자님에 대한 일을 간청하셨습니다. 그 부분으로 황태자 전하께 상의하고 싶으신 것 같습니다."

시종장은 오펠리아에게서 들은 이야기를 그대로 전해주었다. 그러자 칼라일은 알겠다는 듯 고개를 끄덕이며 짧게 대꾸했다.

"알겠다. 곧 가도록 하지."

"네, 전하. 폐하께서 북쪽의 별궁에서 보자고 하십니다."

"북쪽의 별궁에서?"

칼라일은 순간 의아하다는 표정을 지었지만, 이내 깊게 고민하지 않고 고개를 끄덕였다.

북쪽의 별궁은 경치가 아름다운 데에 반면, 황궁의 외곽에 위치하고 있어 유달리 인적이 드문 장소였다. 설리반이 남들의 시선을 피해 단둘이서만 대화를 나누고 싶은 것일 수도 있었기에 칼라일도 더는 그에 대해 묻지 않았다.

"그럼 저는 이만 가 보겠습니다."

시종장이 깊숙하게 허리를 숙이고는 바깥으로 나갔다.

다시 방 안에 단둘이서만 남게 되자 칼라일이 이레나를 바라보며 물었다.

"그런데 방금 하려던 말이 뭐였지?"

"아니에요. 나중에 폐하를 뵙고 난 뒤에 말씀드릴게요."

이레나가 이미 한 번 죽었다가 과거로 돌아온 거라는 이야기를 전부 다 하려면 시간이 꽤나 걸릴지도 몰랐다. 그러니 설리반을 만나고 난 후에 천천히 설명하는 게 나을 것 같았다.

칼라일도 내심 궁금하다는 표정을 지었지만, 지금은 설리반의 부름 때문에 자리에서 일어날 수밖에 없는 입장이었다.

"그래. 그럼 갔다 와서 듣도록 하지."

칼라일이 혼자서 방을 나서려고 할 때였다.

가만히 그의 뒷모습을 지켜보고 있던 이레나가 불현듯 입을 열었다.

"카릴."

이레나의 목소리에 칼라일이 걸음을 멈추고 뒤를 돌아보았다. 그의 시리도록 푸른색의 눈동자에 한순간 의아한 빛이 감돌았다.

"혹시 아버님을 뵈러 같이 갈까요? 생각해 보니 저도 공식적인 자리에서만 보고, 개인적으로는 못 뵌 지가 꽤 되었네요. 따로 드리고 싶은 말씀도 있고요."

이레나는 예전에 설리반이 말해 준 황실에 관한 저주에 대해 더 이야기를 나누고 싶었다. 그리고 상황을 봐서 자신의 생각을 솔직하게 밝힐 예정이었다.

앞으로 이레나는 가능한 저주를 유지하는 게 아닌, 어떻게 하면 저주를 풀 수 있는지에 대해 초점을 맞출 생각이었으니까.

황실의 저주를 축복이라 여기는 설리반은 달가워하지 않을지 모르겠으나, 이미 이레나는 그렇게 마음을 정한 상태였다.

칼라일은 흔쾌히 고개를 끄덕였다. 가뜩이나 설리반도 건국 기념제에서 나중에 이레나와 같이 찾아오라는 말을 했었기 때문에 거절할 이유가 없었다.

"부인이 같이 가 준다면 나야 좋지."

"그래요. 그럼 함께 가죠."

이레나가 빙긋 웃으면서 칼라일을 따라 자리에서 일어났다.

칼라일이 다가오는 이레나에게 스윽, 손을 내밀며 에스코트를 해 주었다.

황실은 워낙 넓어서 북쪽 별궁 같은 경우엔 걸어서 갈 수 있는 거리가 아니었다. 그래서 칼라일과 이레나는 황태자궁에서 마차를 타고 북쪽 별궁으로 이동하는 중이었다.

이레나가 물끄러미 마차의 창밖을 바라보다가 말했다.

"오늘따라 황궁의 풍경이 참 예뻐 보이네요."

어쩌면 수많은 정원사가 가꾸는 황궁의 풍경이 아름다운 건 당연한 건지도 몰랐다. 그런데 오늘따라 유달리 그렇게 느껴지는 건 이레나의 마음속에 여유가 생겨서인지도 모르겠다.

칼라일이 이제 곧 황제가 된다면 이레나는 지금까지 간절히 바랐던 모든 것들을 이룰 수 있을 테니까.

"그런가? 내 눈에는 부인이 더 예뻐 보이는데."

거침없는 칼라일의 발언에 창밖을 바라보던 이레나의 시선이 그를 향했다. 뻔뻔하게 보일 정도로 아무렇지 않은 칼라일의 얼굴은, 이런 상황에 어울리지 않을 정도로 무척이나 근사했다.

평상시엔 사나워 보이는 그의 푸른 눈동자가 지금처럼 이레나를 쳐다보고 있을 때만 오롯이 다정한 빛을 품고 있었다. 그 괴리감이 이레나를 무척이나 설레게 만들었다.

"……그러게요. 풍경보다 훨씬 멋있는 남자가 이렇게 내 눈앞에 있네요."

이레나가 이렇게 받아칠 거라 예상하지 못했는지 한순간 칼라일의 눈동자가 흔들렸다. 그리곤 이내 그가 미간을 찌푸리면서 못 참겠다는 듯이 낮게 웃었다.

"그런 말을 들으면 장소 불문하고 달려들고 싶어지는데."

그 말에 이레나는 불현듯 건국 기념제에서 칼라일이 자신을 기둥 뒤에 감춘 채 머리카락에 입을 맞췄던 장면이 떠올랐다.

순식간에 이레나의 얼굴이 시뻘겋게 달아올랐다.

그 선명한 반응에 칼라일의 웃음이 더욱 짙어졌다.

"부인이 무슨 생각을 하는지 너무 뻔히 보여서 더 미치겠군."

"자, 잠깐……."

마차의 반대편에 앉아 있던 칼라일이 이레나를 향해 상체를 기울이려고 할 때였다.

끼이이익, 마침 목적지에 도착했는지 마차가 멈춰서는 게 느껴졌다.

칼라일은 아쉽다는 듯 얼굴을 찡그렸고, 이레나는 미친 듯이 요동치는 심장 박동에서 잠시나마 벗어날 수 있었다.

안 그래도 대관식을 치르는 날, 진짜로 칼라일과 잠자리를 갖는다고 생각하니 이레나는 이래저래 긴장이 되고 있는 상태였다.

마부가 문을 열어 주기 전에 이레나가 먼저 마차에서 내리며 나지막이 말했다.

"다음에요. 지금은…… 제 심장이 못 견딜 것 같아요."

이레나가 불그스름한 얼굴로 슬쩍 칼라일을 바라보더니, 이내 앞서서 바깥으로 걸어 나갔다.

잠시 혼자 남겨진 칼라일은 한 손으로 이마를 감싸며 자그맣게 중얼거렸다.

"……그런 말이 남자를 더 미치게 한다고, 부인."

칼라일은 서둘러 먼저 내린 이레나의 뒤를 따라잡았고, 그렇게 두 사람은 오붓하게 북쪽의 별궁을 향해 같이 걸었다.

선선한 밤공기를 마시며 아름답게 꾸며진 한적한 길목을 걷고 있자니, 마치 산책을 나온 것처럼 기분이 편안해졌다.

하지만 그것은 오래 가지 않았다.

바로 그 순간.

쉭! 쉭! 쉬익!

별궁으로 들어서자마자 갑자기 이레나와 칼라일의 눈앞에 정체불명의 괴한들이 셀 수도 없을 만큼 쏟아져 나왔다.

서걱, 그들의 칼날에 길 안내를 해 주던 하인이 속절없이 쓰러졌다.

이곳은 다름 아닌 황궁 안이다. 더군다나 설리반이 직접 부른 장소에서 공격을 받는다는 건 심상치 않은 일이었다.

칼라일의 푸른 눈동자에 긴장의 빛이 어렸다.

"네놈들은 대체 누구지?"

"……."

하지만 그들은 칼라일의 질문에 대답해 줄 생각이 없는 듯했다.

괴한들은 일제히 검을 들고 순식간에 칼라일과 이레나를 덮쳤다.

칼라일이 먼저 그들의 앞을 가로막으며 상대적으로 뒤편에 있는 이레나를 향해 다급히 입을 열었다.

"우선 이곳을 벗어나야겠군."

"네. 저도 같은 생각이에요."

이레나가 재빨리 방금 전에 세워 놓은 마차를 향해 달려가려는 찰나였다.

히이이이잉!

발을 떼기도 전에 괴한들이 말과 마부를 칼로 베는 모습이 보였다. 커다란 말이 피를 흘리며 바닥에 철퍼덕 쓰러지는 것을 보고, 이레나는 순간 눈앞이 캄캄해지는 것을 느꼈다.

북쪽 별궁은 워낙 인적이 드물고 거리가 멀어서 이동수단이 없으면 아무리 황궁 안이라고 해도 이곳을 빠져나가기가 쉽지 않았다. 더군다나 황궁 안에서 기습을 받을 거라곤 예상하지 못했기 때문에 호위해 줄 기사가 단 한 명도 없는 상황이었다.

"이레나!"

칼라일의 부름에 이레나가 무의식적으로 고개를 돌려 보니, 그가 자신을 향해 허공으로 던져 준 검 한 자루가 눈에 들어왔다.

타앗, 이레나는 일단 재빨리 검을 받고 칼라일이 있는 곳으로 합류했다. 그러곤 그와 함께 정체불명의 괴한들을 상대했다.

예상지 못한 이레나의 활약에 괴한들은 잠시 놀란 듯 보였지만, 곧이어 치밀하게 훈련을 받은 자들답게 능숙하게 두 사람을 몰아붙였다.

이대로 시간을 끌수록 불리한 건 이레나와 칼라일이었다.

도주할 길이 막힌 상태에서 눈앞에 괴한들의 숫자는 너무 많았다. 아무리 두 사람의 검술이 뛰어나다고 해도 체력적인 한계라는 게 존재했다. 이대로라면 결국 칼라일과 이레나는 체력이 다 소진되어 쓰러질 것이다.

당장의 위기도 시급했지만, 무엇보다 심적으로도 좋지 못했다. 설리반의 부름을 받고 나온 자리에 괴한들이 존재한다는 건, 그의 신변에 문제가 생겼을 확률이 높다는 소리였다.

이레나가 걱정스러운 목소리로 말했다.

"아버님께 무슨 일이 생긴 걸까요?"

그 말에 칼라일의 눈동자가 어둡게 가라앉았다. 하지만 그는 최대한 동요하지 않으려고 노력하는 듯했다.

"……일단은 이곳을 빠져나가는 것부터 생각하지."

푸슉, 칼라일이 괴한의 가슴팍에 꽂아 넣었던 검을 단번에 바깥으로 빼냈다. 그러자 숨을 거둔 괴한이 바닥으로 쓰러지면서 동시에 허공으로 피가 솟구쳤다.

한꺼번에 워낙 많은 자들을 상대하다 보니, 어느새 칼라일과 이레나의 의복은 붉은 피로 흠뻑 젖어 있었다.

칼라일이 하는 수 없다는 목소리로 말했다.

"가능한 이 방법만은 피하려고 했는데, 어쩔 수 없군."

"무슨 좋은 수가 있어요?"

"별로 좋은 방법은 아니지만…… 일단 날 따라와. 내가 길을 뚫을 테니, 뒤를 부탁하지."

"네, 알겠어요."

북쪽 별궁이 처음인 이레나와 달리, 칼라일은 이미 몇 번이나 이곳을 방문해 본 적이 있었기 때문에 지형을 잘 알고 있었다.

칼라일이 먼저 움직이자 이레나는 그 뒤를 바짝 쫓아가며 엄호했다. 하지만 괴한들은 무슨 일이 있어도 이곳에서 두 사람을 끝장낼 생각인지 죽을힘을 다해 쫓아오고 있었다.

"윽!"

이레나가 뒤를 쫓아오는 괴한 세 명을 동시에 상대하다가 오른팔을 베였다.

여러 각도에서 날아드는 검을 막느라 어쩔 수 없이 입은 최소한의 피해였지만, 쉴 새 없이 움직여야 하는 지금의 상황에서 이런 부상은 좋지 않았다.

그리 깊지 않은 상처였음에도 피가 주르륵 흐르는 느낌이 들었다.

칼라일도 슬쩍 이레나의 부상을 확인하고 말없이 눈살을 찌푸렸다.

타닥타닥!

그렇게 두 사람은 재빠르게 도주를 하며 괴한들을 상대해 나갔다.

지금은 개미 떼같이 몰려드는 괴한들을 해치우기보단 어떻게든 이 자리에서 벗어날 수 있는 길을 확보해야 했다.

만약 그것에 실패한다면…….

두 사람 다 이곳에서 목숨을 잃을지도 몰랐다.

채앵, 칼라일이 이레나를 향해 날아드는 검을 대신해서 막아서며 그녀를 향해 지독히도 가라앉은 목소리로 말을 건넸다.

"이럴 줄 알았으면 부인을 데리고 오지 않을 걸 그랬어."

진심이 느껴지는 칼라일의 말에 이레나는 위험한 상황임에도 불구하고 저도 모르게 작게 미소를 머금었다.

"그게 무슨 소리예요. 제가 없었으면 살아 나갈 확률이 절반으로 줄었을 거예요."

지금도 살 수 있는 가능성이 매우 낮은 상태였지만, 여기서 이레나마저 없었다면 칼라일의 죽음은 기정사실이나 다름없었다.

이레나가 붉은 눈을 빛내며 말을 이었다.

"다행이에요. 당신을 혼자 보내지 않고 이렇게 따라와서요."

"그런 소리 마. 혹시라도 최악의 상황이 찾아왔을 때, 부인이 살길이 있다면 망설이지 말고 그대만이라도 살아남도록 해."

"싫어요."

이레나는 이미 저번 생에서 혼자 살아남아 본 적이 있었다. 그래서 그 말이 그저 막연하게 느껴지는 것이 아니라 너무 마음 깊이 와닿았다.

다시는 그런 외로운 지옥 속에서 살고 싶지 않았다.

"만약 오늘이 당신의 마지막 날이라면, 저도 함께 가요."

이제 조금만 있으면 칼라일이 황제가 될 수 있었다. 목표 달성을 바로 눈앞에 두고 죽는 게 억울했지만, 그렇다고 칼라일을 먼저 보낼 생각은 눈곱만큼도 없었다.

이레나는 만약 이곳에서 칼라일이 죽는다는 걸 알았더라도 지금처럼 그를 따라나서는 선택을 했을 것이다.

칼라일이 못 말리겠다는 듯 흐릿하게 웃었다.

"……그 마음만 받지."

재빠르게 괴한들을 물리치며 두 사람이 도착한 곳은 아찔할 정도로 높은 절벽이었다.

이레나가 눈앞에 펼쳐진 절벽을 보고 깜짝 놀란 표정으로 입을 열었다.

"카릴, 여긴……."

칼라일의 눈빛이 진중하게 가라앉았다.

"말했잖아, 별로 좋은 방법이 아니라고. 하지만 우리에겐…… 다른 선택지가 없으니까."

이레나는 절벽에서 뛰어내리나 괴한들의 칼에 맞아 죽나, 둘 다 똑같은 것 같다고 느껴졌지만 그런 말을 할 틈조차 없었다.

쉬이이익—

창! 차앙!

쉴 틈을 주지 않는 괴한들의 공격에 이레나는 점점 버티기가 힘들었다.

방금 검에 베인 오른팔의 상처에서도 꽤 많은 양의 피가 흘러나왔고, 이제는 슬슬 팔의 감각이 무뎌지는 바람에 움직임도 수월하지 않았다.

거기다 괴한들도 두 사람의 목적지가 절벽이라는 걸 확인하고 혹시라도 놓칠세라 총공격을 펼치고 있었다.

이레나가 힐끗 칼라일을 바라보며 생각했다.

'카릴은 나보고 살아남으라고 했지만, 정작 여기서 살아남아 후일을 도모해야 하는 건 내가 아닌 그야. 뭘 선택하든 위험하겠지만 절벽에서 뛰어내리는 게 조금이라도 살아날 확률이 높은 건 사실이니, 카릴이 안전하게 절벽을 뛰어내릴 수 있도록 내가 어떻게든 시간을 끌어야 해.'

이레나는 말 그대로 칼라일을 황제로 만드는 데 도와주는 역할일 뿐이었다.

칼라일이 살아남아야 지금 괴한들을 보낸 범인도 찾아내고, 황제가 되어 오펠리아와 파벨루크에 관한 일들도 정리할 수가 있었다.

하지만 이레나의 마음처럼 오른팔이 움직여 주지 않았다.

'……조금만 더 버텨 줘.'

이레나가 이를 악물고 여러 방향에서 날아드는 검을 막아 낼 때였다.

쉬이이이익—

다수의 괴한들을 상대하는 틈을 타, 차마 피할 수 없는 각도에서 검 한 자루가 이레나를 향해 맹렬히 다가왔다.

이레나는 다급히 검을 움직여 그것을 비켜 내려고 했지만, 순간 오른팔이 욱신거리는 바람에 타이밍을 놓쳤다.

'이런……!'

이대로라면 위험하다는 사실을 알고 있었다. 하지만 그렇다고 해서 공격을 피할 수 있는 방법은 없었다.

이레나가 저도 모르게 눈을 질끈 감고 곧 자신의 몸에 박힐 검을 대비했다.

그 아주 짧은 찰나.

어느새 다가온 칼라일의 굳건한 팔이 이레나를 감싸 안았다. 그러곤 그녀를 향해 쏘아지는 검을 대신해서 맞았다.

푸슉, 괴한의 검이 칼라일의 옆구리에 깊숙이 박혔다. 곧 그 상처 부위에서 검이 뽑히자 피가 분수처럼 뿜어져 나왔다.

이레나의 눈에는 그 모든 장면이 아주 느릿하게 보였다.

"카, 카릴……!"

이레나가 경악에 찬 눈동자로 칼라일을 쳐다보았다. 하지만 그는 약간 창백해진 표정으로 여전히 흐린 미소를 짓고 있었다.

"내 눈앞에서 부인이 다치는 꼴을, 두 번은 못 보지."

"아아."

이레나는 서둘러 칼라일을 부축하고 다른 손으로 괴한들을 상대했다. 마음 같아선 당장이라도 칼라일의 상처 부위를 확인하고 싶었지만, 지금은 그럴 만한 시간적인 여유가 없었다.

그리고 눈으로 확인하지 않아도 칼라일의 상처가 무척이나 치명적일 거라는 건 짐작할 수 있었다.

"당신은, 정말 대체 어쩌려고!"

이레나는 눈물이 그렁그렁 맺힌 눈동자로 원망스럽게 칼라일을 쳐다보았다.

칼라일은 상처를 입고 이레나에게 부축을 받으면서도, 다가오는 괴한들을 간간이 물리치며 나지막이 대꾸했다.

"부인이 다치는 걸 지켜볼 바엔, 큿, 이게 나아."

굳이 두 사람의 목숨값을 매긴다면 이레나보단 칼라일이 더 중요했다. 그래서 괴한들도 칼라일을 더 집중적으로 공격하고 있었다.

하지만 칼라일은 일말의 후회도 없는 표정이었다.

이레나는 그가 살기를 바랐지만, 칼라일은 자신보다 그녀가 살아남기를 바라고 있었다.

그 간절한 마음이 굳이 말로 표현하지 않아도 서로에게 전달되었다.

"당신은 정말 고집불통이에요."

"그건 부인도 마찬가지야."

드디어 절벽 끝에 선 이레나와 칼라일이 서로의 얼굴을 마주했다.

이레나는 이제 오른팔에 힘을 완전히 잃어버리고 말았고, 칼라일은 옆구리에서 끊임없이 피가 흐르고 있는 중이었다.

이 상태로 절벽으로 뛰어내렸을 때 살아날 확률은 희박했다.

그런데 우습게도……

이레나는 혼자가 아닌, 둘이라는 생각이 들자 전혀 무섭지 않았다.

칼라일 또한 전혀 겁먹지 않은 눈빛으로 이레나를 바라보고 있었다.

이 순간, 함께라면 죽음조차 나쁘지 않게 느껴졌다.

그렇게 괴한들이 벼랑 끝에 서 있는 칼라일과 이레나를 노리고 달려들었으나, 두 사람은 일말의 망설임도 없이 절벽 아래로 몸을 던졌다.

휘이이이잉—

이레나는 자신의 몸이 끝없이 추락하는 것을 느끼며 눈을 감았다.

*　*　*

오펠리아는 북쪽 별궁에서 칼라일과 이레나가 절벽으로 뛰어내렸다는 소식을 듣고 분노한 상태였다.

콰앙, 오펠리아가 탁자를 내리치며 크게 소리쳤다.

"지금 이걸 말이라고 하는 것이냐! 내 눈앞에 칼라일의 목을 가지고 왔어야지!"

오펠리아의 호통에 체자레가 난처한 표정으로 대꾸했다.

"고정하십시오, 누님. 둘 다 치명상을 입고 뛰어내렸다고 했으니 살아남지 못했을 겁니다. 지금도 계속해서 시체를 찾기 위해 절벽 아래를 샅샅이 조사하는 중이니 조금만 기다려 보세요."

"만에 하나 칼라일이 살아남았다면 골치가 아파져. 더군다나 그의 시체가 없이는 황태자궁에 주둔하고 있는 군사들을 해제시킬 수가 없다. 오히려 폭동이 일어날 거야."

체자레는 칼라일과 이레나가 거의 죽었을 거라고 생각하고 있었지만, 오펠리아는 아니었다.

계획이라는 건 가장 최악의 상황을 염두에 두고 짜야 하는 것이었다. 만약 칼라일이 살아서 황태자궁에 있는 군사들을 움직인다면 오펠리아와 레드필드는 이전보다 상황이 더 좋지 못했다.

"안 되겠어. 아침까지 칼라일의 시체가 발견되지 않으면…… 켈트 왕국에 도움을 요청하는 수밖에 없겠구나."

켈트 왕국은 루퍼드 제국의 인근에 위치한 막강한 나라였다. 물론 루퍼드 제국만큼은 아니었지만, 굳이 순위를 매기자면 바로 다음으로 군사력이 강한 나라라고 표현할 수 있었다.

그들에게 지원을 요청한다면 무력으로 황태자궁에 주둔하고 있는 칼라일의 군사들을 해제시키는 것도 가능했다. 문제는 그만한 대가를 치러야 한다는 것이었다.

체자레 또한 켈트 왕국이라는 말이 나오자 표정이 어둡게 변했다.

"그들을 이용한다면 분명 엄청난 대가를 요구할 것입니다."

루퍼드 제국의 황위 계승에 다른 왕국의 힘을 끌어들이는 건 좋지 않았다. 제국 안에 들어온 켈트 왕국의 군사들이 순순히 물러날지도 확신할 수 없는 일이었다.

하지만 오펠리아에겐 다른 방법이 없었다.

"정 안되면 루퍼드 제국의 땅을 조금 떼어 줘야겠지."

"누, 누님!"

오펠리아의 과감한 결단에 오히려 체자레가 놀랐다. 하지만 그녀는 이미 마음의 결정을 내린 상태였다.

"이 기회를 잡지 못하면 어차피 레드필드는 황제가 되

지 못해. 우리가 죽게 생긴 마당에 지금 토지가 중요하더냐."

루퍼드 제국의 땅을 다른 왕국에 넘기면, 거기에 살고 있는 제국민들은 노예가 되어 평생을 고생하게 될 것이다.

당연히 민심은 안 좋아지겠지만 오펠리아는 그마저도 감수할 수밖에 없었다. 최악의 경우 칼라일이 살아 있다면, 그가 돌아오기 전에 완전히 황궁을 장악해야 했으니까.

"일단 편지를 작성할 테니, 날이 밝을 때까지 칼라일의 시체를 발견하지 못하면 서둘러 켈트 왕국에 내 뜻을 전하도록 해라."

"네, 누님."

체자레가 굳은 얼굴로 고개를 끄덕였다.

"그리고 지금 당장 황궁에서 모을 수 있는 모든 병력을 총동원해 황태자궁을 에워싸거라. 그 안에 있는 개미 새끼 한 마리도 바깥으로 나올 수 없게 철저히 감시해야 한다."

"알겠습니다."

"명심하거라. 혹시라도 칼라일에 관한 소식을 그의 병사들이 접한다면 변수가 생길 수도 있다. 그러니 사전에 방지해야 해. 상황을 봐서 여의치 않으면 켈트 왕국의 군사들이 도착할 때까지 가둬 놓았다가 전부 죽이는 수밖에."

오펠리아의 잔혹한 명령에 체자레는 저도 모르게 마른 침을 꿀꺽 삼켰다.

켈트 왕국에서 보낸 군사들이 이곳에 도착하려면 최소한 몇 주라는 시간이 걸렸다. 그러니 그동안 황태자궁에는 아무도 들어갈 수도, 또 나올 수도 없어야만 했다.

오펠리아는 희미하게 밝아지는 밤하늘을 바라보며 재차 입을 열었다.

"서둘러 움직이거라. 오늘 해가 중천에 뜨면 황제의 죽음을 모두에게 알리고, 레드필드의 황위 계승권부터 복구시킬 것이니."

오펠리아는 하늘이 내려 준 이 기회를 놓칠 생각이 없었다.

체자레도 그녀의 명령에 깊게 고개를 수그리며 대답했다.

"맡겨만 주십시오!"

* * *

황태자궁은 아무도 출입할 수 없게끔 모든 이들이 감금되었다.

곧 칼라일이 황제가 될 거라 생각하고 들뜬 상태였는데 하루아침에 날벼락이 아닐 수 없었다.

뒤늦게 상황을 파악한 제너드가 해결하려 했으나, 바깥으로 나오는 그 즉시 죽이겠다는 협박만 들었을 뿐이었다.

제너드가 무척이나 복잡한 표정으로 중얼거렸다.

"대체 전하께서는 어디 가신 거지?"

하루아침에 칼라일과 이레나가 사라졌다. 하녀를 통해 두 사람이 설리반을 만나러 갔다는 건 확인이 되었지만, 그 후로 어떻게 되었는지는 감감무소식이었다.

거기다 황태자궁의 입구가 황후 측의 병사들로 완전히 꽉 막힌 상태라 외부의 어떠한 정보도 들을 수가 없었다.

제너드가 답답한 심정으로 쿤을 바라보며 입을 열었다.

"너라도 어떻게 빠져나갈 수 없겠나? 전하가 어디에 계신지 알아야겠어."

"……어렵습니다."

아무리 쿤이 암살자로서 남들보다 은밀히 움직일 수 있다지만, 이렇게 병사들이 황태자궁 전체를 에워싸고 있는 상황에서 탈출할 방법은 없었다.

지금은 누구라도 바깥으로 나가려는 순간, 입구를 둘러싸고 있는 황후 측의 궁수들에게 화살을 맞아 고슴도치가 되기 십상이었다.

제너드가 와락 얼굴을 찌푸리며 말했다.

"제길, 이대로 기다리는 것밖에는 방법이 없는 건가."

칼라일의 명령 없이 멋대로 전면전을 벌일 수도 없는 노릇이라 황태자궁 안은 굉장히 혼란스러웠다.

그렇게 고립된 그들만 모를 뿐…….

오펠리아는 서서히 황궁을 장악해 나가고 있었다.

지금 바깥에선 황제인 설리반의 죽음이 공식적으로 발표되었다. 그리고 설리반의 마지막 유지를 받들어 레드필드의 황위 계승권이 복구됐다.

황제파 가문들이 무언가 이상한 낌새를 느끼고 문제를 제기했으나, 칼라일이 없는 지금 그들끼리 할 수 있는 건 아무것도 없었다.

이 틈을 노려 오펠리아는 하루빨리 레드필드를 황제로 등극시킬 계획이었다.

그렇게 황궁 안의 분위기는 시시각각 급변하고 있었다.

* * *

황궁의 또 다른 곳.

파벨루크는 검술 대회가 끝났음에도 아직 루넨 공국으로 돌아가지 않은 상태였다. 그래서 어젯밤 건국 기념제에서 일어난 일들을 빠르게 보고 받았고, 결국 최후의 승자가 칼라일이 되었다는 걸 알았다.

그런데 고작 하룻밤 만에…….

또다시 전세가 뒤집혔다.

갑자기 칼라일과 이레나가 행방불명되었고, 이제는 희망이 없다고 여겼던 레드필드의 황위 계승권이 복구되었다.

'……일이 재밌게 흘러가는군.'

파벨루크가 두 눈동자를 빛내며 의미심장한 웃음을 지을 때였다.

그의 앞에서 보고를 하고 있던 수하가 나지막한 목소리로 말했다.

"아마도 칼라일 황태자가 황후의 계략에 넘어간 게 아닌가 싶습니다. 자세한 사정은 바토리에게 들어야겠지만, 현재 황태자궁이 막혀 있어서 접근할 방법이 없습니다."

"하는 수 없지. 중요한 건 아직까지 황후 측에서 칼라일의 시체를 내놓지 않는 걸 보면, 칼라일이 살아 있을 가능성도 배제할 수 없다는 것이다."

"그럼 방금 황후궁에서 병력을 지원해 달라는 요청이 왔는데 어떻게 처리할까요?"

"거절한다. 애초에 수도로 데리고 온 병력이 얼마 없었다고 핑계를 대거라."

지금은 오펠리아가 칼라일보다 우세한 상황이었지만, 파벨루크는 절대로 방심하지 않았다.

"이대로라면 황후가 레드필드를 황위로 올리겠지만, 그래도 우리는 칼라일의 시체가 나오기 전까지 절대로 긴장을 늦춰선 안 된다."

"명심하겠습니다. 각하."

"줄타기를 잘해야 해. 한쪽이 약해지길 기다려야지, 자칫 잘못해 우리까지 휘말리면 오랫동안의 노력이 물거품이 될 수 있다."

만약 칼라일이 죽었다면, 오펠리아의 세력을 견제하기 위해 현재 황궁 안에 있는 파벨루크의 군사들이 필요했다.

반대로 칼라일이 살아 있다면, 그가 황후의 세력을 무너뜨릴 때까지 기다렸다가 움직이는 것이 가장 현명한 방법이었다.

어차피 설리반은 죽었다. 그렇다는 건 왕좌가 비었다는 뜻이고, 누가 됐든 이제는 그 자리를 차지하게 될 거라는 소리였다.

"……어쨌든 아우가 허망하게 죽어 버린 건 꽤나 슬프군그래."

예상지 못한 설리반의 죽음에 파벨루크의 기분도 썩 좋지 않았다.

침통해 보이는 파벨루크의 표정을 보고 수하가 조심스럽게 물었다.

"황제의 죽음이 슬프신 겁니까?"

"당연하지. 내 손으로 죽였어야 했는데 먼저 가 버릴 줄은 몰랐으니까."

생각지도 못한 파벨루크의 대답에 수하가 놀란 듯 눈을 치켜떴다. 하지만 이내 그는 평정심을 되찾았다. 이것이 바로 파벨루크라는 남자라는 걸 알기 때문이었다.

파벨루크는 태어나서 단 한 번도 자신이 황제가 아닌 삶을 생각해 본 적이 없었다. 그런 그에게 설리반은 처음으로 굴욕이란 걸 맛보여 준 상대였다.

마음 같아선 설리반을 황제로 선택한 아버지의 눈앞에서 직접 그를 죽여 증명하고 싶었다. 언젠가 누가 진정한 황제인지 보여 주리라, 혼자서 수도 없이 다짐했었다.

하지만 이제는 원망의 대상이었던 아버지와 설리반이 모두 죽어 버렸다.

파벨루크는 그 사실이 못내 아쉬웠지만, 불행 중 다행은 원한을 풀 상대가 전부 사라진 건 아니었다. 설리반의 뒤를 잇고 싶어 하는 칼라일과 레드필드가 남아 있었으니까.

"그래……. 누구라도 좋으니 하루빨리 이 지긋지긋한 싸움을 끝내 주었으면 좋겠구나."

사실 파벨루크는 최후의 승자가 누구든 상관없었다. 어차피 칼라일과 레드필드 둘 다 비참하게 죽여 버릴 생각이었으니까.

중요한 건, 지금까지 감춰 두고만 있던 파벨루크의 야망을 드러낼 시기가 점점 다가오고 있다는 사실이었다.

그렇게 예기치 못한 설리반의 죽음으로 인해 황후 오펠리아와 대공 파벨루크, 그리고 황태자 칼라일의 본격적인 삼파전이 시작되었다.

그리고 모든 세력이 각각의 이유로 이레나와 칼라일을 애타게 찾고 있었다.

47

그대를 사랑하고 있어

"으음."

이레나가 눈을 떴다. 그러자 며칠 사이에 익숙해진 동굴의 천장이 보였다.

칼라일과 이레나는 절벽에서 뛰어내린 후, 몇 번의 죽을 고비를 넘긴 상태였다.

정신을 잃고 거센 물살에 휩쓸려 가던 이레나를 끝까지 포기하지 않고 붙잡아 준 건 다름 아닌 칼라일이었다. 덕분에 이레나는 목숨을 구할 수 있었고, 두 사람은 임시방편으로 잠시 산속 깊은 동굴에 머무르는 중이었다.

지금 당장 황궁으로 돌아가는 강행군을 펼치기엔 두 사람 다 상처가 너무 심해서 혹시라도 적을 마주치게 된다면 이번에야말로 목숨을 부지하기가 힘들었다.

그래서 괴한들의 추격에서 멀어지자마자 안전한 곳에서 조금이라도 몸을 추스르고 움직이자고 결론을 내린 것이다.

정신을 차린 이레나가 동굴 바깥으로 걸어 나왔다. 그러자 바로 앞에 있는 계곡에서 칼라일이 웃통을 벗고 물고기를 사냥하고 있는 모습이 들어왔다.

상처 입은 칼라일의 옆구리에는 이레나의 드레스를 찢어 만든 천이 붕대처럼 매여 있었다.

추적자들로부터 도망가는 상황에서 제대로 된 약을 구할 수는 없었기에 자상에 좋은 약초를 찾아 간신히 응급처치만 해 둔 상태였다.

칼라일의 손에 들린 나무로 만든 작살은 꽤나 그럴듯했다. 그리고 그 작살만큼이나 칼라일의 사냥 솜씨도 훌륭해서 두 사람은 매끼 부족하지 않게 식사를 할 수 있었다.

다행인 것은 두 사람 다 전장에서 지낸 경험이 상당했기에 이런 야영 생활이 크게 불편하지 않다는 점이었다.

차아아악!

순식간에 물살을 가르며 칼라일의 작살이 빠르게 꽂혔다. 그리고 그가 다시 작살을 물 밖으로 들어 올렸을 땐 어김없이 물고기가 잡혀 있었다.

그 경이로운 광경을 이레나가 물끄러미 바라보고 있을 때였다.

칼라일이 그녀를 향해 고개를 돌리며 나지막이 말했다.

"깼어?"

"네. 오늘은 제가 사냥한다고 했잖아요. 상처도 심한데 더 쉬셔야죠."

이레나는 오른팔을 칼로 베였고, 칼라일은 옆구리에 깊은 자상을 입었다. 둘 중에 상처가 더 심한 사람을 꼽으라면 그건 칼라일이었다.

칼라일이 픽 웃으면서 말했다.

"먼저 잠에서 깬 김에 한 거니, 신경 쓸 것 없어."

"그래도요."

이레나가 걱정스럽게 칼라일을 쳐다보다가, 이내 자신이 할 일을 찾아 움직였다.

"저는 불을 피우고 있을 테니, 적당히 잡고 나오세요."

"그러지."

둘 다 워낙 재주가 좋았기에 야영이라고 해서 헤매는 일은 전혀 없었다. 이레나가 마른 나뭇가지를 주워서 뚝딱 불을 피우자, 칼라일이 잡은 물고기들을 꼬챙이에 끼워 불에 구웠다.

칼라일이 노릇노릇하게 잘 구워진 생선을 이레나에게 먼저 내밀었다.

"먹어 봐."

"고마워요."

이레나는 칼라일이 건네는 생선을 받으며 흐릿하게 웃었다. 이런 생활은 한 번도 상상해 보지 않았는데, 생각 외로 무척이나 잘 맞았다.

만약 칼라일과 이레나가 평범한 신분이었다면, 이런 소소한 일상을 보내지 않았을까 하는 생각이 문득 들었다.

어떤 점에선 호화로운 황궁보다 이런 소박한 동굴 안의 생활이 더 마음에 들었다. 여기는 최소한 그들의 목숨을 노리는 암살자들이 존재하지 않았으며, 어깨에 많은 짐을 짊어지고 있을 필요가 없었으니까.

그래서일까. 전혀 여유로운 상황이 아닌데도 불구하고 이레나는 이상하게 마음이 편안했다.

"나중에 모든 일이 끝나면…… 이런 일상을 보낼 수 있을까요?"

언젠가 오펠리아와 파벨루크를 물리치고, 칼라일이 정말로 황위를 물려받게 된다면 지금처럼 편안해질 수 있을까 궁금했다.

그 질문에 칼라일이 힐끔 이레나를 쳐다보며 입을 열었다.

"이 생활이 꽤나 마음에 드나 보군."

"네. 뭐, 골치 아플 일이 없으니까요."

이레나는 덤덤하게 말을 했지만, 칼라일은 그녀의 표정에 깃든 행복을 눈치챘다.

"부인이 원한다면, 나중에 황궁에서 이렇게 지낼 수 있도록 만들어 주지."

"카릴은 어때요? 이런 날들이 너무 무료하진 않은가요?"

"그렇지 않아. 가끔 든 생각이지만…… 난 부인만 곁에 있다면 황제가 아닌 삶도 괜찮을 것 같거든."

이레나는 새삼 놀란 눈빛으로 칼라일을 쳐다보았다.

그녀의 시선을 느낀 칼라일이 픽 하고 낮게 웃으며 대꾸했다.

"왜? 의외인가?"

"……조금은요."

이레나는 누구보다 칼라일이 황제가 되기를 바랐지만, 그의 목표도 처음부터 끝까지 황위를 물려받는 것이었다. 그런 그가 이런 소박한 삶도 나쁘지 않다는 대답을 할 줄은 몰랐다.

"그만큼 부인이 내게 위험한 여자란 소리야. 가끔은 아무것도 필요 없으니 그대 하나만 가졌으면 좋겠단 생각이 드니까."

그 말에 왠지 이레나의 가슴이 뭉클해졌다. 사실 꼭 이런 대화가 아니더라도 칼라일의 진심을 알고 있었다. 그는 이미 이레나를 위해 몇 번이나 목숨을 걸었으니까.

칼라일은 절벽 위에서도 이레나를 대신해 검을 맞았을 뿐만 아니라, 거센 강물에 휩쓸려 가는 그녀를 위험을 무릅쓰고 구해 주었다.

그가 하는 행동만 보아도 이레나를 어떻게 생각하는지 모를 수가 없었다.

"그렇게 생각을 해 주었다는 것만으로도 전 만족해요. 그러니 다신 저를 위해 목숨을 걸지 마세요. 당신은…… 황제가 될 남자잖아요."

이레나는 지금처럼 아무런 위협도 받지 않는 생활을 동경했지만, 그렇다고 눈앞에 닥친 현실을 잊어버리진 않았다.

칼라일은 누구보다 황제라는 자리에 잘 어울리는 남자였다. 그런 그가 이레나를 위해 모든 걸 다 내팽개칠 수는 없었다.

칼라일이 진지한 표정으로 대꾸했다.

"내가 어느 자리에 있든 그건 중요하지 않아. 뭐가 어떻게 됐든 간에 난 그대의 남편이지."

"……."

"그러니 부인이 없는 영광은 내게 아무런 소용도 없어."

이레나와 칼라일은 마치 약속이라도 한 것처럼 서로를 쳐다보았다. 마치 절벽 위의 순간으로 돌아간 것만 같았다.

그때 두 사람의 마음은 완전히 일치했었다. 함께라면, 죽어도 좋았다.

"카릴……."

이레나가 나직한 목소리로 부를 때였다.

툭, 툭, 툭.

갑자기 하늘에서 굵직한 빗방울이 떨어져 내리기 시작했다.

깜짝 놀란 이레나가 조금 전까지 맑았던 하늘을 올려다보았다. 그런데 언제부터인지 하늘에는 먹구름이 가득 껴 있었다.

칼라일 또한 흐려진 날씨를 살피며 말했다.

"동굴 안으로 들어가지. 쉽게 그치지 않을 것 같군."

"네."

두 사람이 서둘러 구운 생선을 챙기고 동굴 안으로 향했다. 하지만 갑자기 쏟아지는 장대비로 인해 짧은 시간 동안 이레나와 칼라일은 흠뻑 젖고 말았다.

동굴 안으로 들어온 칼라일이 떨어지는 빗방울을 바라보며 나지막이 중얼거렸다.

"비가 오기 전에 식사를 해서 다행이군. 이게 우리

의 흔적을 지워 줄 테니 쫓아오는 추격자들을 따돌리기도…….”

하지만 칼라일의 말은 끝까지 이어지지 않았다. 무심코 고개를 돌리다가 이레나의 젖은 모습을 확인했기 때문이다.

이레나도 칼라일의 놀란 눈빛을 알아차리고 의아하게 물었다.

“왜요?”

“……아니야.”

칼라일이 다급하게 고개를 반대편으로 돌렸다.

이레나는 그 행동을 의문스럽게 바라보다가 이내 자신의 상태를 알아차렸다.

가뜩이나 군데군데 찢어지고 핏물로 더럽혀진 드레스라서 제대로 갖춰 입지 못한 상태였다. 그런데 빗물에까지 젖으니 이레나의 굴곡진 실루엣이 그대로 바깥으로 드러났다.

“읏!”

이레나가 서둘러 양손을 교차시켜서 몸을 가렸다.

갑자기 밀려드는 부끄러움에 이레나의 얼굴이 순식간에 붉게 물들었다.

처음으로 이 동굴 안에 어색한 침묵이 감돌았다.

칼라일은 의식적으로 이레나가 있는 방향은 보지도 않

은 채 바닥에 주저앉았다.

"그대가 원치 않으면 보지 않을 거야. 그러니 걱정 말고 젖은 옷은 벗고 있어. 감기에 걸릴지도 모르니까."

비가 내려서 기온이 낮아진 상태였다. 언제 빗줄기가 약해질지 모르는 상황에서 계속 젖은 드레스를 입고 있다간 칼라일의 말처럼 감기에 걸릴지도 몰랐다.

지금 상황에선 무엇보다 몸의 컨디션을 회복하는 게 가장 중요했다. 오른팔의 상처도 다 낫지 않았는데 감기까지 걸린다는 건 최악이었기 때문에 이레나는 말없이 입술을 깨물었다.

하지만 머리로 알고 있는 사실을, 실행에 옮기는 건 쉽지 않았다.

아무리 칼라일이 보지 않는다고 해도 그와 함께 있는 공간에서 드레스를 벗는다는 건 무척이나 떨리는 일이었다.

이레나의 망설임을 눈치챘는지 칼라일이 다시금 입을 열었다.

"황제가 되기 전까지 잠자리를 갖지 않겠다고 한 약속 지킬 테니까. 걱정 마."

이레나는 잠시 머뭇거렸지만, 꼭 칼라일의 말이 아니더라도 어차피 자신이 선택할 수 있는 방법은 하나뿐이었다.

한시라도 빨리 황궁으로 돌아가야 하는 이 시점에서 언제 비가 그칠지 모르는데 계속 젖은 드레스를 입고 있을 순 없었다.

이레나가 저도 모르게 떨리는 손으로 천천히 드레스를 벗었다.

스륵, 스르륵.

드레스를 벗으면서 나는 미세한 소리가 동굴 안을 가득 메웠다.

이레나는 어색한 분위기를 피하기 위해 오히려 더 아무렇지 않은 척 입을 열었다.

"처음에 계약을 할 때는 당신이 이렇게 약속을 잘 지키는 남자인 줄 몰랐어요."

"……이게 내가 할 수 있는 최선이니까. 난 부인을 놔주거나 보내 줄 생각이 없으니, 기다리는 것 정도는 해야지."

이레나는 그동안 칼라일이 혼자서 이런 생각을 하고 있으리라곤 예상하지 못했었다. 저도 모르게 물끄러미 칼라일의 뒷모습을 쳐다볼 때였다.

문득 아무런 미동도 없는 그의 등을 보고 알아차렸다. 지금 칼라일이 얼마나 긴장을 하고 있는 상태인지 말이다.

어쩌면 속옷만 입고 있는 이레나보다 고개를 돌리지

않기 위해 한곳에 시선을 고정시키고 있는 칼라일이 더욱 곤욕스러울지도 모르겠다는 생각이 들었다.

잠시 고민하던 이레나가 조심스럽게 입을 열었다.

"……봐도 상관없어요."

"부인은 날 너무 성인군자로 보는군. 이게 내 인내심의 한계야. 그대를 보고도 참을 자신은 없으니 이대로 내버려 둬."

칼라일이 무엇을 참고 있는지, 이레나 또한 모르지 않았다.

지금까지 칼라일은 이레나와 같은 침실을 쓰면서 약속을 지키기 위해 끊임없이 노력해 왔다. 그걸 이레나가 누구보다 잘 알고 있었다.

"카릴이야말로 제 말이 무슨 뜻인지 모르는 것 같네요."

그 순간 칼라일의 등이 움찔하는 것이 보였다.

이레나라고 해서 이런 결정이 떨리지 않는 것은 아니었다. 하지만 이미 칼라일에게 온 마음을 다 준 상태에서 달라질 건 없다는 생각이 들었다.

처음엔 계약 결혼이었기에 내민 조건이었고, 나중엔 칼라일을 황제로 만들고 싶어서 아직은 때가 아니라고 생각했다.

그런데 지금은…….

괜찮을 것 같았다. 어차피 시기의 차이가 있었을 뿐, 언젠가는 그에게 허락할 생각이었으니까.

칼라일이 낮게 가라앉은 목소리로 말했다.

"그 말이 무슨 뜻인지 정말 알고 하는 건가? 한번 날 떠보는 거라면…… 후회할 수도 있어."

"후회 안 해요. 절벽에서 떨어지면서 생각했어요. 한 번도 당신의 품에 안겨 보지 못한 게 억울하다고 말이에요."

돌이켜 생각해 보면 이레나와 칼라일은 언제 죽어도 이상하지 않은 사람들이었다. 그만큼 칼라일이 황위를 물려받는 과정은 무척이나 위험천만했다.

무엇이든 원하는 게 있다면 나중으로 미룰 순 없었다. 이번 일만 해도 둘 중에 누가 죽었을지도 모르는 상황이었으니까.

그렇다면 이레나는 죽기 전에, 칼라일과 제대로 맺어지고 싶었다.

두 사람의 거리가 제법 떨어져 있었음에도 불구하고, 이레나의 눈에 칼라일의 목에 굵은 힘줄이 드러난 게 보였다.

그가 방금 전보다 더 꽉 막힌 목소리로 재차 물었다.

"……마지막으로 물어. 정말 후회 안 해?"

이곳은 말 그대로 천연 동굴이었다. 푹신한 침대가 있

는 것도 아니었고, 황궁처럼 그들의 수발을 들어줄 하녀가 있는 것도 아니었다.

여기서 두 사람의 첫날밤을 치른다는 건, 여러모로 불편한 게 많았다. 남자인 칼라일이야 장소가 어디든 상관없었지만, 이레나에겐 힘든 일인지도 몰랐다.

"제가 카릴을 상대로 후회 같은 걸 할 리가 없잖아요. 지금까지도 그랬고, 그건 앞으로도 마찬가지예요."

하지만 이런 대답을 듣고 칼라일이 더 이상 참고 있을 순 없었다. 칼라일의 고개가 이레나가 있는 곳을 향했다.

두 사람의 시선이 허공에서 마주치자 순간 칼라일의 푸른 눈동자에 불꽃이 일었다. 물기에 젖어 있는 이레나의 새하얀 나신이 시야에 들어왔기 때문이다.

칼라일은 순식간에 앉아 있던 자리에서 일어나 이레나를 향해 저벅저벅 다가갔다. 그러곤 다짜고짜 입술을 부딪쳤다.

"흡!"

칼라일은 이레나의 여린 입술을 탐하는 것과 동시에, 잔근육으로 이루어진 단단한 상체로 그녀의 부드러운 몸을 뒤덮었다.

언제나 두 사람의 스킨십은 키스가 마지막이었다. 그런데 지금 이 순간은 시작에 불과했다.

숨 막힐 것 같이 강렬한 키스를 퍼붓던 칼라일이 이내

나지막한 목소리로 말했다.

"미안, 여유가 없어서 자상하게 못 해 줄지도 몰라."

"그런 말 자체가 이미 자상한 거 아닌가요?"

이레나의 반문에 칼라일이 더는 못 참겠다는 듯이 미간을 찡그렸다.

"부추기지 마. 정말 안다가 부숴 버릴 것 같으니까."

칼라일은 다시금 이레나의 입술을 머금고 양손으로 그녀를 번쩍 안아 올렸다. 그러곤 자신의 옷가지를 벗어 놓은 장소에 그녀를 눕혔다.

어차피 상의를 탈의하고 있던 칼라일이나 드레스를 벗고 있던 이레나의 몸에 거치적거리는 건 별로 없었다.

어느새 이레나의 몸에는 칼라일이 남긴 붉은 흔적들로 가득했다. 칼라일의 입술이 닿은 곳마다, 그의 손길이 스치는 부위마다 이레나는 뜨거운 열기가 피어오르는 것 같았다.

칼라일이 불그스름하게 달아오른 이레나의 얼굴을 매만지며 잔뜩 쉰 목소리로 말했다.

"처음엔 아프다고 들었어. 내가 자제하지 못할 수도 있으니 고통스러운 만큼 날 물어도 돼."

"왠지 떨리고, 흣, 무섭네요."

"……그대만 그런 게 아니야. 나 역시 이런 상황은 처음이니까."

"카릴은 다른 여자를 안은 적이……."

"말했잖아, 처음부터 부인한테 반했었다고. 마음에 둔 여자가 있는데 내가 다른 사람을 건드릴 리가 없잖아."

이레나의 붉은 눈동자에 조금 놀라운 빛이 스쳤다. 딱히 그런 부분에 대해서 고민해 본 적은 없었지만, 칼라일의 행동이 너무 능숙해서 여자 경험이 없을 거라고 생각하진 않았었다.

그런 이레나의 마음을 알아차린 건지, 칼라일이 어처구니없다는 듯 낮게 웃었다.

"지금까지 날 얼마나 나쁜 남자로 본 거지? 나도 그대가 다 처음이야."

"……카릴."

"이 세상에서 날 독점할 수 있는 건 오직 그대뿐이고……."

칼라일이 사랑스러워 죽겠다는 눈빛으로 이레나를 바라보며 말을 이었다.

"……부인을 가질 수 있는 것도 오로지 나뿐이야."

온몸이 녹아내릴 듯이 달콤한 고백에 이레나는 절로 칼라일을 올려다보며 흐릿한 웃음을 머금었다.

어쩌면 칼라일의 맹목적인 사랑이 단 한 번도 거북스럽지 않았던 건, 그만큼 이레나도 그를 간절히 원하고 있었기 때문인지도 모른다.

스윽, 이레나가 말없이 상체를 들어서 먼저 칼라일의 입술에다 입을 맞췄다.

그것을 계기로 간신히 유지하고 있던 칼라일의 이성이 끊어져 버렸다. 서로를 잡아먹을 것 같은 농도 짙은 키스가 이어졌다.

잠시 숨을 고르기 위해 두 사람의 입술이 떨어지는 찰나, 이레나가 달뜬 목소리로 자신의 마음을 고백했다.

"사랑해요, 카릴."

"부인은 아는지 모르겠는데……."

칼라일이 정염에 깃든 눈동자로 이레나를 내려다보며 말을 이었다.

"내가 언제나 그대보다 더, 그대를 사랑하고 있어."

칼라일의 입술이 이레나의 반듯한 이마에서 날카로운 콧등으로, 그리고 다시 붉은 입술로 내려오며 영역 표시를 했다. 그 행위 하나하나에서 진한 사랑이 느껴졌다.

"그리고 약속하지. 앞으로도 죽을 때까지 그대보다 더 사랑할 거야."

그 말에 이레나는 행복에 겨운 웃음을 지을 수밖에 없었다.

당연한 말이지만 칼라일은 이레나가 그를 얼마나 좋아하는지 알 수 없었다. 그건 이레나만이 알 수 있는 자신의 속마음이었으니까.

그런데도 칼라일은 확신 어린 말을 하고 있었다. 본인이 무조건 이레나보다 더 사랑을 할 거라고 말이다.

그건 이레나가 품은 사랑의 크기가 얼마큼이든, 칼라일이 무조건 더 많이 사랑할 거라는 자신만만한 고백이었다. 그리고 이레나의 심장을 미친 듯이 떨리게 할 만큼 다디단 말이었다.

그렇게 이레나는 칼라일이 처음으로 가르쳐 주는 열기에 온 세상이 다 타 버릴 것처럼 느껴졌다.

그의 느릿한 움직임에 따라 이레나는 곧 고통 어린 눈물을 흘렸지만, 시간이 지나자 다른 생경한 감각으로 울부짖었다.

흔들리는 이레나의 시야 안에 칼라일은 한결같은 눈빛으로 그녀를 바라봐 주었다. 그의 표정에서, 그의 손길에서, 그리고 그의 온기에서 모두 사랑이 넘치도록 느껴졌다.

굳이 입 밖으로 소리 내어 말하지 않아도, 서로에 대한 사랑이 온몸으로 전해지는 듯했다.

바깥에선 하늘에 구멍이라도 뚫린 것처럼 비가 쏟아졌지만, 지금 두 사람의 귓가에는 아무런 소리도 들리지 않았다. 오로지 눈앞에 있는 상대방만이 이 세상의 전부인 그런 밤이었다.

* * *

짹짹짹.

새들의 지저귀는 소리에 잠에서 깬 이레나가 눈을 떴다. 어느새 비가 그쳤는지 동굴의 바깥은 촉촉하게 물기에 젖어 있었다.

어두운 동굴 안을 비추는 햇살을 바라보며 이레나는 문득 자신이 칼라일의 품 안에 안겨 있다는 사실을 알아차렸다.

조심스럽게 고개를 돌려 보니, 칼라일이 한 손으로 이레나의 머리를 팔베개해 주고 다른 한 손으론 그녀의 허리를 끌어안은 채 곤히 잠들어 있었다.

'아…….'

순간 어젯밤의 기억이 떠올라서 이레나의 얼굴이 붉게 달아올랐다.

하지만 그것도 잠시, 그녀는 곤히 자고 있는 칼라일의 모습에 시선을 빼앗겼다.

지금까지 같은 침실을 썼지만 이레나는 침대에서, 그리고 칼라일은 소파에서 잠들었기 때문에 자는 모습을 본 적이 거의 없었다. 더구나 먼저 일어나 상대방이 잠에서 깨어나길 기다리는 쪽은 대부분 칼라일이었다.

'……이렇게 보니까 정말 잘생겼네.'

이레나는 저도 모르게 픽 하고 웃음이 새어 나왔다.

잠들어서 무방비한 칼라일의 모습은 평상시의 카리스마 넘치는 분위기와 아주 많이 달랐다. 사나워 보이는 눈매도, 오뚝 솟아오른 콧날도, 그리고 굳게 다물고 있는 입술과 베일 것 같은 턱 선도 전부 다 그대로였지만 왠지 부드러워 보였다.

아마도 오직 이레나만이 볼 수 있는 칼라일의 모습일 것이다.

"왠지 살아 있길 잘했다는 생각이 드네요."

저번 생에서는 몇 번이나 삶을 포기하고 싶었다. 그럼에도 끝까지 버텨서 검술 실력을 쌓았고, 그때의 경험이 시간을 돌아온 후에 많은 도움이 되었다.

칼라일과 처음으로 함께 아침을 맞이한 지금, 문득 그때 한 노력과 고생에 대한 보상을 받은 느낌이었다.

사랑, 예전에는 그저 단어로만 알고 있었던 감정이 지금 이레나의 마음속에 흘러넘치고 있었다.

이 순간 진심으로 그런 생각이 들었다. 다시 살아서 칼라일을 만나게 되어 정말로 다행이라고 말이다.

그때였다.

얌전히 이레나의 허리를 안고 있던 칼라일의 손이 갑자기 그녀를 가까이 끌어당겼다.

"읏!"

이레나는 그대로 칼라일의 단단한 가슴팍에 얼굴을 묻게 되었다. 칼라일은 한 치의 빈틈도 허용하지 않겠다는 듯, 그 자세로 상체를 수그려 더욱 강하게 이레나를 끌어안았다.

이레나가 놀란 목소리로 물었다.

"깨어 있었어요?"

"아니, 방금 일어났어. 부인이 날 보는 시선이 느껴져서 잠시 눈을 감고 있었지."

"왜……."

"내가 일어나면 부인이 민망해할까 봐. 그런데 이렇게 귀여운 소리를 할 줄은 몰랐지."

칼라일의 말대로 이레나는 아직 드레스를 입기도 전이었다. 자신이 아주 잠시 칼라일의 얼굴을 감상하고 있는 사이, 그가 깨어날 거라고는 꿈에도 생각하지 못했기 때문에 늦장을 부린 것이다.

이레나는 맨살에 닿는 감촉을 깨닫고, 자신이 어떤 상태로 안겨 있는지 알아차렸다.

이레나의 얼굴이 순식간에 불그스름하게 변했다.

"지금도 늦지 않았으니, 눈 좀 감고 계세요."

"그런 소리를 듣고 어떻게 그래. 살아 있길 잘했다는 건 날 만나서 다행이란 건가? 그런 귀여운 발상은 대체 어디서 나오는 거지? 응?"

짓궂은 칼라일의 질문에 이레나의 뺨이 더욱 빨갛게

달아올랐다.

"반칙이에요. 그냥 혼자 중얼거린 말을……."

"그런 귀여운 소리를 자고 있는 사람한테 하는 게 더 반칙이라고, 부인."

칼라일이 그대로 고개를 내려 이레나의 정수리에다 입을 맞췄다.

이레나는 부끄러움에 한시라도 빨리 일어나고 싶었지만, 칼라일은 전혀 그럴 생각이 없는지 그녀를 안은 채 가만히 누워 있었다.

칼라일이 나지막한 목소리로 말했다.

"……일주일 정도는 아무것도 하지 않은 채 이대로 부인과 같이 있고 싶군."

이레나가 표현을 하지 않아서 그렇지, 어젯밤 칼라일이 놓아주지 않는 덕분에 그녀는 지금 허리에 알싸한 통증이 느껴지는 상태였다.

일주일이나 어제와 같은 밤을 보낸다면 이레나가 버텨낼 수 있을 리 만무했다.

"저는, 사양할게요."

이레나의 말뜻을 알아차린 칼라일의 입가에 짙은 웃음이 지어졌다.

"이건 어린아이한테 사탕을 줬다 뺏는 것보다 더 나쁜 거야, 부인."

"그건…… 흣."

이레나가 무의식적으로 몸을 움직이려다가 갑자기 밀려오는 허리의 통증에 앓는 소리를 냈다.

칼라일이 어쩔 수 없다는 듯이 이레나의 몸 위로 자신의 재킷을 걸쳐 주며 말을 이었다.

"아쉽지만 오늘 하루는 참아야겠군. 더 누워서 쉬도록 해."

그 말과 동시에 칼라일이 부드럽게 이레나의 눈가에 입을 맞췄다.

그렇게 칼라일이 먼저 몸을 일으키자 그의 등 뒤에 나 있는 손톱자국과 어깨 부근에 이레나가 참지 못하고 물어 버린 잇자국 훤히 드러났다.

이레나는 깜짝 놀란 표정으로 말했다.

"카릴, 등에……."

차마 그녀가 미안한 마음에 끝까지 말을 잇지 못하자, 칼라일이 힐끔 자신의 등을 바라보며 피식 웃었다.

"아, 이거? 내 훈장인데."

이레나는 그저 입만 벙긋거리며 아무런 말도 하지 못했다. 어젯밤의 흔적이 고스란히 남아 있는 그의 등을 보곤 그저 부끄러움에 목 끝까지 시뻘겋게 달아오를 뿐이었다.

칼라일과 이레나는 자신들을 쫓아오는 추적자들을 피

해 동굴에서 며칠이란 시간을 더 보냈다.

황궁에 비해 초라하기 그지없는 곳이었지만, 그럼에도 두 사람에겐 서로가 있었기에 더없이 행복한 날들이었다. 만약 현재 처한 상황이 나쁘지만 않았다면, 한동안 계속 이곳에 머무르고 싶을 정도로 말이다.

하지만 그러기엔 마음에 걸리는 일들이 많았다. 황궁의 사정을 정확히 파악하지는 못했지만, 굳이 확인하지 않아도 심상치 않은 일들이 벌어지고 있는 것만은 확실했으니까.

이레나가 말했다.

"그럼 이제 떠날 준비는 다 끝난 건가요?"

"그래. 우리가 머물렀던 흔적은 확실하게 지워 놓았으니 쉽게 쫓아오진 못할 거야."

벌써 두 사람의 상처가 다 나은 건 아니었지만, 최소한 몸을 움직일 정도는 되었으니 이젠 떠나야 할 차례였다.

갑작스러운 기습을 받고 이 동굴까지 흘러들어 오게 된 상황이라 두 사람은 황궁에 있을 때와는 비교도 할 수 없을 정도로 초라한 행색이 되었다.

하지만 그럼에도 그 두 사람의 우월한 미모를 가릴 순 없었다. 이레나와 칼라일이 나란히 서자, 그 자체만으로도 그림 속에서나 볼 법한 선남선녀처럼 느껴졌다.

"슬슬 가 볼까요?"

이레나의 물음에 칼라일이 가볍게 고개를 끄덕였다.

이레나는 마지막으로 발길을 돌리기 전, 아쉬운 눈빛으로 동굴 내부를 훑어보았다. 칼라일과 처음으로 이어진 장소였다. 아마도 쉽게 기억에서 잊히지는 않을 것이다.

그런 이레나의 마음을 눈치챈 칼라일이 나지막이 입을 열었다.

"아쉬워?"

"왠지, 조금요."

"그럴 거 없어."

칼라일이 먼저 이레나의 손에 깍지를 끼고, 앞으로 한 걸음을 내딛으며 말을 이었다.

"나중에 이 동굴을 그대로 보존해서 별장으로 만들 생각이거든."

"……정말요?"

그의 뒤를 따라 걷던 이레나는 예상치 못한 말에 깜짝 놀라고 말았다. 하지만 칼라일은 그런 이레나의 표정을 돌아보며 낮게 웃을 뿐이었다.

"당연하지. 부인은 내가 누구라고 생각하는 거야?"

"그건……."

"이 대륙에서 루퍼드 제국의 황제가 하지 못하는 일은 없지."

이레나는 새삼 건국 기념제에서 설리반이 모두의 앞에

서 대관식을 준비하겠다고 선언했던 장면이 떠올랐다.

현재 황궁의 상황이 어떻게 돌아가든 간에, 분명한 건 설리반이 공식적으로 인정한 후계자는 바로 칼라일이란 사실이다.

"아무것도 걱정하지 마. 내가 죽지 않는 한 왕좌는 내 것이야. 아무한테도 넘기지 않아."

칼라일의 자신만만한 발언에 이레나도 곧이어 작게 웃음 짓고 말았다.

어쩐지 이레나의 발걸음이 조금 전보다 가벼워진 느낌이었다.

"알겠어요. 하지만 당신도 잊지 말아요."

분명 앞으로 해결해 나가야 할 일들이 까마득할 것이다. 하지만 그럼에도 변치 않는 건, 그 험난한 과정에서 칼라일을 도와줄 최고의 조력자는 바로 이레나라는 사실이었다.

"제가 당신을 황제로 만들어 주겠다고 한 것을요."

이제야말로 이레나가 활약해야 할 시간이 찾아온 것 같았다.

* * *

이레나와 칼라일이 가장 먼저 찾아간 곳은 아스타 상

단이었다. 황궁으로 돌아가기 전에, 대체 어떤 일이 벌어지고 있는지 그동안의 소식을 확인하는 게 시급했기 때문이다.

다른 귀족 가문을 방문했다간 혹시라도 황후 측에게 행적이 노출될 수도 있었고, 두 사람이 직접 찾아가기에도 거리가 너무 멀었다.

그런데 아스타 상단은 여러 군데에 지점을 가지고 있었기 때문에 그중에 어디를 찾아가도 상관이 없다는 장점이 있었다. 애초부터 고민할 만한 이유가 없었기에 두 사람은 손쉽게 목적지를 정했다.

그렇게 이레나와 칼라일은 아스타 상단에서 안내받은 자그만 응접실에 앉아 아이작을 기다리고 있는 중이었다.

칼라일이 의외라는 표정으로 입을 열었다.

"부인이 아스타 상단과 교류를 하고 있을지 몰랐군."

"제가 움직일 수 있는 독자적인 세력이 필요하다고 판단했어요. 그래서 나중에 황후가 되면 독점 교역권을 주기로 하고 계약을 맺었죠."

"루퍼드 제국과의 독점 교역권을?"

칼라일은 내심 놀랄 수밖에 없었다. 이레나와 아스타 상단 사이에 그런 뒷거래가 있었단 사실을 몰랐기 때문이다.

사실 생각하기에 따라서 칼라일의 입장에서는 별로 기분 좋은 일이 아닐 수도 있었다.

이레나가 진지한 표정으로 말했다.

"가능한 아는 사람이 적었으면 해서 그동안 카릴에게도 말하지 않았어요. 독점 교역권이 쉬운 건 아니지만…… 황후가 되면 저한테도 그 정도의 권한은 있을 테니까요."

칼라일이 이내 큭 하고 낮게 웃으며 고개를 끄덕거렸다.

"맞는 소리지. 부인이 원한다면 그보다 더 좋은 조건을 베풀어 줄 수도 있어."

"이해해 주는 건가요?"

"부인이 날 위해 한 결정이라고 믿으니까. 그리고 말대로 이렇게 도움을 받게 됐잖아."

이 말 한마디만 들어도 칼라일이 얼마나 이레나를 신뢰하고 있는지 알 수 있었다.

이레나는 다른 누구도 아닌 칼라일에게 이만큼이나 인정받고 있다는 사실이 기뻤다. 자신은 여자이기 전에 그의 기사이기도 했으니까.

사실 칼라일조차 이레나와 아스타 상단의 관계를 몰랐는데, 다른 세력들이 이런 내용을 알고 있을 리 만무했다. 그리고 지금처럼 위험한 상황에 아무에게도 알려지지 않은 숨겨진 아군이 있다는 건 꽤나 강력한 무기였다.

이레나가 옅은 웃음을 지으며 말했다.

"그럼 일단 아스타 상단을 통해 현재 황실의 사정을 파악하고, 그 뒤에 어떻게 움직일지 같이 논의해 봐요."

"그러지."

그렇게 이레나와 칼라일이 간략하게 이야기를 주고받고 있을 때였다.

똑똑, 문을 노크하는 소리와 함께 거친 숨을 몰아쉬며 아이작이 모습을 드러냈다. 한눈에 봐도 아이작이 이곳까지 얼마나 허겁지겁 달려온 것인지 짐작할 수 있을 정도였다.

"비전하, 갑자기 연락을 주셔서 놀랐습니다."

아이작은 가장 먼저 이레나를 바라보곤 곧이어 옆자리에 앉아 있는 칼라일의 모습을 확인했다. 뒤늦게 칼라일의 정체를 알아차린 아이작이 급히 고개를 숙이며 다시 입을 열었다.

"루, 루퍼드 제국의 황태자……."

그의 인사말에 칼라일이 손을 들어 제지했다.

"됐어. 가능한 행적을 감추려고 하는 중이니 그런 인사는 생략하지."

"네, 전하."

아이작은 괜한 인사치레로 시간을 낭비하지 않고 서둘러 두 사람의 맞은편에 앉았다. 그러곤 지금까지와 달리 심각한 표정으로 물었다.

"현재 두 분은 행방이 묘연한 상태입니다. 어떻게 저를 찾아오시게 된 건지 설명해 주실 수 있겠습니까?"

아이작의 조심스러운 질문에 이레나가 고개를 끄덕였다.

어차피 이레나와 칼라일이 원하는 정보를 들으려면, 그 전에 두 사람이 현재 처한 상황부터 이야기해야 했다. 그래야 퍼즐을 맞추듯 자연스레 이야기가 완성이 될 테니까.

"건국 기념제에서 벌어진 이야기는 들었을 거예요."

"네. 황제 폐하께서 대관식을 치르겠다고 선언하셨다죠."

"그날 저녁, 폐하의 부름을 받고 저와 전하가 북쪽 별궁으로 갔는데 그곳에 이미 암살자들이 기다리고 있었어요. 간신히 도주해서 지금 가장 먼저 아스타 상단을 찾아온 거예요."

"……역시 그런 일이 있으셨군요."

아이작이 어떤 상황인지 이해했다는 듯이 고개를 끄덕였다.

이레나가 기다렸다는 듯이 질문을 쏟아 냈다.

"제가 지금 가장 궁금한 건 혹시 황제 폐하의 신변에 무슨 일이 생겼는지, 그리고 현재 황궁이 어떻게 돌아가고 있는지예요."

"일단 상황은 매우 좋지 않습니다……."

아이작이 가만히 앉아 있는 칼라일의 눈치를 보며 다시금 말을 이어 나갔다.

"우선 가장 먼저 아셔야 할 게, 건국 기념제의 바로 다음 날 황제 폐하께서 사망하셨다는 공식적인 발표가 있었습니다."

"……뭐?"

처음으로 칼라일의 표정이 흔들렸다. 설리반에게 좋지 않은 일이 생겼을 거라 짐작하긴 했지만, 설마 그가 죽었을 거라고는 예상하지 못했기 때문이다.

놀란 건 이레나도 마찬가지였다. 건국 기념제에서 살아 있는 설리반의 모습을 본 게 얼마 되지도 않았는데, 이렇게 사망했다는 사실이 믿길 리가 없었다.

칼라일이 낮게 가라앉은 목소리로 물었다.

"……사망의 사인은?"

"오랫동안 앓고 계셨던 지병 때문이라고 합니다. 이건 공식적으로 조사가 이뤄진 부분이니 틀림없을 것입니다. 물론 자세한 건 나중에 전하께서 직접 확인해 보셔야겠지만요."

그날 밤, 황태자궁으로 찾아온 시종장은 칼라일에게 이런 이야기를 했었다. 한밤중에 오펠리아가 찾아와 레드필드에 관한 이야기를 해서 그에 관해 설리반이 상의를 하고 싶어 하는 것 같다고 말이다.

만약 설리반이 살아 있었다면 칼라일에게 통보한 대로 북쪽 별궁에 모습을 드러냈을 것이다.

하지만 거기에 나타나지 않았다는 건……

그 이전에 설리반이 사망했을 가능성도 배제할 수 없다는 뜻이었다.

범인은 설리반의 죽음을 먼저 알았을지도 모른다. 황제를 사칭한다면 이런 함정을 손쉽게 만들 수 있었을 테니까.

이 추측대로라면 설리반의 사망 시점은 시종장을 보내기 직전이나, 아니면 그 직후에 가까웠다.

"……누군가 아버지의 죽음을 확인하고, 날 유인했다는 건가."

이레나는 말없이 고개를 끄덕이며 그의 생각에 동조를 표했다. 아무리 생각해 봐도 그럴 확률이 가장 높아 보였으니까.

아이작이 다시 입을 열었다.

"그리고 한 가지 더 드릴 말씀이 있습니다. 황제 폐하의 사망 발표와 함께 곧이어 2황자님의 황위 계승권이 복구되었습니다."

그 말에 칼라일의 표정이 와락 구겨졌다.

"대체 누가 감히 그런 일을 벌인 거지?"

"그게 2황자님의 황위 계승권을 복구하겠다는 서류에 황제 폐하의 직인이 찍혀 있었습니다."

거기까지 듣자 범인이 누구인지 더 이상 고민할 필요가 없었다.

설리반의 죽음을 확인한 시기나, 칼라일을 살해해야 하는 동기, 그리고 레드필드의 황위 계승권을 복구하는 막대한 이득을 챙겼다면 보나 마나 황후 오펠리아가 벌인 짓이 틀림없었다.

오펠리아가 설리반을 죽였는지, 아니면 우연히 발견한 것인지는 아직 알 수 없었다. 일단은 공식적인 조사에 설리반의 사망 원인이 지병으로 인한 것이라고 결론이 나왔으니 말이다.

하지만 그것을 빌미로 칼라일에게 암살자를 보내고, 멋대로 레드필드의 황위 계승권을 복구시킨 범인은 누가 봐도 오펠리아였다.

칼라일의 눈동자에 진득한 분노가 어렸다. 바깥으로 감정을 표출한 건 아니지만, 그에게서 뿜어져 나오는 싸늘한 분위기에 응접실 안의 분위기가 무거워졌다.

지금까지 가만히 이야기를 듣고 있던 이레나가 물었다.

"황태자궁은 어떻게 되었죠? 거기에 많은 군사들이 있을 텐데요."

“현재 황후 폐하의 명령으로 황태자궁의 출입이 완전히 막혔습니다. 그래서 아무도 들어갈 수도, 나올 수도 없지요.”

“……그쪽으로 소식을 전하기란 쉽지 않겠군요.”

오펠리아가 황태자궁을 막은 이유는 뻔했다. 칼라일과 이레나에 관련된 내용이 그쪽으로 흘러가지 않게 하려는 의도였다.

그렇다면 황태자궁 안의 사람들은 아직 이러한 상황을 모르고 있을지도 모른다.

이레나의 표정이 심각하게 변했다.

‘……상황이 예상했던 것보다 더 좋지 않아.’

칼라일의 군사들이 대부분 황태자궁 안에 있는 상황이었기에 상대적으로 외부에 나와 있는 병력이 얼마 없었다. 그리고 그건 현재로서는 무척이나 불리한 일이었다.

거기까지 들은 칼라일이 나지막한 목소리로 입을 열었다.

“일단 어떠한 상황인지는 알겠다. 여기서 내가 더 알아야 할 내용이 있나?”

“없습니다, 전하. 이게 현재 벌어지고 있는 일들의 전부입니다.”

아이작의 대답을 들은 칼라일이 이레나를 향해 고개를 돌렸다. 그러곤 무척이나 낮아진 목소리로 말했다.

"부인."

"네, 말씀하세요."

"……잠시만 혼자 있고 싶군."

현재 칼라일은 최대한 자신의 감정을 억누르고 있었다. 하지만 그렇다고 해서 화가 나지 않은 건 아니었다.

이레나는 그의 푸른 눈동자에 맺힌 서늘한 불꽃을 보았다. 설리반의 죽음을 알게 된 그의 심정이 어떨지 이레나는 짐작조차 할 수 없었다.

이레나는 안타까운 표정으로 칼라일을 바라보다가 이내 고개를 끄덕거렸다.

"그래요. 그럼 전 나가 있을게요."

지금 칼라일에겐 감정을 추스를 시간이 필요할 것이다.

이레나가 말없이 자리에서 일어서자, 그녀의 뒤를 따라 맞은편에 앉아 있던 아이작도 의자에서 몸을 일으켰다.

그렇게 두 사람은 칼라일을 혼자 남겨 둔 채 바깥으로 나왔다.

이레나의 마음도 무척이나 혼란스러웠다. 저번 생에서 설리반이 죽는다는 걸 알았지만, 지금은 그때에 비해 너무 빠른 시기라 전혀 예상하지 못했다.

설리반은 유일하게 칼라일이나 블레이즈 가족들처럼

살해를 당한 게 아닌, 질병으로 인한 죽음이었기에 막지 못할 거라고 생각하긴 했지만…….

막상 이런 일을 겪자 어떻게든 했어야 했던 게 아닌가 후회가 남았다.

'내가 뭐라도 더 할 순 없었을까?'

문득 이레나의 머릿속에 설리반이 자신을 다정하게 바라봐 주던 기억이 떠오르자, 마음이 급속도로 울적해졌다.

슬픈 표정을 짓고 있는 이레나를 향해 아이작이 조심스럽게 입을 열었다.

"비전하, 제게 혹시 더 시키실 건 없습니까?"

"아……."

그 말에 이레나는 가까스로 정신을 차렸다. 누구보다 칼라일이 심란한 마음일 텐데 자신만이라도 최대한 냉정한 상태를 유지해야 했다. 어찌 됐든 지금 당장 처한 상황이 무척이나 안 좋았으니 말이다.

"일단 제가 적어드리는 가문들에게 칼라일 전하가 건재하다는 소식을 전해 주세요. 조만간 귀족들의 힘을 모아야 할 것 같으니까요."

"네, 알겠습니다. 비전하."

아이작은 현명한 판단을 내린 이레나를 바라보며 저도 모르게 반짝 눈을 빛냈다.

이레나의 말은 거기서 끝이 아니었다.

"그리고 제가 투자했던 부동산도 전부 정리해서 현금으로 만들어 주세요."

"헉, 그 많은 걸요?"

생각지 못한 요구에 아이작의 눈동자가 커졌다.

사실 미래를 알고 있는 이레나의 부동산 투자는 많은 이득을 남겼고, 그로 인해 현재 그녀의 자산은 엄청난 상태였다.

이건 칼라일과 결혼할 때 받은 선물을 이레나가 혹시 모를 상황을 대비해서 암암리에 불려 놓은 군자금이었다.

"이제 사용해야 할 때가 온 것 같네요."

"아, 알겠습니다."

"제가 지난번에 보관해 달라고 말씀드렸던 브로치는 가지고 계시죠?"

아이작은 화려한 보석으로 수놓아진 백합 모양의 꽃 브로치를 떠올리며 고개를 끄덕였다.

"네, 그때 맡아 달라고 보내 주신 후부터 지금까지 소중하게 보관하고 있습니다."

그건 바로 크라우스 상단의 해리가 이레나에게 주고 간 브로치였다. 그것을 통해 이레나는 언제든지 해리에게 연락을 할 수 있었다.

이레나는 당시 브로치를 어떻게 할까 고민하다가 어차피 드레스에 장식으로 다는 용도가 아니었기에, 최악의 상황을 대비해 아스타 상단에 보관을 맡겼다. 혹시라도 이번처럼 예측하지 못한 일이 벌어지면 언제든 이레나가 찾아갈 수 있도록 말이다.

이레나가 결연한 표정으로 입을 열었다.

"그 브로치를 크라우스 상단에 보내면서, 제가 만나고 싶어 한다고 전해 주세요."

오펠리아가 완전히 황궁을 장악하기 전에, 이레나와 칼라일은 그곳으로 돌아가야만 했다.

그러려면 여러 가지 방법이 있겠지만, 그중에 가장 좋은 것은 크라우스 상단을 같은 편으로 끌어들이는 일이었다.

"알겠습니다. 분부하신 내용들은 모두 최대한 빨리 처리할 수 있도록 노력하겠습니다. 일단 두 분의 소식을 알릴 가문부터 작성해 주시겠습니까?"

아이작의 똑 부러진 일 처리에 이레나는 만족스러운 미소를 지으며 고개를 끄덕였다.

이레나는 바로 아이작에게 펜과 종이를 건네받았다.

칼라일이 건재하다는 소식을 전할 대표적인 황제파 가문들을 적어 내려가던 이레나는 '블레이즈 가문'을 적었다가 이내 그 위를 몇 번이나 덧그려 지워 버렸다.

블레이즈 가문에는 간단한 소식만 전하기에 부족하다는 생각이 들어서였다.

저번 생에서 블레이즈 가문은 황위를 찬탈한 파벨루크에게 숙청당했다. 이레나와 칼라일이 무사한 이상 그런 일이 또다시 벌어지지는 않겠지만 그래도 언제나 최악의 상황을 염두에 두어야 했다.

이번 일만 하더라도 예기치 못한 기습으로 칼라일이나 이레나가 죽거나 크게 다쳤을 수도 있었으니까.

이레나는 일단 블레이즈 가문을 제외한, 다른 황제파 가문들을 적어서 아이작에게 건넸다.

"여기 적힌 가문들에게 은밀히 황태자 전하의 소식을 전하고, 블레이즈 가문에는 제가 따로 편지를 작성해서 드리죠."

아이작은 이레나의 친정이 블레이즈 가문이라는 걸 잘 알았기에 군말 없이 허리를 숙이며 명령을 받들었다.

"네, 비전하. 그럼 편지를 작성하시는 대로 주십시오. 우선은 적어 주신 가문들부터 소식을 전하겠습니다."

"잘 부탁해요."

그 말에 아이작은 다시 한 번 깊게 허리를 숙인 후, 서둘러 이곳을 떠났다. 한꺼번에 꽤 많은 일들을 처리해야 했기 때문에 아이작은 아마 눈코 뜰 새 없이 바쁠 것이다.

이레나는 잠시 새하얀 종이를 내려다보다가 펜을 움직

이기 시작했다.

편지의 수신인은 바로 아버지인 알포드였다.

앞부분엔 이레나와 칼라일이 현재 무사하고 황후의 악행을 막기 위해 곧 군사를 움직여야 할 것 같으니 대비를 하고 있으라는 공적인 이야기들을 먼저 적었다.

그리고…….

마지막 부분에 이레나가 원하는 본론을 기재했다.

[제국의 정세가 어지러우니 미라벨의 안전을 위해서라도 서둘러 프리그랑 왕국으로 유학을 보내주시길 청합니다.]

물론 미라벨 본인이 원하기도 했고, 이레나가 생각하기에도 재능을 발휘할 수 있도록 최대한 도와주고 싶었다. 하지만 이젠 혹시 모를 상황에 대비해 하루빨리 미라벨을 다른 곳으로 보내는 게 좋겠다는 판단이 들었다.

어차피 황실의 제4 기사단장인 아버지나 데릭 오라버니는 블레이즈 가문을 두고 움직일 수 있는 입장이 아니었다.

그건 설령 이레나가 저번 생에서 겪었던 모든 사실을 밝힌다 해도 마찬가지였다. 그들은 불행한 미래를 피하기보단 오히려 맞서 싸우려고 할 테니까.

하지만 미라벨은 아니었다. 일단은 그녀만이라도 안전한 곳에 보내 두면 이레나의 마음이 한결 편안할 것 같았다.

그렇게 이레나는 지금 당장 할 수 있는 일들을 최선을 다해 처리해 나갔다.

48

닮은 부분이 참 많네요

이레나는 자상에 좋은 약과 붕대를 들고 칼라일이 있는 응접실의 문을 두드렸다. 그러자 안에서 칼라일의 나지막한 목소리가 들려왔다.

"들어오도록 해."

그의 허락이 떨어지자 이레나가 조심스럽게 방문을 열고 안으로 들어갔다.

칼라일은 이미 그녀의 등장을 예상했었다는 듯 별다른 기색이 없었다. 다행인 건 조금 전보다 그의 표정이 한결 진정이 되어 있다는 것이었다.

물론 다른 사람이 보기엔 똑같을지 모르겠으나, 이레나는 칼라일의 그런 미세한 감정의 변화를 알아차릴 수 있었다.

“생각해 보니 당신 부상이 심한데 제대로 치료를 안 했잖아요. 일단 상처 부위부터 먼저 한 번 보여 주세요.”

이레나의 말에 칼라일이 곧바로 단추를 몇 개 풀었다. 그리곤 양팔을 교차해 입고 있던 셔츠를 위로 벗었다. 어딘가 야성적이게 느껴지는 동작이었다.

곧이어 잔 근육들로 꽉 짜인 그의 단단한 복근과 군살 없는 상체가 눈에 들어왔다.

칼라일의 매끈한 허리에는 여전히 이레나의 치맛자락을 찢어서 만든 천이 붕대처럼 감겨 있었다. 도주 생활을 하면서 임시방편으로 응급 처치를 해 놓은 것이었다.

이레나가 먼저 칼라일의 바로 앞으로 다가가 자세를 낮췄다. 그리곤 그의 허리에 묶여 있는 천을 조심스럽게 풀었다.

슥, 스윽.

예상했던 것보다 더 심한 상처가 눈에 들어와서 이레나는 저도 모르게 눈살을 찌푸릴 수밖에 없었다.

“……많이 아팠겠어요.”

이렇게나 큰 부상을 입었으면서도 칼라일은 지금까지 딱히 내색을 하지 않았다. 그래서 이레나는 그가 많이 아플 거라는 사실을 잠시 잊었었다.

아마 지금 칼라일의 마음속 상처도 이와 같을 것 같아

서 이레나는 괜스레 코끝이 시큰거렸다. 그런 이레나의 마음을 알아차린 건지, 칼라일이 불쑥 손을 들어 그녀의 머리를 쓰다듬어 주었다.

"괜찮아. 부인이 다치는 걸 지켜보는 것보단 이게 훨씬 덜 아파."

다정한 말에 이레나는 고개를 들어 칼라일의 얼굴을 쳐다보았다.

왜인지 마음이 찡했다. 설리반의 사망 소식으로 기분이 좋지 못할 텐데도 여전히 이레나를 향한 깊은 배려가 느껴졌다.

이레나는 하고 싶은 말이 많았지만, 서둘러 가지고 온 약부터 꺼냈다.

"……좀 따가울지도 몰라요."

칼라일은 상처 부위에 닿은 약이 꽤나 쓰라릴 텐데도 특별한 반응을 보이지 않았다.

오늘따라 고통에 무감각해 보이는 칼라일이 신경 쓰여서 이레나는 저도 모르게 계속해서 그의 얼굴을 살피게 되었다.

그렇게 마지막으로 꼼꼼히 붕대까지 감아 주고 나자, 칼라일에 대한 걱정이 조금이나마 덜어지는 느낌이었다.

"다 됐어요."

이레나가 그 말을 하며 자리에서 일어서려고 할 때였

다. 그녀에 비해 상대적으로 높은 위치에 앉아 있던 칼라일이 그대로 상체를 수그려 이레나를 품 안으로 끌어당겼다.

이레나는 생각지도 못한 스킨십에 깜짝 놀랐지만, 곧이어 손을 들어 그의 등을 미약하게 토닥거려 주었다. 아마도 오늘 칼라일에겐 위로가 필요할 것이다.

"부인은 오른팔의 상처를 치료했나?"

"네. 안 그래도 카릴이 걱정할까 봐 들어오기 전에 먼저 했어요."

"잘했어. 내가 먼저 신경 썼어야 했는데 미안하군."

"아니에요. 아버님의 소식을 듣고…… 혼란스러운 게 당연한걸요."

이레나도 저번 생에서 가족들을 전부 잃어 봤기에 잘 알았다. 물론 지금 칼라일의 마음을 다 안다고 자신할 순 없었지만, 최소한 그의 심정이 얼마나 좋지 못할지는 짐작할 수 있었다.

그녀가 뭔가 위로의 말을 내뱉기도 전에 칼라일이 먼저 덤덤한 목소리로 입을 열었다.

"너무 걱정할 필요 없어. 아버지와 난…… 썩 좋은 부자지간이 아니었거든."

칼라일은 설리반에게 생긴 가장 첫 번째 아들이었지만, 여의주가 발현되기 전까지 하녀들이 머무는 숙소에서 자랐다.

이유는 하나였다. 그를 낳은 어미의 신분이 천하기 때문이다.

아마도 칼라일이 드래곤의 피를 짙게 물려받지 않았다면, 설리반은 끝까지 그를 아들로 인정하지 않았을지도 모른다. 그리고 그 사실을 칼라일 또한 알고 있었다.

칼라일이 황태자가 된 이후에도 딱히 좋은 기억은 없었다. 어린 시절 그의 전부였던 어머니가 황궁에서 떠났고, 수없이 많은 암살 위협을 받고 난 뒤 도망치듯 전장으로 쫓겨나야 했으니까.

"아버지는 언제나 있는 그대로의 나를 보는 느낌이 아니었지. 그저 저주받은 드래곤의 피를 진하게 이은 아들, 그래서 남들보다 특출한 능력을 지닌 존재를 대한다고 해야 할까."

이레나는 묵묵히 칼라일의 말을 들어주었다. 씁쓸한 기색이 묻어있는 그의 목소리에서 왠지 모를 아픔이 느껴졌다.

"나는 한 번도 힘들다는 말을 할 수 없었어. 아버지의 눈에 나는 다 가진 자식이었거든. 처음엔 기대와 부담감이 나를 짓눌렀는데 어느샌가 그게 당연해지더군. 나도 자꾸만 내 앞길을 막아서는 자들을 맞닥뜨리다 보니 독기가 생기기 시작했고."

애초부터 칼라일과 설리반에겐 부자의 정을 나눌 시간조차 주어지지 않았다. 어렸을 때 헤어져서 그가 성인이 되고 난 후에야 다시 만날 수 있었으니까.

그래서일까. 칼라일의 마음속에는 언제나 설리반을 향한 약간의 원망이 남아 있었다. 하지만 미워만 하기엔 끝까지 자신을 믿어 준 사람 또한 설리반이었기에 정확히는 애증의 관계라고 부를 수 있었다.

뭔가 어중간한 사이였다. 좋아하는 것도 아니고, 싫어하는 것도 아닌 애매모호한.

칼라일이 그런 설리반을 위해 해 줄 수 있는 일이라곤 그의 뜻대로 황위를 물려받는 것뿐이었다. 그래서 가능한 설리반이 죽기 전에 황제가 되는 모습을 보여 주고 싶었다.

그 과정에서 형제끼리 서로 죽이는 걸 원치 않았기에 레드필드의 목숨을 빼앗는단 계략은 가장 마지막 수단으로 미뤄 둔 것 정도가 칼라일이 설리반에게 해 줄 수 있는 배려였다.

그냥…… 그 정도였다.

뜨겁지도, 그렇다고 차갑지도 않은 사이를 뭐라고 한마디로 정의할 순 없었다.

"아버지가 죽었다는 소식을 듣고 나서야 알았어. 나 그 사람한테 조금은 칭찬받고 싶은 마음이 있었다는 걸 말이야.”

“……그랬어요?”

“나도 몰랐는데, 돌이켜보니 그랬더라고.”

칼라일의 자조적인 웃음소리가 낮게 울렸다.

하지만 이레나는 웃을 수 없었다. 그녀 또한 엄한 알포드의 밑에서 자라 그 마음을 이해할 수 있었기 때문이다.

이레나도 언제나 알포드에게 인정받기를 원했다. 물론 칼라일과 완전히 똑같은 케이스는 아니었지만, 충분히 그의 마음에 공감할 수 있었다.

“그러니까 괜찮아. 이제는 황위를 물려받는 모습을 아버지에게 보여 줄 수 없게 되었지만, 그렇다고 앉아서 슬퍼만 하고 있을 생각은 없으니까.”

그 말에 이레나는 꽉 안겨 있던 칼라일의 품에서 벗어나 고개를 들었다. 뒤늦게 이런 이야기를 하는 칼라일의 얼굴을 처음으로 볼 수 있었다.

칼라일은 본인의 말대로 그리 아파 보이지는 않았다. 하지만 이레나는 그 모습에 감춰진 공허함을 알아차렸다.

이 순간 처음 알았다. 우는 것보다 괜찮다는 말이 더 슬퍼 보일 수도 있다는 사실을 말이다.

칼라일은 아무렇지 않은 척했지만, 이레나는 그 모습조차 안타까워 애가 탔다.

"카릴, 가끔은 말이죠. 저는 제가 속이 시원할 정도로 펑펑 울 수 있는 사람이면 좋겠다는 생각을 했어요. 항상 진심을 속에만 가둬 놓다 보니, 어떨 땐 나조차도 갑갑하다는 생각이 들었거든요."

그 말에 칼라일이 물끄러미 이레나를 쳐다보았다.

"지금 보니까 당신과 내가 닮은 부분이 참 많네요. 이런 것까지는 안 닮아도 좋을 것 같은데…… 혹시 너무 슬프면 참지 말아요."

이레나의 마음 같아선 무언가 대단한 위로를 건네주고 싶었지만, 이 상황에서 대체 어떤 말을 꺼내야 좋을지 알 수가 없었다.

이레나는 잠시 칼라일을 안타깝게 쳐다보다가 이내 다시 그를 안아 주었다. 그의 품에 안겨 있던 방금 전과는 완전히 반대되는 자세였다.

"제가 오랫동안 곁에 있어 줄게요. 그래서 당신이 지금처럼 무언가를 말하고 싶을 때 옆에서 들어 주고, 잘한 일을 할 때는 칭찬도 많이 해 주고요."

그 말에 칼라일이 피식하고 실소를 터뜨렸다. 곧이어 그가 단단한 팔로 이레나를 마주 안으며 나지막이 말했다.

"그거면 충분해, 부인."

이레나는 이렇게밖에 하지 못하는 어설픈 자신의 위로

를 아쉬워했지만…….

칼라일에겐 무엇과도 바꿀 수 없을 만큼 큰 위안이 되었다. 그는 이레나의 따뜻한 품 안에서 스르륵 눈을 감았다.

이레나와 칼라일은 아이작이 마련해 준 임시 거처로 자리를 옮겼다.

가능한 황후의 세력들에게 위치를 들키지 않으려고 노력하는 중이라 아이작이 구해 준 숙소는 소박했지만 둘 다 불만은 없었다. 지금으로선 어느 곳에서 숙박을 한다 해도 그들이 지냈던 천연 동굴보다 나았기 때문이다.

칼라일은 뒤늦게 이레나가 처리한 일들을 듣고 꽤나 놀라는 중이었다.

“벌써 귀족 가문들에게 내 소식을 전했단 말이지.”

“네. 제가 전한 가문의 명단을 혹시나 해서 가지고 왔으니 카릴이 확인해 주세요. 확실한 가문에만 소식을 전했기에 혹시 더 추가하고 싶은 곳이 있다면 말씀하시고요.”

칼라일이 빠르게 이레나가 건넨 종이를 살펴보곤 고개를 저었다.

“없어. 내가 생각했던 가문들을 그대로 적어 놓았군.”

“생각이 통했다니 다행이네요.”

이레나는 대수롭지 않다는 듯 빙긋 웃었지만, 칼라일의 놀란 표정은 좀처럼 풀리지 않는 상태였다.

이레나가 한 일은 이게 끝이 아니었다. 그녀는 크라우스 가문에 연락을 했을 뿐만 아니라, 칼라일이 결혼할 때 준 자금을 벌써 수십 배 이상으로 불려 놓았다.

"어지간한 안목이 아니라면 이렇게 단시간 안에 그런 금액을 만들기가 쉽지 않았을 텐데…… 내 아내는 언제 봐도 놀랍군."

"저만의 노하우가 있었거든요."

이레나는 앞으로 벌어질 미래를 알고 있었다. 그래서 어느 지역이 뜨는지, 어떤 상품이 유행하는지 등 많은 것들을 꿰뚫고 있었다.

사실 그런 것을 잘만 이용한다면 그녀가 벌어들일 수 있는 금액은 천문학적일 수밖에 없었다.

"그 노하우란 게 뭐지?"

칼라일의 장난스러운 질문에 순간 이레나의 붉은 눈동자가 진지하게 변했다.

사실 이레나는 얼마 전부터 칼라일에게 사실대로 이야기를 하려고 했었다. 그러다 갑자기 습격을 받게 돼서 아직까지 말을 못 했지만, 어쩌면 지금이 솔직하게 자신의 이야기를 밝힐 때라는 생각이 들었다.

"카릴, 지금부터 제가 하는 이야기를 듣고 놀라지 말아요.”

“대체 노하우가 무엇이기에 시작부터 이렇게 거창한 거지? 기대하면서 듣도록 하지.”

가벼운 농담을 하는 칼라일과 달리, 이레나는 잔뜩 긴장을 한 상태였다. 그래서 그녀는 저도 모르게 그가 준 푸른색의 구슬 반지를 손가락으로 계속 만지작거렸다.

이런 이야기를 누군가에게 솔직하게 밝히는 건 이번이 처음이었다.

“사실 저는 한 번 죽은 적이 있어요.”

“……?”

“그리고 원래대로라면 카릴은 제가 처음 구해 주러 갔던 날 사망했어야 했어요. 제가 경험했던 저번 생에서 결국 황위를 차지한 건 루넨 대공이에요. 그가 저희 블레이즈 가문을 황제파라는 이유로 전부 몰살시켰죠.”

처음엔 아무렇지 않게 듣고 있던 칼라일의 푸른 눈동자가 더없이 커졌다. 들으면 들을수록 믿기 어려운 이야기였기 때문이다.

“그때 전 가족들의 복수를 하기 위해 십수 년 동안 혼자 살아남아 검술을 익혔고, 마지막에 루넨 대공에게 칼을 겨눴지만 결국 패배하고 말았어요.”

“……그 말은 루넨 대공이 부인을 죽였다는 건가?”

“네, 맞아요. 죽고 난 뒤에 일어나 보니 시간이 다시 과거로 돌아왔더군요. 아마 카릴도 한편으론 궁금하셨을 거예요. 제가 어떻게 이런 뛰어난 검술 실력을 지니고 있는지, 어떻게 단시간 안에 이런 투자를 할 수 있었는지요. 모든 것은 제가 미래를 한 번 경험했기 때문이에요."

칼라일은 복잡한 눈빛으로 말없이 이레나를 쳐다보았다. 당연했다. 짧은 시간 동안 이해하기엔 꽤나 충격적인 이야기일 테니까.

이레나가 손가락으로 만지작거리던 푸른 구슬 반지, 아니 여의주를 꼭 쥐며 다시금 강한 어조로 말을 이어 나갔다.

"아마도 카릴이 어렸을 때 여의주에게 빈 소원 덕분인 것 같아요. 당신이 저를 살렸어요. 그래서 제가 이렇게……."

이레나를 죽지 않게 지켜 달라는 칼라일의 소원은 많은 것을 바꿔 놓았다. 그리고 그중에 가장 기적적인 건 바로 이것이었다.

돌고 돌아 결국 두 사람이 다시 만났다는 것.

"……당신의 눈앞에 있게 된 거예요."

이레나의 충격적인 고백에 두 사람의 시선이 허공에서 복잡하게 엉켜들어 갔다. 그저 눈빛만 마주쳤을 뿐인데도 그 안에는 많은 감정이 담겨 있었다.

칼라일이 아무런 말이 없자, 마음이 조급해진 이레나

가 다시 입을 열었다.

"뭐라고 말 좀 해 봐요."

그 말에 칼라일이 낮게 가라앉은 목소리로 입을 열었다.

"잠깐 생각을 정리하는 중이었어."

"……제 말을 믿어 주는 건가요?"

"당연히 믿어. 여의주에 그런 소원을 빈 게 나인데 믿지 못할 이유가 없지."

"그렇다면 무슨 생각을 그렇게 해요."

그 순간 칼라일의 푸른 눈동자에 지독히도 어두운 빛이 감돌았다.

"감히 부인을 죽인 이가 바로 루넨 공이라는 사실 말이야."

"그게 왜……."

"아무리 부인의 저번 생이라고 해도, 용서될 리가 없잖아."

칼라일이 천천히 손을 뻗어서 이레나의 보드라운 뺨을 감쌌다. 그리곤 애절한 눈빛으로 그녀를 바라보면서 나지막이 말을 이었다.

"이렇게 만지기조차 아까운 내 부인을 감히…… 내 손으로 갈기갈기 찢어 죽여도 성이 차지 않을 것 같군."

그의 부드러운 손길과 그의 입에서 나온 거친 말은 지

나치게 상극이었다. 그런데 이 험악한 칼라일의 말이 이레나의 귓가에는 무척이나 달콤하게 들렸다.

칼라일은 왜 이제야 이런 이야기를 밝히는지 묻지 않았다. 그뿐만 아니라 이레나가 한 말을 조금의 의심도 없이 믿어 주었다.

아무리 칼라일이 여의주를 가지고 있다고 해도 이런 믿음이 당연한 것은 아니었다.

이레나가 굳이 길게 부연 설명을 늘어놓지 않아도 칼라일은 그동안 그녀가 겪었던 고생을 전부 다 헤아려 주는 듯했다. 감동스럽지 않을 수가 없었다.

이레나는 희미한 웃음을 머금고는 이내 어렵사리 입을 떼었다.

"사실 전 아버님이 오래 살지 못할 거란 걸 알고 있었어요. 물론 저번 생에선 훨씬 나중에 돌아가셨지만, 지병으로 인해 돌아가실 확률이 높다는 걸 알고 있었는데…… 미리 말해 주지 못해서 미안해요."

잠시 생각에 잠겼던 칼라일이 이내 고개를 저으며 대답했다.

"아니야. 말대로 그게 아버지의 수명이었다면 부인이 바꿀 수는 없었겠지."

"그래도…… 미안해요. 최소한 당신한테 작별 인사라도 할 시간을 줄 수 있었는데."

칼라일이 쓴 미소를 지으며, 점점 아래로 수그러드는 이레나의 고개를 들어 올렸다.

"됐어. 그렇게 따지면 모든 게 미래를 알고 있는 부인의 잘못이게."

"카릴……."

"괜히 자기 자신을 탓하지 마."

칼라일이 괜찮다고 할수록 이레나의 미안한 마음은 더욱 커져 갔다. 말대로 이레나가 모든 것을 알아차리고 바꿀 수 있었다면 좋았겠지만, 이미 한 번 겪었던 미래와 지금은 많은 부분들이 달라졌기에 한계가 있을 수밖에 없었다.

하지만 그래도 미안한 건 미안한 것이었다. 다른 누구도 아닌 칼라일에 관한 일이었으니까.

이레나의 서글픈 표정을 알아차린 칼라일이 양손으로 그녀의 얼굴을 고정시키고 쪽, 소리가 나도록 입을 맞추었다.

이레나가 깜짝 놀란 표정으로 칼라일을 바라보자, 그가 근사한 미소를 지으며 나직하게 말했다.

"나중에 황궁으로 돌아가면 아버지의 무덤에 같이 찾아뵙도록 하지."

"……네."

"못다 한 말이 있다면 그때 가서 직접 하도록 해. 분명

아버지도 본인의 죽음을 그대의 책임이라고 생각하진 않으실 거야."

"그럴까요?"

"당연하지. 지병으로 돌아가신 게 확실하다면 아버지 스스로도 얼마 살지 못하리라는 걸 이미 짐작하고 계셨을 테니까. 아버지의 죽음으로 그대를 탓할 사람은 없으니 더 이상 자책하지 마."

그 말에 이레나는 미약하게 고개를 끄덕거렸다.

칼라일은 그런 그녀의 얼굴을 부여잡고 진한 키스를 퍼부었다.

방금 전의 가벼운 입맞춤과는 차원이 다른 농염한 키스였다. 점점 이레나의 호흡이 참을 수 없이 가팔라지고, 얼굴이 붉게 달아오를 정도가 되어서야 칼라일의 입술이 잠시 떨어졌다.

"하아, 카릴."

"내가 더 들어야 할 이야기가 있다면 잠시 나중으로 미루지. 오늘 밤은 더 이상 아무런 생각도 하고 싶지 않아."

칼라일의 뜨거운 눈빛이 무엇을 의미하는지 이레나가 모를 리 없었다. 이미 동굴에서 첫날밤을 치르고 난 후로 몇 번이나 그의 품에 안겼으니까.

칼라일이 이레나의 드레스를 능숙하게 벗기며 낮은 목소리로 속삭였다.

"그러니 부인이 좀 도와줘야겠어."

"……읏!"

이레나의 얼굴이 더욱 붉게 달아올랐다. 아직까지도 이런 상황들이 못 견디게 떨리고 부끄러웠다. 하지만 그렇다고 해서 이레나가 그를 원하지 않는 건 아니었다.

칼라일의 입술이 천천히 목덜미에서 쇄골, 그리고 점점 아래로 내려가는 것을 느끼며 이레나는 두 눈을 꽉 감았다.

이레나가 곧 칼라일의 넓은 어깨에 손을 두르며 자그맣게 중얼거렸다.

"침대로, 데려가 주세요."

어쩐지 그 말 한마디에 칼라일의 푸른 눈동자에 어려 있던 열기가 더욱 뜨겁게 불타오르는 느낌이 들었다.

이레나는 더 이상의 생각을 할 수 없었다. 칼라일이 그대로 그녀를 품 안에 안고는 뚜벅뚜벅 침대로 걸어갔기 때문이다.

*　*　*

다음 날, 칼라일과 이레나는 함께 아침을 맞이했다.

이레나는 어젯밤에 했던 이야기에 이어 자신이 알고 있는 미래에 대해 전부 다 털어놓았다. 아쉬운 건 그때와

많은 부분이 달라진 상태라 저번 생의 기억으로 크게 도움이 될만한 게 없다는 사실이다.

갑작스러운 설리반의 죽음과 오펠리아의 기습.

모든 것이 과거와 미묘하게 달라진 터라 앞으로 벌어질 일들을 더 이상 짐작할 수 없는 상황이었다.

하지만 칼라일은 괜찮다며 웃었다. 그리고 그녀가 저번 생에 겪은 고통을 진심으로 안타까워했다.

"부인이…… 고생이 많았군."

"아니에요. 지금은 많이 괜찮아졌어요."

이레나는 정말 어느 순간부터 저번 생의 아픔에서 한 발자국 멀어질 수 있었다. 그리고 이 모든 변화는 바로 칼라일 때문이었다.

"당신이 이렇게 내 옆에 있잖아요. 아마도 제가 돌아온 이유 중엔 당신을 만나기 위한 것도 포함되어 있을 거예요."

처음엔 가족들을 구하는 것에만 전념했지만, 이제는 거기에 칼라일과의 재회에도 의미를 두게 되었다.

만약 저번 생의 죽음이 정말 마지막이었다면, 그래서 끝끝내 칼라일과 만나지 못한 채 엇갈렸다면 이레나는 무척이나 억울했을 것이다. 자신은 끝까지 사랑이란 게 뭔지도 모르고 죽었을 테니까.

칼라일이 더는 못 참겠다는 듯이 미간을 찡그리며 웃

었다. 그런 그의 얼굴에도 이레나와 똑같은 행복이 묻어 나왔다.

"그런 예쁜 소리를 잘도 아무렇지 않게 하는군."

칼라일이 살짝 고개를 수그려 이레나의 얼굴 전체에다 잘게 키스를 퍼부었다.

처음엔 가볍게 시작한 접촉이 점점 시간이 지날수록 농밀해지자, 이레나가 손바닥으로 칼라일의 입술을 가로 막았다. 그리곤 그녀가 살짝 달아오른 얼굴로 입을 열었다.

"잠시만요, 아직 할 말이 남았어요."

그 말에 칼라일의 이글거리는 눈빛이 반달 모양으로 휘며 웃음기를 머금었다.

"알겠어. 계속해 봐."

이레나는 어젯밤 자신을 그만큼이나 괴롭혀 놓고는 또 다시 불타오르는 칼라일을 보며 혀를 내두를 수밖에 없었다.

칼라일이 아쉽다는 표정으로 멀어지는 것을 보며, 이레나는 하려던 말을 계속 이어 나갔다.

"아스타 상단을 통해서 보고받은 현재의 상황에 대해서도 말씀드릴게요."

황제파 가문들은 칼라일이 무사하다는 소식을 접하고 무척이나 기뻐하고 있었다. 이대로라면 귀족들은 당장이라도 자신의 사병들을 모아 칼라일을 도우려 할 것이다.

그렇게 칼라일을 따르는 자들이 자발적으로 내놓을 사병들과 이레나가 모은 군자금으로 용병들을 고용한다면 적지 않은 병력이 모이게 된다.

하지만 이걸로는 부족했다. 당장 오펠리아뿐만 아니라 나중에 파벨루크까지 상대하려면, 무엇보다 크라우스 상단이 가진 힘이 필요했다.

조목조목 설명을 마친 이레나가 최종적으로 자신의 의견을 말했다.

"만약을 대비해 크라우스 상단을 카릴의 편으로 끌어들여야 해요."

"크라우스 경은 유연해 보이는 겉모습과 달리, 굉장히 완고한 성격의 사람이야. 쉽게 내 편이 되려고 하지 않을 텐데."

여태까지 그 누구도 크라우스 상단을 얻지 못했다.

많은 이들이 그들의 힘을 갖고 싶어 했으나, 강압적으로 굴다 적으로 돌릴 바엔 차라리 중립으로 놔두는 게 낫다고 판단해서 어쩔 수 없이 포기하게 된 것이다.

크라우스 상단도 그러한 사람들의 심리를 이용해서 황위 다툼에서 오랫동안 한 발자국 떨어져 있을 수 있었다.

"물론 크라우스 상단을 설득할 수 있다는 보장은 없어요. 하지만 황제파 가문들을 소집하기 전에 최대한 노력은 해 볼 생각이에요. 시도도 안 해 보고 포기할 순 없으니까요."

듬직한 이레나의 발언에 칼라일은 저도 모르게 설핏 웃었다. 이레나는 가녀린 체구와 달리, 어떨 땐 웬만한 장군보다 더 대범한 모습을 보이곤 했다.

칼라일의 눈엔 여성스럽고 아름다운 이레나도, 이렇게 뛰어난 추진력을 지닌 강인한 이레나도 전부 다 너무나 사랑스러워서 견딜 수가 없을 지경이었다.

"그래. 그렇다면 부인의 뜻에 따르도록 하지."

칼라일의 허락이 떨어지자 이레나는 순식간에 임무를 받은 기사의 표정이 되었다.

"네, 맡겨만 주세요. 제가 최선을 다해 볼게요."

그렇게 이레나와 칼라일이 앞으로의 일정에 대해서 정리하고 있을 때였다.

똑똑, 그들의 방문을 두드리는 노크 소리가 들려왔다.

이레나는 안 그래도 애타게 기다리고 있던 소식이 있었기에 재빨리 문가를 바라보며 입을 열었다.

"들어오세요."

예상했던 대로 아이작이 방 안으로 들어왔다. 그가 허리를 숙여 두 사람에게 예를 표하고는 정중한 목소리로 말했다.

"이른 시각에 죄송합니다. 비전하께서 명령하신 대로

브로치를 건네자 곧 크라우스 가문의 도련님이 답을 보내왔습니다."

"뭐라고 답이 왔죠?"

"마침 도련님도 루퍼드 제국 근처로 이동하고 있던 모양입니다. 내일 저녁에 비전하와 만날 수 있는지 여쭤보며, 그쪽에서 먼저 시간과 장소를 정해 보내왔습니다."

총명한 해리가 현재 이레나가 처한 사정을 모를 리 없었다. 먼저 시간과 장소를 정해서 보내온 이유는 아마도 크라우스 상단에서 안전한 만남을 제공하겠다는 뜻일 것이다.

이레나가 슬쩍 칼라일을 향해 시선을 돌렸다. 그러자 그가 다시 한 번 고개를 끄덕이며 허락의 의사를 밝혔다.

이레나가 강인한 표정으로 아이작을 바라보며 입을 열었다.

"그게 언제죠?"

이번에야말로 크라우스 가문을 같은 편으로 끌어들이기 위해 이레나가 움직일 차례였다.

* * *

해리는 자신이 제시한 약속 시간에 맞춰 길을 안내해 줄 마차까지 직접 보내왔다.

크라우스 상단은 지금까지 어떤 곳의 편도 아니었지만, 또한 어느 곳도 적으로 돌리지 않은 세력이었다. 그래서 이레나는 그들이 자신을 해코지할 거란 생각은 들지 않았다.

하지만 혹시 모를 일이었기에 마차를 탑승하는 이레나의 드레스 안에는 온갖 무기들로 장착이 되어 있었다. 발목엔 자그마한 단검 수십 개가 묶여 있을 뿐만 아니라, 소형 폭약까지 챙겨서 어지간한 기습은 혼자서 피할 수 있을 정도였다.

그럼에도 칼라일은 마음이 놓이지 않는다며 끝까지 따라오려 했으나, 이레나가 혼자서 움직이겠다고 한사코 사양을 했다.

이유는 하나였다. 칼라일은 황제가 될 남자였으니까.

지금은 크라우스 상단에게 부탁을 해야 하는 입장이었다. 그리고 그 부탁은 거절당할지도 모른다. 그런 자리에 황제가 될 칼라일이 나설 수는 없었다.

이레나는 칼라일의 위신을 조금이라도 낮추는 일을 허락할 수 없었다.

'당신은 내가 지켜요.'

처음부터 다짐한 일이었고, 지금도 변치 않는 마음이었다.

물론 불안한 칼라일이 이레나가 두 시간 이내에 소식

을 전하지 않으면, 곧바로 약속 장소로 쳐들어가겠다고 으름장을 놓았지만 말이다.

그때 칼라일의 표정을 떠올리며 이레나는 저도 모르게 흐린 미소를 머금었다. 우습게도 그의 걱정을 한 몸에 받고 있다는 것이 조금 기뻤다.

그렇기에 더욱…….

크라우스 상단을 끌어들이는 일을 실패하고 싶지 않았다.

이레나는 해리가 보낸 마차 안에서 물끄러미 창밖의 풍경을 바라보았다.

겉보기엔 여유로워 보일지 모르는 행동이었으나, 머릿속은 어떻게 하면 그들을 끌어들일 수 있을지에 대해 생각하느라 바쁘게 돌아가고 있었다.

그렇게 이레나는 곧 해리와의 약속 장소에 도착할 수 있었다.

이곳은 크라우스 가문이 종종 별장으로 이용하는 아담한 저택이었다.

미리 바깥에 나와 기다리고 있던 해리가 직접 이레나가 타고 온 마차의 문을 열어 주며 밝게 인사를 건넸다.

"오랜만입니다. 비전하."

"그러게요. 한동안 자리를 비울 거라고 해서 걱정했는

데, 바로 이렇게 연락이 닿아 다행이에요."

"그러게 말입니다. 마침 루퍼드 제국에서 멀지 않은 곳에 있어서 곧장 올 수 있었네요."

해리는 못 본 새에 한층 더 훤칠하게 성장한 모습이었다.

이레나는 여전히 해리가 마음에 들었다. 그는 예나 지금이나 탐이 날 만큼 총명하고 사리에 밝은 소년이었으니까.

해리가 먼저 앞장서 걸어가며 저택 안으로 안내해 주었다.

"일단 안으로 모시겠습니다. 비전하."

곧이어 이레나는 해리의 안내에 따라 걸음을 옮겼다. 앞서 걷던 해리가 궁금증 어린 표정으로 돌아보며 물었다.

"그런데 제가 어떤 도움을 드리면 되겠습니까? 혹시 생각하신 거라도……."

"크라우스 백작을 만나게 해 주세요."

순간 해리가 놀란 표정을 지어 보였다. 하지만 짐작했던 요구사항 중 하나였는지, 해리는 침착한 표정으로 고개를 끄덕거리며 말을 이었다.

"어떤 걸 요구하실지 궁금했는데 역시 비전하시네요. 제가 할아버지와 관련된 일에 도움이 되진 않을 겁니다. 하지만…… 두 분을 만나게 해 드리는 건 가능하죠."

이레나는 혹시라도 해리가 자신의 요구를 거절할까 봐 내심 걱정했었다. 그런데 다행히도 해리는 흔쾌히 수락해 주었다.

해리가 갑자기 걸어가던 방향을 바꾸며 나지막이 입을 열었다.

"이쪽으로 따라오시죠."

굳이 덧붙여 설명해 주지 않아도 이레나는 지금 해리가 안내해 주는 장소에 크라우스 상단의 총수인 에반스 백작이 있을 거란 사실을 눈치챘다.

많은 사람들이 알고 있는 것과 달리, 칼라일의 적은 오펠리아 하나가 아니었다. 당장은 오펠리아가 더 시급해 보였지만, 결국엔 호시탐탐 기회만 노리고 있는 파벨루크까지 견제해야 하는 상황이다.

강한 적을 두 명이나 눈앞에 두고 있는 지금, 칼라일을 안전하게 황제로 만들기 위해선 누구보다 크라우스 상단의 힘이 필요했다.

이레나는 붉은 눈동자를 빛내며, 결연한 표정으로 앞을 향해 나아갔다.

해리는 원래의 목적지인 별장에서 방향을 틀어 이곳에서 조금 떨어진 자그만 별채로 이레나를 데리고 갔다. 그리곤 오래된 나무로 만들어진 문을 두드리며 입을 열었다.

"할아버지, 나 왔어."

"고얀 놈. 갑자기 무슨 일로 온 게냐?"

안에선 어찌 된 영문인지 화가 난 에반스의 목소리가 들려왔다.

이레나가 순간 의아한 표정을 짓자, 그것을 알아챈 해리가 한쪽 눈을 감아 윙크를 해 보였다.

"제가 원래의 일정을 무시하고 막무가내로 이곳으로 끌고…… 아니, 모셔 왔거든요. 그래서 할아버지의 기분이 별로 안 좋으신 상태입니다."

"아, 그렇군요. 저를 위해서 그렇게까지……."

"아닙니다. 이런 용도로 사용하시라고 제가 비전하께 드린 브로치인걸요."

문 앞에서 본의 아니게 두 사람이 쑥덕거리고 있자, 안에서 화가 난 에반스의 목소리가 다시 한 번 흘러나왔다.

"대체 거기서 뭘 그리 소곤거리는 것이냐? 별장에서 비전하를 만나기로 했다며 어서 그곳에나 가 보아라."

그 말에 해리가 장난기 어린 표정으로 이레나를 바라보며 능청스럽게 대꾸했다.

"안 그래도 비전하와 함께 온 거야. 할아버지."

"……뭐?"

에반스가 믿기지 않는다는 듯, 한 박자 늦게 대답하는 목소리가 들렸다.

하지만 해리는 뻔뻔하게 다시금 입을 열었다.

"그러니까 문 좀 열어 줘요."

그 말이 끝난 직후였다.

벌컥, 에반스는 철두철미한 그답지 않게 약간 당황한 표정으로 직접 방문을 열고 나왔다. 그리곤 이레나를 확인한 그가 재빨리 표정을 관리하며 고개를 숙였다.

"제국의 비전하를 뵙습니다. 루퍼드 제국에 무한한 영광을."

"안녕하세요, 에반스 백작. 결혼식 피로연 이후에 이렇게 직접 만나는 건 처음인가요?"

"네, 그렇습니다. 비전하. 결례를 범한 것 같아서 송구합니다."

"아니에요. 갑자기 만남을 요청한 건 저인걸요."

그 말을 들으며 에반스가 힐끔 이레나의 옆에 서 있는 해리를 쳐다보았다. 에반스의 눈빛이 제법 살벌한 게 아마도 이레나가 가고 나면 해리가 꽤나 혼이 날지도 모르겠다는 생각이 들었다.

이레나는 에반스와 달리 해리를 향해 미안한 표정을 지어 보였다. 하지만 정작 당사자인 해리는 아무렇지도 않은 척 웃고 있을 뿐이었다.

해리가 나지막이 말했다.

"그럼 두 분이 조용히 대화하실 수 있도록 저는 이만

물러가겠습니다."

에반스는 마뜩잖은 표정이었지만, 그렇다고 이레나를 면전에 두고 거절할 수는 없는 입장이었다.

해리가 노린 것도 바로 이런 상황이었다. 미리 에반스에게 찾아와 허락을 구했다면, 그는 이레나와의 만남을 거절했을지도 모른다.

해리의 의도대로 에반스는 하는 수 없다는 표정을 지으며 이레나를 직접 별채 안으로 안내했다.

"이쪽으로 들어오시지요, 비전하. 이곳까지 오실 줄 몰라 준비를 못 했습니다. 누추하더라도 양해 부탁드립니다."

"괜찮습니다. 백작."

그렇게 이레나는 에반스와 단둘이서 조용한 별채 안으로 들어갔다.

에반스가 안내해 주는 자리로 가서 이레나가 먼저 착석하자, 그가 반대편에 앉으며 형식적인 질문을 던졌다.

"차는 어떤 걸로 드시겠습니까? 여기는 가끔 제가 혼자서 생각을 정리할 때 찾는 장소라 딱히 사람을 두지 않았습니다. 잠시만 기다려 주시면……."

"차는 됐습니다. 저도 백작과 오랫동안 대화를 나눌 상황이 아니라 본론만 이야기하겠습니다."

이레나의 시간도 그리 여유롭지만은 않았다.

칼라일이 두 시간 내로 소식을 전하지 않으면 이곳으로 직접 쳐들어오겠다고 경고를 하기도 했고, 황제파 귀족들을 소집하기 전에 나름대로 끝내야 할 일도 있었다.

무엇보다 에반스가 자신을 그리 반기지 않는다는 걸 아는데, 가식적인 대화로 괜히 그를 떠볼 생각은 없었다. 그렇게 시간을 허비하기에는 지금 돌아가는 상황이 너무 급박했고, 이레나에게 주어진 시간도 그다지 많지 않았으니까.

"본론이라 하시면……."

"칼라일 전하의 편이 되어 주세요."

"……!"

덤덤했던 에반스의 표정이 한순간 놀라움으로 물들었다. 이레나가 본론부터 이야기하겠다고 말을 하긴 했지만, 이건 지나칠 정도로 단도직입적인 요구였기 때문이다.

여태껏 그 누구도 에반스에게 이런 식으로 말을 한 적은 없었다.

잠시 놀랐던 에반스의 표정이 곧이어 진중하게 변했다.

"이런 중대한 이야기를 하시려면 적어도 황태자 전하와 함께 오셨어야……."

"지금 칼라일 전하는 돌아가신 황제 폐하께서 인정하

신 유일한 후계자이십니다. 그런데 크라우스 백작에게 직접 와서 간청을 하란 말씀인가요?"

"아, 제 말을 오해하셨군요. 그런 뜻이 아니었습니다. 혹시 소신의 말이 그렇게 들렸다면 거듭 사죄드리겠습니다."

에반스는 재빨리 말을 바꿨다. 하지만 속으로는 적잖이 놀란 상태였다.

사실 크라우스 상단의 힘을 얻기 위해서라면 아무리 황제라고 해도 간청을 해야 할지 모르는 상황이었다. 다만 그걸 공개적으로 드러내 놓고 표현할 수 없을 뿐이다.

그런데 이레나가 지금처럼 대놓고 따지고 들어올 줄은 몰랐다.

물론 상식적으로 황가의 핏줄이 일개 귀족에게 부탁을 한다는 건 있을 수 없는 일이었지만, 암암리에 에반스는 그런 요청을 숱하게 들어온 터였다.

오죽하면 황후인 오펠리아조차도 레드필드만 황제로 만들어 준다면 원하는 것은 무엇이라도 다 들어주겠다고 애원을 할 정도였으니까.

에반스의 눈동자가 한층 낮게 가라앉았다.

'……보통내기가 아니군.'

에반스는 일전에 해리를 통해 이레나에 관한 일들을 전해 들었다. 해리는 무엇이 그리도 마음에 들었는지, 암암리에 이레나를 지지하고 있다는 사실을 알고 있었다.

하지만 에반스는 여전히 황실의 문제에 깊게 관여하고 싶은 생각이 없었다.

'어차피 누가 황제가 되든 다 똑같을 뿐이야. 루퍼드 제국의 황실에 흐르는 폭군의 피가 달라질 리 없지.'

적어도 에반스의 눈엔 레드필드나 칼라일이나 다 똑같은 놈이었다.

에반스가 조금 전보다 한층 낮아진 목소리로 입을 열었다.

"소신 비전하께 외람되오나 한 가지만 묻겠습니다."

"네, 말씀하세요."

"방금 하신 말씀처럼 황태자 전하께서 제게 부탁을 한다는 건 있을 수 없는 일입니다. 하지만 비전하가 지금 이 자리에 앉아 있는 건 제가 어떻게 받아들여야 할까요?"

그건 핵심을 찌르는 날카로운 말이었다. 칼라일은 이곳까지 와서 사정할 수 없다면서, 정작 이레나는 왜 여기에 와 있는지 묻는 것이었다.

에반스는 이레나가 무척이나 당황할 것이라 여겼지만, 오히려 그녀는 그 말을 듣고 빙긋 웃음을 지을 뿐이었다.

"전 지고하신 칼라일 전하와는 조금 입장이 다릅니다. 아내인 저는 남편을 위해 궂은일을 도맡아 할 수 있고,

설령 진흙탕 물이라 해도 손을 담글 수 있지요."

한마디로 칼라일의 위신을 세우는 게 중요할 뿐, 이레나의 체면은 어떻게 되든 상관이 없다는 뜻이었다. 그러니 이레나는 직접 에반스를 만나러 왔지만, 이런 자리에 칼라일을 데려올 수 없다는 확고한 의지가 느껴졌다.

그 누가 들어도 이레나가 칼라일을 얼마나 사랑하는지 알 수 있는 말이었다.

에반스의 표정에 언뜻 불쾌한 기색이 어렸다.

"……결혼식 피로연 때 보았던 것처럼 여전히 두 분의 사이가 좋으시군요. 하지만 황태자 전하께서도 이런 마음을 다 알아주실까요?"

그건 꽤나 의미심장한 질문이었다. 하지만 이레나는 전혀 동요하지 않은 채 대꾸했다.

"칼라일 전하께서 어떻게 생각하는지는 중요하지 않아요. 저는 제 마음이 가는 대로 행동할 뿐입니다."

"그렇다면 비전하께 한 말씀 올리겠습니다. 황태자 전하께서 황위를 물려받으시면 필연적으로 다른 여성을 들이시게 될 겁니다. 그때도 지금과 같은 말을 하실 수 있을는지요?"

원래 에반스는 이렇게까지 자신의 본심을 내보이는 타입이 아니었다. 하지만 지금 이레나가 하는 말들이 그의 속을 뒤집어 놓았다.

포악한 황가의 남자들이 사랑이란 게 무엇인지 알 리가 없었다.

'비전하의 마음이 진심이라 해도 결국은 배신당하게 되겠지. 그들은 권력을 위해서라면 모든 걸 다 버리는 족속들이니.'

처음부터 칼라일과 이레나는 에반스의 앞에서 사이좋은 부부 관계를 연기했다. 그래서 에반스도 혹시나 하는 마음이 들었지만, 곧 그럴 리가 없다는 결론에 도달했다.

대대로 잔혹한 성격을 지니기로 유명한 황가의 남자들이 누군가를 사랑할 수 있을 리가 없다고 판단했으니까.

이레나가 조금의 망설임도 없는 얼굴로 말했다.

"이게 왜 궁금한지 모르겠으나 물어보시니 대답은 해드리죠. 저는 제가 전하를 사랑하는 만큼, 전하가 저를 사랑하는 마음을 믿습니다. 만약에 전하가 다른 여인을 들인다고 해도 상관없습니다. 왜냐면 전하가 그만큼이나 고민을 해서 내린 결정이라는 걸 믿으니까요."

"……."

그 말에 에반스는 순간 아무런 반박도 할 수 없었다. 그만큼 이레나의 대답은 군더더기 없이 완벽했다. 이 짧은 대답 안에 그녀의 진실한 사랑이 깊이 녹아 있었다.

에반스는 왜인지 복잡한 눈빛으로 이레나를 가만히 쳐다보았다. 하지만 이레나는 개의치 않은 채, 하고 싶은 말을 이어 나갔다.

"다시 본론으로 들어가죠. 크라우스 상단이 전하의 편이 된다면 그건 백작에게도 큰 이득으로 작용하게 될 거예요."

"……글쎄요. 과연 그럴까요?"

"당연하죠. 현재 황후 폐하가 아등바등 노력을 하고 있는 모양이지만, 2황자는 절대로 황제가 되지 못할 테니까요."

"그건 장담할 수 없는 부분이 아닐는지요?"

에반스의 말에 되려 이레나가 그와 똑같은 질문을 던졌다.

"그렇다면 묻겠습니다. 백작은 이 싸움에서 누가 가장 이길 확률이 높다고 생각하시죠?"

"그건……."

에반스는 말꼬리를 흐릴 수밖에 없었다. 사실 칼라일이 왕좌를 되찾을 가능성은 적지 않았다.

그가 행방불명이 된 채 죽었다면 모르겠으나, 이렇게 살아서 자신의 병력을 움직일 수만 있다면 오펠리아가 상대가 될 리 없었다.

이레나가 나직한 목소리로 말했다.

"아시다시피 칼라일 전하는 황제 폐하께서 인정한 유일한 후계자예요. 지금으로서 명분은 저희에게 있습니다. 더구나 전장에서의 경험도 무척이나 많으신 분이죠. 저희가 황태자궁의 군사들을 되찾지 못할 것 같나요?"

"아닙니다. 당연히…… 황태자 전하께서 황위를 물려받으시겠지요."

에반스는 진심으로 그 말이 틀리다고 생각하지 않았다. 물론 머릿속에 다른 생각을 가지고 있다고 해도, 그걸 이 자리에서 솔직하게 표현을 할 수는 없었겠지만 말이다.

"그럼 여기서 하나 더 묻겠습니다. 황위를 물려받을 칼라일 전하를 적으로 돌리면, 크라우스 상단이 얼마나 갈 거라고 보십니까?"

"……!"

이건 명백한 협박이었다. 지금 에반스가 돕지 않으면 칼라일이 황제가 되었을 때, 크라우스 상단을 가만히 두지 않겠다는 위협을 가한 것이다.

"……당돌하시군요. 제가 2황자님께 힘을 보태드리면 어쩌시려고 그러십니까."

"백작이 하고 싶은 대로 하세요. 하지만 만에 하나 칼라일 전하께서 황위를 잇게 된다면 그 뒷감당을 하셔야 할 겁니다."

당찬 이레나의 대답에 오히려 에반스가 입을 다물었다.

이레나는 여기까지 마차를 타고 오는 동안 계속해서 생각했다. 대체 어떤 말을 해야 에반스의 마음을 돌릴 수 있을지 말이다.

다소 과격한 방법이긴 했지만, 지금까지 그 어떠한 세력도 에반스를 상대로 협박을 하진 않았다. 왜냐면 그의 기분을 상하게 했다가 혹시라도 다른 편으로 가 버릴까 두려웠기 때문이다.

하지만 이레나는 오랜 고민 끝에 결론을 내릴 수 있었다.

'크라우스 백작은 황위를 누가 계승하든 선택하고 싶지 않아 하고 있어. 그러니 설령 내가 한 말이 마음에 들지 않았다고 해서 그걸로 다른 세력에게 갈 확률은 매우 적다는 거지.'

이레나의 짐작이 맞는다면 그녀가 손해 볼 일은 없었다. 설령 에반스가 이 제안을 거절한다 하더라도 오펠리아에게 붙는 게 아니니, 다시 원점으로 돌아가게 될 가능성이 컸다.

그리고 그 증거가 바로 이레나를 오펠리아에게 팔아넘기지 않았다는 것이었다.

어찌 됐든 에반스는 해리와 이레나가 이 별장에서 만날 거란 걸 알고 있었다. 그렇다면 황후 측에게 정보를 흘려 이레나를 곤경에 빠뜨릴 수도 있었다.

그런데 에반스가 그런 선택을 하지 않았다는 건, 이레나의 짐작이 틀리지 않았다는 뜻이었다.

물론 모든 게 이레나의 예상대로 흘러갈 거라 확신할 순 없었지만, 그녀가 생각하기에 가장 확률이 높은 곳으로 승부수를 건 것이다. 분명 어지간한 방법으로는 에반스의 마음을 돌릴 수 없을 테니까.

이레나의 예상대로 에반스는 무척이나 동요하고 있었다. 이레나는 복잡한 그의 얼굴을 바라보며 다시금 입을 열었다.

"이건 어차피 칼라일 전하가 이길 싸움입니다. 그러니 백작이 힘을 보태서 우리의 승리를 더욱 견고히 다져 주세요. 그리만 해 주신다면 황실은 크라우스 상단의 노고를 잊지 않을 것입니다."

생각지 못한 이레나의 강한 발언에 에반스는 쉽사리 입을 뗄 수가 없었다.

분명한 건 천하의 크라우스 상단을 이끄는 총수인 에반스가 이레나를 상대로 어려움을 느끼고 있다는 것이었다.

* * *

에반스는 끝까지 이레나에게 확답을 주지 못했다. 그

저 근시일 안에 제대로 입장을 정해서 밝히겠다는 말을 전했을 뿐이다.

그렇게 간신히 이레나를 돌려보내고 나니, 이번엔 해리가 기다렸다는 듯이 에반스가 있는 별채로 들이닥쳤다.

에반스가 창밖을 바라보고 있던 시선을 돌려, 허락도 없이 방 안으로 들어온 해리를 복잡한 표정으로 쳐다보았다.

"이제 속이 시원하냐?"

에반스의 의사도 묻지 않고 이레나와의 만남을 주선한 해리를 꾸짖는 말이었다. 하지만 해리는 개의치 않은 채 본인이 하고 싶은 말을 꺼냈다.

"어때? 할아버지도 비전하를 직접 보니까 보통이 아니라는 생각이 들지?"

"……."

사실 에반스는 이레나를 돌려보내고 나면 해리를 크게 혼낼 생각이었다. 그런데 지금은 그마저도 신경 쓸 겨를이 없었다.

이레나가 남기고 간 말로 인해 에반스의 머릿속이 무척이나 복잡해졌기 때문이다.

"……그래, 여러 가지 의미로 보통이 아니긴 하시더구나."

"나도 할아버지가 왜 황위 계승에 관여하지 않으려고 하는지 알고 있어. 하지만 직접 보았으니 알 거야. 비전하는 진심으로 황태자 전하를 사랑하고 있다는 걸."

"……."

에반스가 루퍼드 제국의 황실을 계속해서 불신하는 이유는 하나였다.

수십 년 전 에반스가 젊었을 때, 설리반의 아버지였던 전대 황제가 그가 죽도록 사랑하는 여인을 빼앗아갔다. 차라리 행복하게라도 살았다면 이렇게 원한이 사무치진 않았을 것이다.

포악하기 그지없던 당시 황제는 에반스의 간청을 무시하고 그녀를 취한 후 비참하게 버렸다. 그래서 에반스가 목숨처럼 사랑했던 여인은 끝내 죽음을 선택하고 말았다.

그때부터 에반스는 마음속 깊이 루퍼드 황실을 증오하게 되었다. 냉혈한 황실의 남자들은 절대로 사랑이란 걸 할 수 없는 족속들이라 생각했다.

누가 황제가 되든 그 핏줄이 어디 가겠냐고 여겼는데, 믿기 어렵게도 칼라일과 이레나의 사이는 거짓이 아닌 것 같았다.

'비전하가 이렇게나 황태자 전하를 위하는 걸 보면, 아무래도 꾸며진 사이라고 볼 수는 없겠지.'

에반스가 오랫동안 품어 왔던 원한이 갈 길을 잃어버린 느낌이었다. 지금껏 루퍼드 황실 전체를 증오했는데, 어쩌면 그저 한 사람만의 잘못인지도 모르겠단 생각이 들어서였다.

에반스가 이내 착잡한 표정으로 입을 열었다.

"……황태자 부부 사이가 어떻든 간에, 그게 우리 크라우스 상단이 힘을 보태 줘야 할 이유는 아니다."

그 단호한 말에 해리가 픽 하고 웃음을 흘리며 대꾸했다.

"할아버지의 말대로 나도 누가 황제가 되든 별로 관심이 없어. 하지만 이왕 누가 되어도 상관없는 자리라면 비전하께 걸어 보는 게 재밌지 않아?"

그 말에 에반스의 눈동자에 이채가 어렸다. 에반스는 한 번도 그런 식으로 생각해 본 적이 없었다. 그런데 돌이켜 볼수록 해리의 말은 제법 구미가 당기는 구석이 있었다.

불현듯 에반스의 머릿속에 방금 전 이레나가 남기고 간 말이 떠올랐다.

—저는 제가 전하를 사랑하는 만큼, 전하가 저를 사랑하는 마음을 믿습니다.

확실히 이레나는 루퍼드 제국의 황실에서 쉽게 볼 수 없는 여인이었다. 과감하게 에반스를 협박하는 배포하며, 남편인 칼라일을 향한 지고지순한 마음까지 말이다.

고민하고 있는 에반스를 향해 해리가 다시 한 번 입을 열었다.

"솔직히 말해 봐, 할아버지는 어떻게 하고 싶은데?"

그 질문에 에반스의 눈빛이 한층 더 깊어졌다.

어찌 됐든 이제는 결론을 내려야만 하는 시기였다. 지금까지처럼 아무도 선택하지 않은 채 조용히 묻어가든가, 아니면 황위 계승권을 가진 누군가를 선택하든가 말이다.

하지만 에반스의 눈엔 여전히 그 누구도 차지 않았다. 어차피 레드필드나 칼라일이나 그에겐 별다른 차이가 없어 보였으니까.

아마 원래대로라면 움직이지 않았을 것이다.

황제가 된 칼라일의 앙갚음이 두렵지 않은 것은 아니었다. 그렇지만 그때의 상황에 맞춰 다시 거래를 한다는 선택지도 분명 있었으니까.

그런데 평소와 똑같은 결정을 내리기엔…… 이레나에게 흥미가 생겨 버린 게 사실이다.

'황태자 전하와 비전하가 루퍼드 제국을 통치하게 된다면 무언가 달라지려나?'

왠지 지금까지 참혹한 피의 역사를 써 내려왔던 루퍼드 제국과는 조금 다를지도 모를 거란 생각이 들었다. 그래서 에반스는 굳이 누군가에게 배팅을 해야 한다면……

레드필드도 칼라일도 아닌, 오늘 본 이레나에게 걸고 싶어졌다.

잠시 생각을 정리한 에반스가 나지막한 목소리로 말했다.

"……내가 누굴 선택하든, 너한텐 절대 안 가르쳐 줄 테니 그리 알아라."

"에이, 궁금하게 왜 이래. 할아버지."

어디 한 번 속 좀 긁어 보라는 듯한 퉁명스러운 에반스의 태도에 해리가 진심으로 당황한 표정을 지어 보였다.

49

결전의 날

칼라일을 따르는 황제파 귀족들의 소집은 무척이나 빠르게 이루어졌다. 오펠리아가 황궁을 장악하고 있는 지금, 한시라도 빨리 칼라일이 원래의 자리로 돌아가야 했기 때문이다.

어떻게 보면 이것은 시간 싸움이나 다름없었다. 오펠리아가 먼저 레드필드를 황제로 만들지, 아니면 칼라일이 그보다 빠르게 황궁으로 돌아갈지에 따라 판세가 바뀌었으니까.

미리 약속된 장소로 황제파의 핵심 인물들이 한두 명씩 도착하기 시작했다.

비밀스러운 모임이니만큼 혹시라도 오늘의 만남이 외

부로 새어나갈까 봐, 모두 로브를 뒤집어쓴 채 최대한 조심하고 있는 티가 역력했다.

그렇게 모든 인원이 다 모였을 때였다.

뚜벅뚜벅, 뒤늦게 칼라일이 모습을 드러냈다. 그리고 그의 옆에는 화려한 금발 머리를 휘날리며 이레나가 함께하고 있었다.

"제국의 황태자 전하와 비전하를 뵙습니다. 루퍼드 제국에 무한한 영광을."

최대한 억누른 목소리들이 작지만 강하게 울려 퍼졌다.

칼라일은 언제나처럼 당당한 걸음걸이로 가장 상석에 자리했다. 사실상 황제인 설리반이 사망한 지금 황태자인 그가 루퍼드 제국에서 가장 높은 위치였다.

케이시 가문의 스미스가 감격한 표정으로 입을 열었다.

"전하께서 무사한 모습을 보니 정말로 마음이 놓입니다. 한동안 행방이 묘연하시어 얼마나 걱정을 했는지……."

하지만 스미스의 말은 끝까지 이어지지 않았다. 칼라일과 이레나의 뒤를 따라 누군가가 이곳에 모습을 드러냈기 때문이다.

수군수군.

그 한 명의 등장으로 인해 순식간에 주위가 소란스럽게 변했다.

그자는 바로 크라우스 상단을 이끌고 있는 총수인 에반스였다. 하얗게 센 머리에 점잖은 이미지인 에반스는 다른 사람들처럼 로브를 쓰고 있지 않았기에 누구라도 한눈에 정체를 알아볼 수밖에 없었다.

"크라우스 백작이 왜 여기에……."

"설마, 황태자 전하의 편이 되기로 한 건가?"

에반스를 두고 황제파 귀족들 사이에서 수많은 의견들이 분분할 때였다.

칼라일이 그만하라는 듯 허공으로 손을 내밀자, 거짓말처럼 웅성거리던 소리가 단번에 잦아들었다.

그제야 칼라일이 나지막한 목소리로 입을 열었다.

"이번에 크라우스 경도 내게 힘을 보태기로 했으니 모두 참고하지."

그 말에 황제파 귀족들의 얼굴이 약속이라도 한 듯 환하게 변했다.

지금껏 무슨 수를 써도 같은 편으로 끌어들이지 못했던 크라우스 상단이었다. 그들이 정말 칼라일에게 힘을 실어 주기로 결정했다면, 이번 황위 계승에서 이길 확률이 기하급수적으로 늘어났다.

황제파 귀족들이 모두 입을 모아 말했다.

"축하드립니다, 전하."

그 말은 크라우스 상단을 얻은 것에 대한 의미도 있었지만, 황제가 된 것을 미리 축하한다는 마음이 더 컸다. 한눈에 보아도 처음보다 훨씬 더 사기가 오른 모습이었다.

이레나는 그 모든 장면들을 칼라일의 옆자리에서 흡족하게 지켜보고 있었다.

얼마 전 칼라일에게 크라우스 상단을 찾아가는 것을 허락받고, 해리를 통해 에반스를 만날 때까지만 해도 반신반의했었다. 자신이 생각하기에 가장 확률이 높은 곳으로 승부수를 걸기는 했지만, 과연 에반스가 움직여 줄지 확신할 수 없었기 때문이다.

그런데 정말 믿기 어렵게도 에반스는 이레나와의 만남 후에 연락을 해 왔다. 바로 칼라일의 편이 되어 주겠다는 내용이었다.

대체 무엇이 에반스의 마음을 움직인 건지 알지 못했지만, 어찌 됐든 이레나가 가장 원했던 결과라는 건 분명했다.

문득 허공에서 이레나와 에반스의 시선이 마주쳤다. 그러자 에반스가 먼저 슬쩍 눈짓으로 인사를 건넸다. 이레나는 기꺼운 표정으로 살짝 고개를 끄덕이며 그것을 받아 주었다.

그때 케이시 가문의 스미스가 다시금 입을 열었다.

"전하, 이젠 정말 걱정할 게 없겠습니다. 저희들이 모은 사병과 크라우스 상단의 힘이 합쳐진다면 당장이라도 황궁으로 쳐들어갈 수 있을 것입니다."

현재 황궁의 군사들은 전부 오펠리아의 손에 넘어간 상태였다. 황제인 설리반이 죽고 칼라일조차 모습을 보이지 않자, 자연스럽게 오펠리아가 황궁의 군권을 거머쥐게 된 것이다.

그래서 어지간한 병력이 아니고서야 황궁을 뚫고 들어가기 쉽지 않았는데, 크라우스 상단이 같은 편이 되면서 그 고민이 해결된 것이나 다름없었다.

그리고 귀족들은 모르고 있었지만, 이레나가 보유하고 있는 군자금을 합치면 여기서 용병들을 추가로 더 고용할 수도 있었다.

칼라일이 말했다.

"안 그래도 그 부분에 관련해 생각해 둔 바가 있다."

황궁으로 복귀하려는 칼라일과 그것을 막으려는 오펠리아가 직접적으로 부딪치게 된다면 많은 사상자가 발생할 것이다. 하지만 따지고 보면 황궁에 있는 병사들도 칼라일의 사람들이었다.

현재는 오펠리아가 황궁을 장악하고 있었기에 그녀의 명령을 따르는 것뿐이지, 칼라일이 대관식을 치르고 정식으로 황제가 된다면 모두 그를 따를 것이었다.

그런데 그들을 무력으로 쓰러뜨린다면, 결과적으로는 칼라일의 손해였다.

그동안 칼라일과 이레나는 이 문제를 해결하기 위해 수많은 대화를 나눴고, 지금은 가장 최선의 방법을 마련한 상태였다.

칼라일이 슬쩍 이레나를 쳐다보자, 그녀가 가지고 있던 것을 펼쳤다.

좌르르륵—

이레나의 손에 뭔가 하얀 종이가 말려 있었는데, 그것이 전부 다 펼쳐지자 바닥에 닿을 만큼 큰 지도라는 것을 알 수 있었다.

이레나가 차분한 목소리로 입을 열었다.

"지금 보시는 건 황궁의 지도입니다."

그녀가 익숙한 동작으로 지도를 한쪽 기둥에 걸고서 설명을 시작했다.

"제가 여기 붉은 엑스자로 표시해 둔 이 부분들이 바로 황궁 안으로 연결되는 수로입니다."

황궁에는 연못과 식수들이 통하는 수로가 있었고, 개중에는 사람이 잠수해서 이동할 수 있을 만큼의 짧은 지점이 존재했다. 그곳은 성인 남자가 몸을 숙이고 건널 만큼의 충분한 통로가 되었기에 황궁으로 몰래 잠입하기엔 안성맞춤이었다.

물론 원래대로라면 이 통로를 통해 군사들이 들어간다는 건 결코 쉽지 않은 일이었다. 하지만 전투가 벌어지는 치열한 상황이라면, 수십 명 정도는 충분히 들키지 않고 황궁 안으로 침투할 수 있었다.

"여러분의 대군들이 황궁 입구에서 전투를 벌일 때, 소수의 정예 병력은 황궁의 수로를 통해 잠입할 계획입니다. 그리고 황태자궁 안에 주둔하고 있는 군사들을 풀어 안팎으로 동시에 공격하는 게 목적입니다."

이레나의 말을 잠자코 듣고 있던 한 귀족이 질문을 던졌다.

"실패한다면 괜한 병력이 소모되지 않을까요? 어차피 우리 측이 이길 확률이 더 높은 싸움에서 굳이 이런 작전을 펼칠 필요가 있을지 모르겠습니다."

그 말에 다른 귀족도 동조했다.

"맞는 말입니다. 그냥 입구부터 정면 돌파로 뚫고 가는 것이 더 나을지 모릅니다."

귀족들의 의견에 이레나도 이미 예상했다는 듯 대꾸했다.

"물론 그럴 수도 있겠죠. 하지만 어떻게 이기느냐도 그만큼 중요한 싸움입니다. 황위를 물려받는 과정에서 너무 많은 피를 흘리게 되면 그건 결과적으로 전하에게 불리한 일이 될 테니까요."

오펠리아는 지금 레드필드를 황제로 만드는 꿈에 젖어 있었지만, 만약 그게 물거품처럼 허황된 것이란 걸 알게 된다면 무슨 짓을 저지를지 몰랐다.

그리고 그렇게 싸움이 커져서 양측 다 손실을 입게 되면……

호시탐탐 기회만 노리고 있는 파벨루크에게 역습을 당할지도 몰랐다.

이레나의 붉은 눈동자가 순간 어두운 빛을 머금었다.

'카릴의 병력이 약해진다면, 파벨루크가 그 틈을 놓칠 리 없어.'

이미 한 번 파벨루크를 겪었던 이레나는 누구보다 그의 야망을 잘 알고 있었다. 그리고 칼라일 또한 이레나가 경험한 저번 생의 이야기를 듣고 파벨루크에 대한 경계심을 더욱 높인 상태였다.

그래서 이레나와 칼라일은 한동안 깊은 고민에 빠졌었다. 당장 눈앞에 있는 오펠리아를 물리치는 것도 중요했지만, 어둠 속에 숨어서 기회를 엿보는 파벨루크도 염두에 두어야 했으니까.

그 해결책이 바로 이것이었다.

"황태자궁에는 여러분이 생각하시는 것보다 더 많은 군사들이 존재합니다. 그들을 풀어놓기만 한다면 바깥에서부터 뚫고 가는 것보다 훨씬 더 시간을 단축할 수 있고, 그러면 적은 양의 피를 흘리고도 단시간에 승리를 거머쥘 수 있습니다."

처음엔 의심스러워하던 귀족들이 점점 고개를 끄덕이며 수긍하는 모습을 보였다. 이레나가 한 말 중에 틀린 게 없었기 때문이다.

"전 비전하의 의견에 찬성합니다."

가장 먼저 이레나의 말에 힘을 실어 준 사람은 바로 에반스였다. 에반스는 무엇이 그리 좋은지, 유쾌한 표정을 말을 이어 나갔다.

"이런 작전을 구상하셨을 거라곤 예상하지 못했는데 대단하십니다. 성공하기만 한다면 가장 좋은 승리가 될 것입니다."

에반스의 말을 시작으로 수많은 귀족들이 뒤따라 이레나의 작전에 찬성을 표했다.

덕분에 칼라일은 나설 타이밍을 놓치고 말았지만, 그의 눈빛만 보아도 이레나를 얼마나 자랑스럽게 여기는지 알 수 있었다.

그렇게 과반수의 찬성을 얻고, 황궁으로 잠입하는 작전이 세워졌다.

이레나는 이제 세부적인 사항을 늘어놓았다.

"그럼 각 가문에서 움직일 수 있는 병력의 수부터 파악하겠습니다."

이레나는 루퍼드 제국에서 난다 긴다 하는 귀족들을 모아 놓고 전략 회의를 주관하는데도 조금도 위축된 기색이 없었다. 그녀는 모르고 있었지만, 저번 생에서 기사로 활동하던 버릇이 그대로 나온 것이었다.

여린 외모와 달리 이레나에게서 풍기는 압도적인 리더십에 귀족들은 새삼 마음속으로 감탄을 하고 있는 중이었다.

* * *

결전의 날은 순식간에 찾아왔다. 혹시라도 시간을 끌다가 생기는 변수를 방지하기 위해 최대한 날짜를 앞당긴 탓이었다.

그 덕분에 이레나와 칼라일은 그동안 무척이나 바쁜 나날들을 보냈었다. 하지만 그것도 오늘이 마지막이었다. 오늘 밤 전투가 끝나면 누가 왕좌를 차지할지 알게 될 테니까.

이레나는 머리서부터 발끝까지 검은색으로 된 활동복을 입고, 얼굴마저 검은 복면을 써서 정체를 숨긴 상태였다. 그녀가 밤하늘의 초승달을 바라보며 나지막이 말했다.

"곧 있으면 달빛조차 가장 어두워지는 시간이에요. 그때에 맞춰서 저는 황궁 안으로 들어갈 테니, 나머지는 카릴에게 맡길게요."

가벼운 차림의 이레나와 달리, 무거운 철 갑옷에 붉은 망토까지 두른 칼라일은 누가 봐도 전장을 지휘하는 장군 같은 위엄을 풍기고 있었다.

"……그대만 보내려니 마음이 놓이지 않는군."

"에이, 그 얘긴 이미 끝났잖아요."

가능한 황궁에서의 싸움을 빨리 끝내고 피해를 최소화하기 위해선 황태자궁 안에 있는 군사들이 필요했다.

그렇기 때문에 황궁으로 잠입하는 임무가 막중했는데, 칼라일이 직접 움직일 수 없는 상황에서 사실상 가장 적합한 인물은 이레나였다. 그녀만큼 총명하고 뛰어난 검술 실력을 지닌 사람이 없었으니까.

그래서 칼라일도 하는 수 없이 허락했지만, 아무래도 소수의 인원이 황궁으로 잠입한다는 건 위험을 무릅써야 하는 일이었기에 걱정스러운 마음이 컸다.

칼라일이 애달픈 눈동자로 이레나를 쳐다보며 말했다.

"……처음 그대의 검술 실력을 보고, 언젠가 이런 날이 오지 않을까 두려웠어."

이레나의 출중한 능력 때문에 결국엔 위험한 일을 도맡게 될까 봐 칼라일은 늘 마음 한편이 불편했었다. 그래서 가능한 이레나가 검을 드는 것을 막으려고 했지만, 이런 모습조차 그녀였기에 받아들이는 수밖에 없었다.

하지만 그렇다고 해서 걱정되는 마음이 조금이라도 사라진 건 아니었다.

"나한테 약속한 거 잊지 마. 오랫동안 내 곁에 있어 주겠다고 한 거."

이레나도 칼라일이 자신을 얼마나 걱정하는지 알기에 오히려 더 씩씩한 목소리로 대답했다.

"걱정 말아요. 금방 황태자궁의 군사들을 풀어서 저도 합류할 테니까요."

"다치지 마. 혹시 안 될 것 같으면 무리하지 말고 내게 와. 약속할 수 있지?"

"그럴게요. 카릴도 몸조심하세요."

카릴은 여전히 내키지 않는다는 표정으로 고개를 끄덕거렸다.

하지만 더 이상 머뭇거릴 시간이 없었다. 밤하늘 위에 떠 있는 초승달이 점점 빛이 잃고 어두워지고 있었다. 이레나가 조금이라도 안전하게 잠입하기 위해선 지금 이 순간을 놓칠 수 없었다.

칼라일이 떨어지지 않는 발걸음으로 말 위에 올라탔다. 그리곤 마지막으로 이레나를 내려다보며 나지막이 말했다.

"내가 황궁 입구에 도착하면 그 즉시 전투가 벌어질 거야."

"네. 저도 시간을 계산해서 움직이도록 할게요."

칼라일은 잠시 붉은 눈동자만 드러난 이레나의 얼굴을 가만히 쳐다보았다. 그리곤 몇 번이나 입술을 달싹거리던 그가 어렵게 한마디를 내뱉었다.

"……이따가 보지."

칼라일이 말머리를 돌려서 황궁의 정문을 향해 달려갔다. 이미 그곳엔 귀족들의 사병과 크라우스 가문의 군사들, 그리고 이레나가 추가적으로 고용한 용병들까지 모두 기다리고 있는 상태였다.

이레나는 잠시 칼라일의 뒷모습을 쳐다보다가 이내 몸을 돌렸다.

지금은 감상에 젖어 있을 시간이 없었다. 오늘의 전투가 어떻게 끝날지는 전적으로 이레나의 손에 달려 있다고 해도 과언이 아니었으니까.

뚜벅뚜벅, 이레나는 각 귀족 가문들에서 차출한 정예 병력이 있는 곳으로 걸어갔다. 그러자 어두운 수풀 속에 숨어 있던 수십 개의 눈동자가 동시에 그녀를 향했다.

오늘 이들을 이끌 대장은 바로 이레나였다.

정예 병력은 어차피 각기 다른 가문에서 뽑힌 사람들이었기에 서로 얼굴을 모르는 상태였다. 그래서 딱히 복면을 쓰고 있는 이레나의 정체에 대해서도 궁금해하지 않았다. 그리고 이레나도 지금은 그런 상하 관계가 편했다.

이레나가 다시 한 번 밤하늘을 힐끔 올려다보며 나직한 목소리로 말했다.

"십 분 후에, 우리는 황궁으로 잠입한다."

"네. 대장."

"명심해. 오늘 우리의 앞길을 막는 건……."

말과 동시에 이레나의 붉은 눈동자가 천천히 수풀 속에 숨어 있는 수하들에게로 움직였다.

"……무엇이든 벤다."

얼마나 빠르게 황태자궁의 군사들을 움직일 수 있는지에 따라, 오늘 전투에서 나올 사상자 수가 결정지어지게 될 것이다.

전투의 피해를 가장 최소화하기 위해선 누구보다 이레나의 뛰어난 기량이 필요한 순간이었다. 그렇기에 오늘 그녀에겐 조금도 머뭇거릴 시간이 없었다.

약속된 십 분이 지나자 이레나가 입을 열었다.

"가자."

그 말 한마디에 어두운 수풀 속에 숨어 있던 수십 명의 정예병들이 몸을 일으켰다. 그리곤 모두 형형한 눈빛으로 일말의 망설임도 없이 강물에 몸을 던졌다.

풍덩!

이곳이 바로 황궁 안으로 통하는 수로가 있는 지점이었다.

이레나도 곧바로 강물에 몸을 던지고 바닥 깊숙이 잠수했다. 그러자 사람 하나가 간신히 들어갈 법한 통로가 눈에 들어왔다.

바로 황궁 안으로 통하는 길이었다.

이레나가 가장 먼저 유려한 수영 실력으로 그곳을 향해 들어갔다. 그러자 그녀를 선두로 모두 익숙하게 헤엄을 쳐서 통로 안으로 이동했다.

그렇게 얼마나 지났을까.

이레나는 수면 위를 어지럽게 비추는 불빛을 쳐다보다가, 이내 조심스럽게 붉은 눈동자만 바깥으로 드러냈다.

"비상이다!"

"서둘러 이동해라!"

몇몇 사람들의 커다란 고함 소리와 함께, 황궁의 병사들이 바삐 움직이는 모습이 보였다. 작전대로 칼라일이 벌인 전투로 인해 모두의 시선이 그쪽으로 집중된 모양이었다.

까딱까딱, 이레나가 작게 손짓하자 그때까지 물속에 잠수하고 있던 정예병들이 곧장 수면 바깥으로 모습을 드러냈다.

누구 하나 빠짐없이 모두 소리를 최대한 죽인 채 이레나처럼 주변부터 경계하기 시작했다.

확실히 각 가문의 정예들만 뽑은 인원이라 움직임이 민첩하기 그지없었다. 하지만 그런 그들 중에서도 가장 뛰어난 건 역시 이레나였다.

스으윽—

완벽한 적기라고 판단한 이레나가 앞을 향해 움직이자 모두가 그림자처럼 그녀의 뒤를 따랐다.

이제 계획대로 황궁 안에 잠입했으니, 가능한 빨리 황태자궁 안에 갇힌 이들을 풀어 줘야 했다.

지금 황궁 안을 지키는 병사들은 모두 오펠리아의 명령을 따르는 자들이었기에 최대한 마찰 없이 은밀하게 움직이는 게 관건이었다.

혹시라도 정체가 발각돼 싸움이 벌어진다면 위험할 뿐만 아니라 그만큼 쓸데없는 시간도 소모가 되었으니까.

* * *

황태자궁의 외부.

한밤중에 갑자기 벌어진 전투로 인해서 황궁 안은 무척이나 혼란스러운 상태였다. 그리고 개중에 가장 정신이 없는 건 바로 황태자궁을 감시하고 있던 병력이었다.

그럴 수밖에 없는 게 현재 황태자궁 안에는 많은 칼라일의 군사들이 존재했고, 그들을 감시하기 위해선 그만큼 많은 인원이 필요했다. 그러다 보니 우습게도 황궁 안에서 가장 많은 병사들이 몰려 있는 곳이 바로 여기였다.

상황이 급박하게 돌아가자 황궁의 입구를 지키고 있는 곳에서 이쪽으로 전령을 보내왔다.

여기까지 헐레벌떡 뛰어온 전령이 다급한 목소리로 말했다.

"단장님, 서둘러 입구로 지원 병력을 보내 주시길 청합니다."

현재 황태자궁을 감시하고 있는 총책임자는 황실의 제5 기사단을 맡고 있는 대니였다.

대니가 믿기지 않는다는 표정으로 되물었다.

"대체 얼마나 많은 병력이 몰려 왔기에 이토록 궁지에 몰린 것이냐?"

"모르겠습니다. 셀 수 없을 정도로 많은 군사들이 몰려와서…… 이대로라면 황궁의 입구가 뚫릴 기세입니다."

"알겠다. 지금 당장 병력을 이동시킨다."

그 말에 다른 수하 하나가 걱정스러운 표정으로 입을 열었다.

"단장님, 인원을 어떻게 배분할지 신중히 생각해 보셔야 합니다. 한꺼번에 전부 다 빼 버리면 황태자궁 안에 있는 자들이 바깥으로 나오려 할지도 모릅니다."

잠시 고민하던 대니가 그 말에 일리가 있다는 듯 고개를 끄덕였다.

"황궁을 지키는 것이 중요하지만 그렇다고 이곳을 완전히 비울 수는 없지. 우선은 절반의 인원만 보내고, 나머지는 상황을 좀 더 지켜보고 난 후에 결정하겠다."

"네. 알겠습니다!"

명령을 받은 수하는 곧바로 그것을 전달하기 위해 재빨리 움직였다.

그렇게 황태자궁을 에워싸고 있던 병사 일부가 순식간에 빠져나갔다.

* * *

황태자궁의 내부.

무언가 이상한 기운을 감지한 건 황태자궁 안에 갇혀 있는 사람들도 마찬가지였다.

그들은 칼라일에 대한 소식을 전혀 모르고 있었기에 아직까진 조용히 황태자궁 안에 머무르고 있었다. 하지만 그렇다고 해서 아무런 대비조차 하지 않은 건 아니었다.

이곳 역시 황태자궁 바깥을 감시하는 병사들처럼, 수

시로 외부를 경계하며 상황을 주시하고 있는 중이었다. 그러다 보니 두 세력은 황태자궁의 성벽을 경계로 서로 대치를 하고 있는 구도였다.

"제너드 경, 어떻게 하면 좋을까요?"

현재 황태자궁 안에 있는 핵심 인물들은 이상한 낌새가 느껴지자 모두 한자리에 모여 의논을 하고 있는 중이었다.

그들이 모인 장소는 황태자궁의 바깥이 훤히 보이는 가장 높은 성벽 위였다.

제너드가 어딘가로 이동하는 황궁 병력을 바라보며 나지막이 대답했다.

"글쎄요. 저들이 갑자기 움직이는 게 수상하긴 하나, 대체 어떤 것 때문에 이동하는지 모르니 섣불리 판단할 수가 없군요."

이 자리에 참석한 쿤도 미약하게 고개를 끄덕이며 말을 보탰다.

"혹시라도 우리를 유인하는 것일 수도 있으니 조심해서 나쁠 건 없습니다."

황후 측의 병사들은 처음부터 황태자궁 바깥으로 나오면 죽이겠다고 협박을 했다. 그렇기에 아예 전쟁을 치르기로 마음먹지 않는 한, 우선은 지금처럼 황태자궁 안에 있는 게 가장 안전한 방법이었다.

물론 언제까지 이 상태로 있을 순 없었기에 무언가 방법을 생각해 내야 했지만……

이 상태에서 탈출을 감행하는 건 목숨을 걸어야 할 만큼 위험한 일이라 이쪽에서도 쉽게 결정을 내릴 수가 없는 문제였다.

제너드가 어두운 표정으로 재차 입을 열었다.

"……일단은 조금 더 지켜봅시다."

* * *

황태자궁 안팎이 모두 바쁘게 돌아가고 있을 때였다.

드디어 이곳에 도착한 이레나와 정예병들이 모습을 드러냈다.

여기까지는 최소한의 전투만을 벌이고 온 상태라 계획대로 굉장히 빠르게 도착할 수 있었다. 하지만 문제는 이제부터였다.

"대장, 생각보다 이곳에 남아 있는 인원이 너무 많은데요?"

이레나도 한눈에 황태자궁을 감시하는 병사들의 수가 예상보다 훨씬 많다는 걸 알아차렸다. 황궁 입구로 더 많은 병력 이동이 있을 거라 생각했는데, 짐작했던 것에 비해 너무 많은 인원이 남아 황태자궁을 지키고 있었다.

'이걸 어쩐다.'

현재 이레나의 품 안에는 칼라일이 써 준 친필 편지가 있었다.

계획대로라면 이 편지를 보이며 황태자궁 안의 군사들을 움직이려 했지만…….

지금의 상태라면 시간이 너무 걸릴지도 모르겠단 생각이 들었다.

황후 측의 병사들을 피해 궁 문으로 다가가는 것도 어려웠지만, 그만큼 황태자궁 안의 사람들에게 빠르게 편지를 전달해 궁 문을 열게 만드는 것도 관건이었다.

자신들이 칼라일이 보낸 사람이라는 걸 증명하지 않으면, 황태자궁 안에서 결코 문을 열어 줄 리가 없었으니까.

'그러려면 시간이 필요한데…….'

짧게라도 황태자궁 안의 사람들과 대화할 시간이 필요했다. 아니면 하다못해 칼라일이 적어 준 편지를 전달할 시간만이라도 말이다.

그런데 황태자궁을 에워싸고 있는 인원이 이렇게나 많다면, 궁 문 앞에 머무를 수 있는 시간을 마련하기가 쉽지 않았다.

한마디로 이레나와 정예병들이 황태자궁을 감시하고 있는 병사들을 어느 정도 해치우고 난 이후에야 가능한 일이었다. 하지만 그러기엔 이레나와 정예병들의 인원수는 고작 수십 명밖에 되지 않았다.

황후 측의 병사들이 쫙 깔린 적진 한복판에서 장시간 싸움을 벌인다는 건 너무 위험한 도박이었다.

'……까딱 잘못하면 실패하게 될 거야.'

이레나는 여기까지 오는 동안 이미 최악의 경우를 염두에 둔 상태였다.

가능한 이 방법만은 쓰고 싶지 않았지만……

이제는 어쩔 수 없었다.

이레나가 어둠 속에서 붉은 눈을 빛내며, 혼자 마음의 결정을 내리고 있을 때였다.

"대장, 어떻게 할까요?"

누군가의 질문에 순식간에 모두의 시선이 이레나를 향했다.

이레나는 진지한 눈동자로 황태자궁의 정문을 한 번 쳐다보곤 이내 그들에게로 다시 고개를 돌리며 말했다.

"여기서 더 기다린다고 해서 달라질 건 없어 보이니, 우린 바로 움직인다."

"어떻게……."

"이제 와서 계획을 수정할 순 없어. 최대한 적들의 시선을 분산시켜 주면, 그 틈을 타 궁 문을 열어야지."

이레나의 말에 모두의 표정이 한층 어둡게 변했다. 시

간을 절약하기에 가장 좋은 방법이었으나, 그만큼 매우 위험한 방법이었다.

적들의 주의를 끄는 것에 실패하거나, 궁 문이 조금이라도 늦게 열린다면 이곳에 온 모두가 그대로 죽을지도 몰랐다.

하지만 지금은 한시라도 빨리 황태자궁의 군사들을 풀어 줘야 한다는 걸 알기에 이레나의 명령에 반대를 하는 사람은 없었다.

"대장. 그렇다면 조를 두 개로 나눠서 한쪽은 시선을 분산시키고, 다른 한쪽은 입구를 뚫고 들어가는 걸로……."

"아니."

생각지 못한 이레나의 발언에 모두의 시선이 다시 그녀에게로 몰렸다.

이레나는 강인한 눈동자로 그들을 바라보며 나지막이 입을 열었다.

"너희들은 전부 시선을 분산시키는 것만 생각해. 입구는 나 혼자 돌파한다."

"하, 하지만 그러기엔 인원수가 너무 많습니다."

현재 황태자궁의 입구를 배회하는 병사들은 총 열다섯 명이었다.

다섯 명씩 조를 이뤄 세 팀으로 움직이고 있었으니, 만약 이레나가 모습을 보인다면 순식간에 그들이 전부 몰려들 것이다.

굳이 짚어 주지 않아도 이레나 역시 이미 황태자궁 입구에 있는 병사들의 숫자를 확인한 터였다.

"저 정도 인원은 충분히 혼자서 해치울 수 있어. 그러니 나머지 지원군이 오지 않도록 막아 주기만 하면 돼."

"……!"

이레나의 자신만만한 대답에 모두의 눈동자에 놀라움이 스쳤다.

이곳에 모인 이들은 모두 각 가문에서 실력을 인정받은 자들이었다. 하지만 그 누구도 이레나처럼 열다섯 명의 기사들을 한꺼번에 상대할 수는 없었다.

중요한 건 이레나는 결코 자신의 실력을 자만해서 내린 결정이 아니었다. 충분히 실현이 가능했기에 그런 계획을 세운 것이었다.

처음엔 놀라움을 금치 못했던 정예병들이 곧 감탄하기 시작했다. 이레나의 실력이 허세가 아니란 걸 깨달았기 때문이다.

이레나가 차분하게 말했다.

"너희들은 각 두 명씩 한 조를 짜서 최대한 사방으로 넓게 퍼져. 그래야 나도 안전하고 너희들도 목숨을 부지할 수 있을 테니까."

위급한 상황에 혼자가 아닌 둘이라면 뭔가 서로에게 도움을 줄 수 있을 것이다.

그들이 오래 버텨 줄수록 이레나도 안전할 수 있었고, 이레나가 얼른 궁 문을 열어야 결국 그들도 살 수 있었다. 어차피 오펠리아에게 장악당한 이 황궁 안에서 그들이 도망칠 수 있는 곳은 없었으니까.

"명 받듭니다."

정예병들이 모두 입을 모아 낮게 대답했다.

이레나는 그들과 하나하나 시선을 맞추며 위엄 있는 목소리로 말했다.

"그럼 머뭇거릴 시간이 없으니, 바로 시작하자."

이레나의 명령이 떨어지자, 가장 가까이에 있는 사람들끼리 두 명씩 짝을 지어 순식간에 이곳에서 사라져 갔다.

너무도 은밀하고 빠른 움직임이라 아무것도 모르는 사람이 봤다면 자칫 유령이라고 착각할지도 모를 정도였다.

그렇게 정예병들이 뿔뿔이 흩어져 이동하자, 이레나는 침착한 표정으로 황태자궁의 입구를 가만히 쳐다보았다.

이제 모든 것은 이레나가 얼마나 빨리 저 궁 문을 열 수 있느냐에 달렸다.

곧이어 누군가의 비명 소리가 신호탄처럼 들려왔다.

"으아아아악!"

그것을 기점으로 이레나가 보낸 정예병들이 활약을 하기 시작했다.

갑작스러운 공격에 황후 측의 병사들이 대응을 하려고 했지만, 그것은 쉽지 않은 일이었다. 이쪽이다 싶으면 다른 쪽에서 쏟아지는 공격에 정신을 차릴 수가 없었기 때문이다.

한순간 이곳은 전쟁터나 다름없었다. 거짓말처럼 사방에서 검이 부딪치고 화살을 쏘는 소리가 들려왔다. 그리고 이레나는 모두의 시선이 분산된 그 타이밍을 놓치지 않았다.

뚜벅뚜벅, 이레나가 검을 늘어뜨린 채로 황태자궁의 입구를 향해 걸어갔다.

"저놈은 뭐야?"

이레나의 등장에 예상했던 대로 궁 문을 감시하고 있던 열다섯 명의 병사가 순식간에 그녀를 덮쳐 왔다.

휘익!

이레나는 가장 먼저 오른편에서 달려드는 병사를 검으로 베었다. 그리고 정면으로 쏟아지는 공격을 허공에서 공중제비를 돌아 회피하고, 날렵한 발놀림으로 상대의 얼굴을 가격했다.

퍼억, 완전히 목이 꺾인 병사가 그대로 정신을 잃고 쓰러졌다.

이레나의 유연한 동작엔 군더더기 하나 없었다. 순식간에 열다섯 명의 병사들이 속수무책으로 나가떨어졌다.

정말이지 누가 본다고 해도 입이 떡 벌어질 광경이었다.

그리고…….

그런 이레나의 등장을 황태자궁 안에서도 유심히 지켜보고 있었다.

높은 성벽에서 상황을 지켜보던 황태자궁의 핵심 인물들은 갑자기 등장한 실력자에게 완전히 시선이 빼앗긴 상태였다.

"제, 제너드 경, 저 사람은 대체……."

누군가는 너무 놀라 하려던 말을 끝까지 내뱉지도 못한 채 입을 벌렸다.

상당한 실력을 자랑하는 제너드와 쿤조차 믿기지 않는다는 표정으로 이레나를 내려다보았다.

그때였다.

병사들을 모두 물리친 이레나가 궁 문 앞에 서서 고개를 들었다. 그녀의 붉은 눈동자가 정확히 황태자궁 안에 있는 사람들을 향했다.

그 순간.

이레나가 망설임 없이 자신의 얼굴을 가리고 있던 복

면을 벗었다.

휘익, 검은색의 복면이 이레나의 손에서 힘을 잃고 날아갔다.

가장 먼저 이레나의 황금 같은 금발이 쏟아지듯 흘러내렸다. 하얀 피부와 오뚝한 콧날, 그리고 붉은 입술까지. 세상의 모든 아름다움을 모아 만든 것 같은 이레나의 얼굴이 바깥으로 드러났다.

짧은 찰나, 세상이 적막에 휩싸였다.

하지만 그것은 곧 커다란 외침으로 변했다.

제너드가 가장 먼저 이레나를 알아보고 부하들에게 소리를 질렀다.

"비전하시다! 당장 궁 문을 열어!"

끼이이이익—

이레나는 자신의 눈앞에서 열리는 거대한 궁 문을 바라보았다.

칼라일의 친필 편지보다 더욱 확실하고, 빠르게 신분을 증명할 수 있는 건…….

바로 이레나의 진짜 정체였다.

이레나는 황태자궁 안으로 들어서자마자, 자신을 깜짝 놀란 표정으로 쳐다보고 있는 군사들에게 크게 소리쳤다.

"어서 나와 함께 온 자들을 도와주세요."

"아아, 넵! 비전하!"

성벽에서 대기하고 있던 궁수들이 재빠르게 이레나와 같은 복장을 입고 있는 정예병들을 보호하기 위한 화살을 쐈다.

슈웅! 슝!

덕분에 함께 황태자궁까지 돌파한 정예병들은 누구 하나 목숨을 잃지 않은 채, 안전하게 황태자궁 안으로 들어올 수 있었다.

하지만 이곳에 도착하자마자 모두 경악에 찬 표정을 지어 보였다. 그들 또한 뒤늦게 이레나의 정체를 알아차린 것이다.

"마, 맙소사."

"아까 그 대장이…… 비전하였다니……."

충격에 빠져 있는 정예병들의 뒤편으로 성벽 위에서부터 허겁지겁 내려온 황태자궁의 핵심 인물들이 나타났다.

제너드가 놀란 눈빛으로 더듬더듬 입을 열었다.

"비, 비전하…… 언제부터 그런 실력을……."

이레나는 자신의 주변으로 모인 인물들을 한차례 바라보며 나지막이 말했다.

"여기에 절 아는 분도 있고, 모르는 분도 있겠네요. 전 황태자 전하와 결혼하기 전부터 신분을 감추고 렌이라는 이름의 기사로 활동하고 있었어요."

"……!"

대다수는 렌과 마주친 적이 없었지만, 그중에 제너드와 쿤은 철 투구를 쓰고 있는 그녀를 만난 적이 있었다.

특히 제너드는 신분이 불분명한 이레나를 대놓고 싫어했기에 그 말을 듣고 안색이 급격하게 어둡게 변했다.

이레나도 가능한 신분을 밝힐 생각은 아니었다. 하지만 이 상황에 그보다 더 좋은 방법이 없었을뿐더러, 칼라일과 절벽에서 떨어질 때 이레나가 보인 검술 실력이 벌써 오펠리아의 귀에 들어가고도 남았을 것이다.

그래서 더는 감출 이유가 없다고 판단하고, 결단을 내린 것이었다.

이레나가 굳은 표정으로 서둘러 황태자궁의 사람들을 돌아보며 말했다.

"일단 지금 중요한 건 황궁 밖에서 칼라일 전하가 전투를 치르고 있다는 사실이에요. 최대한 빨리 황궁을 장악하기 위해서는 여러분의 힘이 필요합니다."

제너드가 깜짝 놀란 표정으로 되물었다.

"뭐라고요? 전하께서요?"

갑작스러운 소식에 놀란 건 제너드뿐만이 아니었다. 황태자궁 안에 갇혀 외부 소식과 단절되어 있던 사람들은 놀라움을 금치 못했다.

"현재 황제 폐하께서 돌아가시고, 황후가 이곳을 장악하고 있는 상태예요. 저와 전하는 황후의 계략에 빠져 죽을 뻔했고요. 지금은 귀족들과 함께 황궁으로 진입하기 위해 싸우고 있는 중이니, 우리는 안에서 전하께 성문을 열어 드려야 해요."

짧은 설명이었지만 현재의 상황을 파악하는데 전혀 부족하지 않았다.

제너드와 쿤을 포함한, 모든 황태자궁의 사람들이 허리를 숙였다.

"네. 비전하의 명을 받듭니다!"

모두의 목소리가 하나로 어우러져 우렁차게 울려 퍼졌다.

이제야말로 황태자궁 안에서 숨죽이고 있던 군사들이 출격을 할 시간이었다.

* * *

칼라일은 철벽같은 황궁의 성문을 아직 열지 못한 상황이었다.

루퍼드 제국의 황궁이 워낙 수비하기 좋게 설계됐기도 했고, 원래 수성보다 공성이 더 많은 노력이 필요했다.

파앗!

칼라일의 날카로운 검이 자신을 공격해 오는 자의 목을 꿰뚫었다.

그렇게 쉴 새 없이 전투를 치르는 칼라일의 옆으로 케이시 가문의 스미스가 다가왔다. 스미스 역시도 단단한 철 갑옷을 입고 전투에 참여하고 있는 중이었다.

"전하, 생각보다 성문을 여는 게 쉽지 않을 것 같습니다."

"뭐, 짐작했던 바야. 간단히 뚫어 버리기엔 너무 잘 지었거든."

"상황은 계속 저희가 우세하긴 하나, 만약 황태자궁에 붙잡혀 있는 군사들을 움직이는 데 실패한다면 꽤 많은 피해를 감수해야 할 것 같습니다."

그 말에 칼라일의 시선이 힐끔 굳게 닫힌 성문으로 향했다. 그리곤 나지막한 목소리로 대꾸했다.

"……기다려 봐. 나의 가장 날카로운 검이 움직이고 있을 테니."

"네?"

스미스는 그 말뜻을 이해하지 못하고 재차 반문했다. 하지만 칼라일은 딱히 설명해 줄 생각이 없었기에 이쪽으로 다가오는 적들을 향해 다시 검을 휘두를 뿐이었다.

'다치면 안 되는데…….'

칼라일이 이레나에게 갖는 믿음은 강했다. 하지만 그

와 반대로 그녀에 대한 걱정도 무척이나 컸다.

이레나가 임무를 완수해 내지 못할 거라 생각하진 않았지만, 그 과정에서 혹시라도 다치진 않을까 불안하기 짝이 없었다.

'……누구든지 부인을 피 흘리게 한다면, 그 대가를 혹독하게 치러야 할 거야.'

이레나는 이미 오펠리아의 계략으로 인해, 그리고 저번 생에서는 파벨루크의 검에 당해 피를 흘렸었다.

칼라일은 그 모든 사실을 잊지 않고 있었다. 이제 황위를 차지하게 된다면 하나도 빠짐없이 갚아 줄 생각이었다. 기필코 그들의 입에서 이레나가 당했던 것보다 훨씬 더 고통스러운 비명이 튀어나오게 만들어 줄 것이다.

'부인은 내가 한 말을 기억하고 있으려나? 날 어떤 황제로 만들지는 순전히 부인의 손에 달려 있다는 거.'

이레나가 흘린 피가 많아질수록 칼라일의 가슴은 차갑게 식어 갔다.

만에 하나라도 이레나가 죽는다면…….

루퍼드 제국은 칼라일을 황제로 만든 것을 두고두고 후회해야 할지도 몰랐다.

거기까지 생각이 미치자 칼라일의 푸른 눈동자가 한순간 어두운 빛을 머금었다.

'……그러니까 어서 내게 돌아와, 이레나.'

칼라일 안에 잠들어 있는 잔혹한 성격을 세상 밖으로 드러내지 않기 위해선 누구보다 이레나가 안전해야만 했다.

그렇게 황궁 밖에서 치열한 전투가 한창 벌어지고 있을 때였다.

크르르르릉!

갑자기 커다란 굉음이 들려왔다. 그리곤 굳게 닫혀 있던 황궁의 성문이 서서히 열리기 시작했다.

성문 안에서 자욱한 연기와 함께 누군가가 이곳으로 달려오는 형체가 보였다.

가장 먼저 보인 건 태양같이 눈부신 금발이었다. 그리곤 그와 대비되는 검은색의 의복과 모든 사람을 홀릴 만큼 아름다운 외모가 이어 보였다. 마치 전장의 여신처럼 홀연히 등장한 그녀는 바로 이레나였다.

이레나의 양옆으로는 칼라일의 최측근인 쿤과 제너드가 나란히 말을 타고 모습을 드러냈다.

그렇게 선두에 선 세 사람의 뒤로는 더 많은 군사들이 밀려들고 있었다. 계획대로 황태자궁에 발이 묶여 있던 군사들이 도착한 것이었다.

그리고 성문이 열렸다는 건 칼라일이 승리했다는 것과 마찬가지였다.

"와아아아아!"

칼라일의 수많은 군사들이 환호성을 질렀고, 반대로 황후 측의 병사들은 얼굴이 흙빛으로 변했다.

모두의 주목을 받으며 이레나는 곧장 칼라일이 있는 곳으로 달려왔다.

많은 군사들을 헤치고 칼라일의 바로 앞에 다다라서야 말을 멈춘 이레나가 걱정스러운 표정으로 입을 열었다.

"저 없는 동안 다치진 않았겠죠?"

그 말에 칼라일이 어처구니없다는 듯 픽 웃음을 흘렸다.

"그건 내가 할 말인데, 그보다……."

칼라일이 날카로운 시선으로 복면을 벗은 이레나의 얼굴을 쳐다보며 말을 이었다.

"……이젠 정체를 드러내기로 한 건가?"

"어쩔 수 없었어요. 이게 황태자궁으로 들어가기에 가장 빠른 방법인 것 같아서요."

"다친 덴 없고?"

"네. 당신과 약속했잖아요. 그래서 안전하게 다녀왔어요."

그 말에 칼라일이 기특하다는 듯 이레나의 보드라운 뺨을 커다란 손으로 쓸었다.

"잘했어."

주변에 있는 황태자궁 사람들은 방금 전 이레나의 정체를 알게 된 상황이었고, 여태껏 이곳에서 전투를 치르고 있던 군사들은 이게 어떻게 된 영문인지 몰랐다.

하지만 모두의 머릿속에 든 생각은 똑같았다. 지금 두 사람의 모습이 무척이나 잘 어울린다는 것이었다.

강인한 칼라일과 어깨를 나란히 마주하고 서 있는 이레나의 모습은 마치 한 폭의 그림처럼 근사했다.

칼라일이 곧이어 의미심장한 표정으로 활짝 열린 성문을 바라보며 말했다.

"그럼 들어가 볼까."

이제는 원래 칼라일의 자리인 왕좌를 되찾으러 가야 할 시간이었다.

* * *

오펠리아는 갑자기 쏟아지는 비보에 정신을 차릴 수가 없었다.

[황태자궁에 갇혀 있던 군사들이 움직이기 시작했음.]

[황궁의 주요 거점들이 황태자궁에서 나온 군사들에게 장악당함.]

[황궁의 성문이 열림.]

칼라일이 군사들을 이끌고 황궁으로 쳐들어왔을 때도 기분은 좋지 않았다. 하지만 쉽지 않은 싸움이 될 거라고만 생각했지, 이렇게 압도적으로 밀리게 될 거라곤 예상하지 못했었다.

아무리 오펠리아가 걸출한 장군들을 배출해 낸 아니타 가문에서 태어났다지만, 그래도 전장의 경험은 전혀 없는 여자였다.

칼라일과 이렇게까지 전력의 차이가 날 거라고 가늠하지도 못했을뿐더러, 시시각각 변하는 상황에 능동적으로 대처하기가 어려웠다.

'이제 조금만 더 하면 레드필드를 황제로 만들 수 있었는데!'

며칠이란 시간만 더 주어졌다면 귀족들을 닦달해 대관식을 치렀을 것이다.

그런데 승리를 목전에 앞둔 상태에서 칼라일이 모든 걸 다 망쳐 버렸다.

'……진작 죽여 버렸어야 했어.'

오펠리아는 처음부터 칼라일이란 존재가 싫었다.

그가 배 속에 있는 아이였을 때부터 오펠리아가 칼라일의 친모를 얼마나 미워했는지 모른다. 자신이 낳지 않은 아들을 천한 하녀가 먼저 잉태했다는 사실이 참을 수 없을 만큼 불쾌했다.

더군다나 칼라일의 친모는 오펠리아의 친정 하녀였다. 어렸을 때부터 아니타 가문에서 자신의 시중을 들었을 뿐만 아니라, 지금 수족 같이 부리는 카사나처럼 오펠리아가 가장 아끼는 아이였다.

그런데 오펠리아가 자리를 비운 어느 날, 설리반과 하룻밤을 보내면서 칼라일을 임신한 것이었다.

술에 취한 설리반의 하룻밤 실수였다. 아무리 그게 칼라일의 친모가 원한 결과가 아니었다 할지라도 오펠리아는 참을 수가 없었다.

하지만 설리반은 칼라일을 거들떠보지조차 않았고, 언제나 그의 친모는 오펠리아 앞에서 넙죽 엎드렸기에 손쉽게 죽이는 것보다 오랫동안 괴롭히는 방법을 선택했던 것이다.

갑자기 설리반이 그를 황태자로 임명하기 전까지 말이다.

'사사건건 눈엣가시처럼 걸리더니 결국 이렇게 내 앞길을 가로막는구나.'

그동안 칼라일 때문에 오펠리아의 일이 제대로 풀리지 않을 때마다 어떻게 하면 그를 비참하게 죽일 수 있을까 고민했다.

그가 황태자란 직위를 갖고 있는 모습도 꼴 보기 싫었지만……

칼라일이 총명한 모습을 보일 때마다 자신이 낳은 레드필드와 비교가 되어서 더욱 싫었다.

그간 오펠리아가 느꼈던 자격지심만큼 칼라일을 잔인하게 죽여 버리지 않으면 마음이 풀리지 않을 것 같았다.

그런데 칼라일은 당연히 죽었어야 할 사지에서 몇 번이나 살아 돌아오더니, 결국 이렇게 마지막까지 오펠리아의 발목을 붙잡았다.

'지금까지 칼라일을 구해 준 게 황태자비였을까?'

오펠리아는 절벽에서 벌어진 일을 뒤늦게 보고받고, 이레나가 뛰어난 검술 실력을 지닌 여성이라는 걸 알게 되었다.

지금까지 단 한 번도 의심하지 못했던 사실이라 처음에는 그저 놀랍기만 했었다. 하지만 곱씹어 볼수록 자신의 계획이 번번이 무산되었던 건 이레나 때문이었을지도 모르겠다는 생각이 들었다.

'이대로 끝낼 수는 없어. 어떻게든 내 손으로 두 연놈들을 죽이고 말 거야.'

오펠리아가 분노에 찬 표정으로 표독스럽게 눈을 빛낼 때였다.

오펠리아의 옆자리에 앉아 있던 레드필드가 불안한 표정으로 입을 열었다.

"어, 어머니, 황궁의 성문이 뚫렸다는데 저희는 빨리

도망가야 하는 것 아닙니까?"

"그래, 일단은……."

오펠리아가 막 대답하려는 찰나였다.

벌컥, 방문이 열리며 시녀장 카사나가 다급히 안으로 들어왔다.

"황후 폐하, 큰일 났사옵니다."

"또 무슨 일이냐?"

"그, 그것이 방금 전 소식이 날아왔는데……."

카사나가 곤란한 표정으로 오펠리아에게 들고 있던 종이를 건넸다.

거기에 적힌 글자가 나란히 앉아 있던 오펠리아와 레드필드의 눈에 동시에 들어왔다.

[아니타 가문의 수장, 체자레 사망.]

휘청, 순간 오펠리아의 몸이 꺾였다.

레드필드가 반사적으로 오펠리아를 부축하며 황급히 입을 열었다.

"어서 빨리 여기서 도망가야겠습니다. 형님이 저희들까지 발견하면 어쩝니까!"

그 말에 오펠리아가 순간 화가 난 표정으로 레드필드를 노려보았다.

"넌 지금 삼촌의 사망 소식을 받고도 도망갈 생각부터 드는 것이냐?"

"그, 그게……."

레드필드가 대답을 내놓지 못하고 얼버무리자, 오펠리아는 저도 모르게 고개를 절레절레 저었다.

칼라일만큼 잘나지 않아도 좋았다. 레드필드가 그 절반만큼만 되었어도 오펠리아가 이렇게 속이 끓지는 않았을 것이다.

오펠리아는 서글픈 눈빛으로 종이에 적힌 비보를 바라보다가 이내 바닥에 버렸다.

쓸데없는 감상에 젖어 있을 시간은 없었다. 레드필드의 말대로 한시라도 빨리 이곳을 떠나지 않으면 두 사람은 칼라일에게 붙잡혀 죽임을 당할지도 몰랐다.

"내가 준비하라고 한 건 가지고 왔느냐?"

"네, 네, 황후 폐하."

그 말에 카사나가 재빨리 품 안에 숨기고 있던 의복을 꺼내 들었다.

지금 카사나의 손에 들린 것은 황궁의 하녀와 하인들이 입는 유니폼이었다. 그것도 무척이나 급하게 구한 것이었기 때문에 피가 덕지덕지 묻었을 뿐만 아니라 땀 냄새까지 풍기는 더럽고 허름한 것이었다.

오펠리아는 절로 미간을 찡그렸지만, 재빨리 그것을

집으며 레드필드에게 건넸다.

"서둘러 갈아입거라."

"어머니! 이건 천한 하인들이나 입는 옷이 아닙니까! 제가 어찌 이따위 옷을……."

"살고 싶으면 빨리 입어!"

"그, 그런……!"

강경한 오펠리아의 태도에 레드필드는 망연자실한 표정을 지어 보였다.

체자레마저 죽은 마당에 찬밥 더운밥을 가릴 처지가 아니었다. 이런 상황에서 두 사람이 당당하게 황궁을 빠져나갈 수 있을 리 만무했다. 그나마 지금처럼 고용인으로 위장이라도 해야 잠시라도 눈을 속일 수 있는 것이다.

레드필드는 잔뜩 못마땅한 기색으로 하인들이 입는 옷을 입었다.

오펠리아도 서둘러 초라한 옷으로 바꿔 입었지만, 문득 유리에 비친 자신의 모습을 보면서 입술을 깨물 수밖에 없었다.

'……내가 이런 굴욕을 당하게 될 줄이야.'

제국 내 위세 높은 아니타 가문에서 태어나 루퍼드 제국의 황후까지 된 오펠리아는 지금까지 단 한 번도 이처럼 초라해 본 적이 없었다.

제대로 된 장신구 하나 차지 못한 채, 하녀들이나 입는 초라한 옷을 입고 있자니 오펠리아 역시 속에서 열불이 터질 것 같았다.

오펠리아는 애써 들끓는 마음을 가라앉히며, 카사나를 향해 침착하게 입을 열었다.

"카사나, 우리를 루넨 대공이 있는 곳으로 안내해 주려무나."

그 말에 옆에 있던 레드필드가 놀란 표정으로 되물었다.

"어머니, 루넨 대공에게 도움을 요청할 생각이십니까?"

"그래. 어차피 우리의 힘으로 황궁을 빠져나가긴 쉽지 않을 거다. 마지막 남은 희망은 루넨 대공에게 잠시 몸을 위탁하는 것뿐이야."

"역시 어머니십니다! 너무 좋은 생각이세요."

레드필드의 얼굴에 숨길 수 없는 기쁨이 드러났다.

오펠리아는 평상시의 고압적인 자세와 달리, 다정하게 카사나를 바라보며 방금 전까지 자신이 차고 있던 보석들을 쥐여 주었다.

"카사나, 너도 어차피 내가 죽는다면 다른 길이 없을 것이야. 우리를 루넨 대공에게 안전히 데려다준다면 내 너의 공로를 잊지 않으마."

그 말에 카사나가 순순히 고개를 수그리며 대답했다.

"그럼요, 황후 폐하. 저만 믿으시지요."

그렇게 카사나가 먼저 앞장서며 주변을 살피자, 그 뒤를 오펠리아와 레드필드가 바짝 좇아갔다.

그래서 이때 오펠리아는 눈치채지 못했다. 지금 카사나의 입가에 의미심장한 미소가 걸려 있다는 사실을 말이다.

현재 파벨루크가 머무르고 있는 장소는 황궁의 가장 끄트머리에 위치하고 있었다.

설리반이 살아 있을 때 직접 지정해 준 숙소이기에 더욱 그랬다. 설리반은 마지막까지 파벨루크에 대한 긴장의 끈을 놓지 못했으니까.

오펠리아는 한동안 칼라일과의 권력 다툼으로 인해 파벨루크가 어디에서 머무르고 있는지 신경 써 본 적이 없었다. 하지만 막상 부탁할 입장이 되고 나니, 그동안 파벨루크에게 밉보인 건 없나 괜히 한 번 돌아보게 되었다.

평소에 그에게 조금 더 잘해 줄 걸 그랬다고 뒤늦게 후회가 밀려들었지만, 이미 지나간 일을 아쉬워해 봤자 소용없었다.

'그래도 루넨 대공이 딱히 내 청을 거절할 리 없어. 지금까지 계속 레드필드를 지지해 주었고, 어차피 내가 사라지면 그도 든든한 지원군을 하나 잃게 될 테니까.'

오펠리아는 언제나 자신에게 깍듯하게 굴었던 파벨루

크를 떠올리며 혼자 고개를 끄덕거렸다. 아무리 생각해도 지금 이 상황에서 가장 기댈만한 사람은 파벨루크밖에 없었다.

그렇게 오펠리아와 레드필드는 어렵사리 파벨루크가 머물고 있는 숙소에 도착할 수 있었다.

시녀장 카사나는 오랫동안 황궁에서 일했기 때문인지 이곳의 지리를 잘 아는 듯했다. 그래서 세 사람은 혼란스러운 황궁 안을 교묘하게 지나쳐 목적지에 도달했다.

카사나가 먼저 파벨루크의 숙소 앞을 지키고 있는 기사에게 다가가 속삭였다.

"황후 폐하를 모시고 왔으니, 대공 각하께 알려 주시오."

그 말을 들은 기사는 힐끔 카사나의 뒤편에 서 있는 오펠리아와 레드필드를 쳐다봤다.

기사의 무감각한 시선에 괜스레 오펠리아의 얼굴이 뜨거워졌다. 언제나 화려한 모습으로 사람들의 중심에 서 있었는데, 지금처럼 허름한 차림으로 타인의 앞에 서게 되자 왠지 모를 민망함이 밀려들었다.

지금까지 그녀를 바라보던 사람들의 시선에는 두 가지 감정이 담겨 있었다.

두려움, 혹은 경외감.

그런데 저렇게 별 볼 일 없는 것을 쳐다보는 듯한 시선을 받으니, 오펠리아는 처음으로 무시를 당하는 기분이란 게 어떤 건지 알게 되었다.

"기다리시오. 각하께 보고하고 알려 주겠소."

분명 얼마 전이었다면 기사는 오펠리아를 먼저 안으로 모시고 난 후에 파벨루크에게 보고를 하러 갔을 것이다. 하지만 지금은 오펠리아와 레드필드를 그대로 밖에다 방치해 둔 채 혼자 안으로 들어갔다.

으드득, 오펠리아는 치밀어 오르는 분노로 어금니를 깨물었다. 하지만 지금은 이런 일을 따질 수가 없는 입장이었다.

권력이란 게 이렇게나 무서웠다. 오펠리아는 제국의 지고한 황후에서 하루아침에 도망자 신세로 추락했다.

그렇게 혼자서 안으로 사라졌던 기사가 다시 바깥으로 모습을 드러내더니, 오펠리아를 향해 퉁명스러운 목소리로 말했다.

"들어오시오. 각하께서 안으로 모시라고 하셨소."

카사나가 잘됐다는 듯 활짝 웃으며 오펠리아에게 말했다.

"다행입니다, 황후 폐하. 어서 안으로 드시지요."

"……그래."

오펠리아는 초라한 옷을 입었더니 마음 또한 여유를 잃어 가는 것인지, 왜인지 자꾸만 작아지는 기분이 들었다. 레드필드는 겁에 질린 표정으로 묵묵히 오펠리아를 따를 뿐이었다.

그렇게 오펠리아와 레드필드, 그리고 카사나가 함께 파벨루크가 있는 곳으로 걸음을 옮겼다.

끼이익, 안내받은 장소로 들어가자 가장 먼저 눈에 들어온 건 당당하게 상석에 앉아 있는 파벨루크의 모습이었다.

원래대로였다면 저곳은 당연히 오펠리아가 앉아야 할 자리였다. 하지만 파벨루크는 평소처럼 그 자리를 오펠리아에게 양보해 줄 생각이 없는지 움직일 기미조차 보이지 않았다.

'내가 이렇게 되었다고 벌써부터……!'

오펠리아는 머리끝까지 화가 치솟았지만, 부탁하러 온 상황에서 파벨루크의 무례한 행동을 지적할 수는 없었다.

최대한 감정을 억누르며 오펠리아가 아무렇지 않은 목소리로 입을 열었다.

"루넨 대공, 오랜만이네."

"……제가 지금 기분이 무척이나 별로입니다. 저를 찾아온 용건부터 밝히시죠."

그 대답을 듣자 순간 오펠리아의 얼굴이 붉어지다 못해 터질 것처럼 변했다.

지금까지 파벨루크는 단 한 번도 오펠리아 앞에서 이처럼 건방지게 군 적이 없었다. 하지만 오펠리아는 그런 불쾌한 감정을 겉으로 표현할 수가 없었다. 어찌 됐든 지금은 그녀가 더 불리한 처지였으니까.

오펠리아는 태어나서 처음으로 비굴한 심정이란 게 무언지 깨달았다.

가늘게 떨리는 입술로 애써 웃음을 지으며 오펠리아가 말했다.

"그래, 루넨 공에게 조금 언짢은 일이 있었나 보군. 나도 길게 끌 이야기가 아니니 단도직입적으로 말하겠네."

파벨루크는 대꾸조차 하지 않은 채 그저 심연같이 새까만 눈동자로 오펠리아를 가만히 내려다볼 뿐이었다. 그 거만한 태도에 오펠리아는 다시 한 번 울컥했지만 참았다.

오펠리아도 여기까지 아무런 믿는 구석도 없이 찾아온 건 아니었다.

"루넨 공이 나와 레드필드를 황궁 밖으로 빼 내주게. 그리고 한동안만 우리를 안전하게 지켜 주면 나중에 원하는 건 무엇이든 들어주겠네."

"……어떻게 들어주실 겁니까? 지금 황후 폐하는 아무것도 가진 게 없을 텐데."

누구라도 당연히 그렇게 생각할 수밖에 없었다. 하지

만 오펠리아는 아무도 모르게 숨겨 둔 비장의 한 수가 있었다.

"나한테 약간의 시간만 주어진다면 칼라일 황태자를 견제할 방법이 있어."

"무슨 수로요?"

기가 차다는 듯이 되묻는 파벨루크에게 오펠리아는 그런 것까지 일일이 답변해 주고 싶진 않았지만 지금은 다른 방법이 없었다. 그녀가 가진 패를 전부 다 까더라도 당장은 황궁을 벗어나는 게 중요했으니까.

"처음에 황태자궁의 군사들을 처리하기 위해 혹시 몰라 켈트 왕국에 지원 요청을 한 게 있네. 상황이 이렇게 될 줄은 몰랐지만…… 그들과 루넨 공의 병력을 합치면 충분히 승산이 있어. 레드필드가 황제만 된다면……!"

"……큭."

갑작스러운 파벨루크의 웃음에 오펠리아가 하려던 말이 끊겼다.

지금의 파벨루크는 누가 봐도 즐거워서 웃는 게 아니라 간신히 화를 억누르고 있는 느낌이었다. 생각지 못한 그의 반응에 오펠리아가 깜짝 놀랐을 때였다.

파벨루크가 낮게 가라앉은 목소리로 입을 열었다.

"고작 그 머리로 생각해 낸 게 켈트 왕국을 이용해 루퍼드 제국을 장악하는 건가? 그런 방식으론 성공해 봤자 제국의 절반밖에 가질 수 없어. 이 멍청한 계집.”

켈트 왕국에게 도움을 받으면 분명 그들은 어마어마한 대가를 요구할 것이다. 하지만 그걸 감수한다 해도 지금은 완벽한 승리를 거두긴 힘들었다.

칼라일은 황제파 귀족들을 하나로 모았을 뿐만 아니라 모두가 탐을 냈던 크라우스 상단의 힘까지 얻었다.

이젠 칼라일에게서 루퍼드 제국을 온전히 되찾아 오기란 불가능에 가까웠다. 켈트 왕국의 도움을 받아도 기껏해야 루퍼드 제국의 절반밖에 가져오지 못할 것이다.

하지만 짜증스럽게도 이젠 다른 방법이 없었다.

“네년이 애초부터 잘했으면 이런 일이 생기지도 않았겠지. 최소한 지더라도 칼라일에게 치명상은 줬어야 하는 것 아닌가? 지금처럼 일방적으로 밀려 놓고 나한테 감히 살려 달라고 구걸을 해?”

완전히 다른 사람처럼 변한 파벨루크의 태도에 오펠리아는 직감적으로 무언가 잘못되었다는 생각이 들었다.

주춤주춤, 오펠리아가 저도 모르게 뒷걸음질을 치고 있을 때였다.

끼이익, 갑자기 뒤에서 문이 닫히는 소리가 들려왔다. 오펠리아가 반사적으로 고개를 돌려보니, 카사나가 아무도 이곳을 빠져나가지 못하도록 문을 닫는 모습이 보였다.

"너……!"

오펠리아가 경악스러운 표정으로 카사나를 쳐다보았다.

지금까지 단 한 번도 카사나가 자신의 편이 아니라고 생각해 본 적 없었다. 그녀는 아주 오랫동안 오펠리아가 수족처럼 부리던 최측근이었으니까.

그런데 처음으로 카사나의 정체가 의심스러워지는 순간이었다.

딱딱하게 굳어 있는 오펠리아를 향해 카사나가 먼저 빙긋 웃으며 말했다.

"호호호, 이제야 눈치채신 건가요?"

"네, 네가 감히 날 배신해?"

"황후 폐하, 배신이라뇨. 그건 같은 편이었던 사람한테 하는 말입니다. 저는 처음부터 대공 각하의 사람이었는걸요."

"……뭐라고?"

오펠리아는 더욱 놀랄 수밖에 없었다. 그토록 오랜 세월 동안 파벨루크의 첩자가 자신의 곁에 붙어 있는 줄 모르고 지냈다니 믿어지지가 않았다.

조용히 상황을 지켜보고 있던 레드필드도 분위기가 심상치 않다는 걸 눈치채고 두려움에 벌벌 떨고 있었다.

"어, 어머니……."

오펠리아는 칼라일을 피해 파벨루크에게 온 것이 어쩌면 최악의 선택이었는지도 모르겠다는 생각이 들었다. 하지만 후회해 봤자 이미 돌이킬 수 없었다.

스르릉, 파벨루크가 천천히 허리춤에 차고 있던 검을 뽑으며 오펠리아에게 다가왔다.

"켈트 왕국이랑 대체 뭘 그리 속닥거리나 궁금했는데, 죽기 전에 제 발로 찾아와 알려 줬으니 그거 하난 칭찬해 주지."

"루, 루넨 대공, 잘 생각하시게. 어차피 칼라일 아니면 레드필드 둘 중에 황제가 될 터인데……."

"아직까지도 사태 파악이 안 되나? 왜 황제의 자리에 앉을 수 있는 사람이 그 둘밖에 없다고 생각하는 거지?"

"……!"

그 말에 오펠리아의 눈동자가 다시 한 번 크게 뜨여졌다.

여태까지는 당황해서 이 상황의 핵심을 놓치고 있었다면, 지금 파벨루크가 한 말을 듣고 전부 다 깨달을 수 있었다. 파벨루크는 그 긴 시간 동안 발톱을 감춘 채 반역을 꿈꾸고 있었던 것이다.

"왜, 눈앞에 있는 나는 황제의 자리에 어울리지 않다고 생각하나?"

의미심장한 웃음을 지으며 한 발자국씩 다가오는 파벨

루크를 향해 오펠리아가 겁에 질린 목소리로 외쳤다.

"사, 살려 주게. 대공이 하라는 대로 뭐든 다 하겠네."

"그럼 빌어 봐. 한 번 고려해 보지."

오펠리아가 두려움에 가득 찬 표정으로 재빨리 바닥에 무릎을 꿇었다. 그녀로선 누군가에게 이렇게 엎드려 빌어 본 적이 처음이었다.

"내, 내가 안 된다면…… 레드필드만이라도! 이, 이렇게 빌 테니, 제발."

"흐음."

다급한 오펠리아와 달리, 파벨루크는 한 손으로 턱수염을 쓰다듬으며 느긋할 뿐이었다.

잠시 고민하는 듯 보이던 파벨루크가 한쪽 입꼬리를 올리며 웃었다.

"그런데 아무래도 그냥 죽이는 게 낫겠어."

"루, 루넨 대……! 커억!"

촤아아악!

파벨루크의 검이 정확히 오펠리아의 목을 반으로 갈랐다.

그 순간 목덜미에서 피가 분수처럼 뿜어져 나오며, 곧이어 오펠리아의 몸이 힘을 잃고 바닥으로 풀썩 쓰러졌다. 굳이 확인해 보지 않아도 사망했을 게 분명했다.

파벨루크가 쓰러진 오펠리아의 등을 한쪽 발로 누르

며, 피 묻은 검을 그녀의 더러운 하녀 복에다 스윽 닦았다.

"언젠가 그 콧대 높은 얼굴로 내게 사정을 하는 꼴을 보고 싶었지. 뭐, 상상했던 대로 나쁘진 않았어. 켈트 왕국과의 일을 내게 알려 주고 가서 그나마 선처를 베푼 줄 알아."

한때 루퍼드 제국의 양대 산맥이라고 불렸던 오펠리아의 마지막이라고 하기엔 너무나도 초라한 죽음이었다.

파벨루크의 시선이 천천히 레드필드가 있는 곳을 향해 돌아갔다.

"으, 으아아악!"

레드필드는 다리에 힘이 풀렸는지 바닥에 주저앉은 채 발버둥을 치고 있었다. 그의 바지가 축축하게 젖은 걸 보니 오줌을 지린 것 같았다.

파벨루크가 미간을 찡그린 채 나지막이 중얼거렸다.

"쯧쯧, 저런 놈을 황제로 만들겠다고."

애초에 레드필드는 황제감이 아니었다. 그가 여기까지 올 수 있었던 건 순전히 오펠리아의 아들이라는 이유 단 하나 때문이었다.

레드필드는 파벨루크가 뭐라고 말을 꺼내기도 전에 두 손을 싹싹 빌면서 애원했다.

"사, 살려 주세요. 큰아버지."

언제나 거만하게 행동했던 레드필드가 이처럼 단번에 태세를 전환하니 우습기 그지없었다. 하물며 큰아버지라니.

파벨루크나 레드필드는 서로를 단 한 번도 혈연으로 이어져 있다고 생각해 본 적이 없었다. 그것은 꼭 입으로 말하지 않아도 알 수 있는 사실이었다.

파벨루크가 낮게 웃음을 터뜨리며 말했다.

"방금 네 어미가 죽는 걸 두 눈으로 직접 보고도 나한테 사정을 하는 게냐?"

"저, 저는 살고 싶습니다……."

"그래, 넌 이렇게 죽이기가 아깝지."

파벨루크의 말에 한순간 레드필드의 표정이 환하게 변했다.

곧이어 파벨루크가 바깥에 있는 기사들이 들을 수 있도록 큰 소리로 외쳤다.

"밖에 누구 없나?"

그 부름에 카사나가 닫아 놓은 문이 열리며, 순식간에 군기가 바짝 든 기사들 십여 명이 이곳으로 달려왔다.

그들은 바닥에 쓰러져 있는 오펠리아의 시체를 보고도 눈도 하나 꿈쩍하지 않았다.

"부르셨습니까. 각하!"

"레드필드를 끌고 가라. 그리고 세상에서 가장 고통스러운 죽음이 뭔지 알려 줘라."

"네, 명을 받듭니다."

그 말에 레드필드의 안색이 방금 전과 달리 시커멓게 변했다.

기사들에게 양팔을 붙잡혀 끌려가며 레드필드가 소리를 질렀다.

"큰아버지! 살려 주십시오! 저는 쓸모가 많을 것입니다! 제바아아알!"

그가 고래고래 소리를 지르는 통에 파벨루크가 시끄럽다는 듯 새끼손가락으로 귀를 한 번 후비며 말했다.

"가장 먼저 혀를 자르는 게 좋겠다."

"분부대로 하겠습니다."

그렇게 레드필드를 데리고 한 무리가 사라졌다. 파벨루크가 남아 있는 기사들을 바라보며 나지막이 물었다.

"황궁을 떠날 준비는?"

"네, 분부하신 대로 지금 바로 떠날 수 있게 준비를 마쳤습니다."

"이곳이 안정되기 전에 서둘러 가자꾸나. 이젠 더 이상 황궁에 머무를 이유가 없어졌어."

오늘 칼라일과 오펠리아의 싸움에서 승자가 정해졌다. 그건 파벨루크가 가장 원치 않았던 일방적인 승리였다.

새로운 판을 짜려면 지금부터 파벨루크는 바쁘게 움직일 수밖에 없었다.

뚜벅뚜벅, 파벨루크가 바깥으로 걸음을 옮기다가 문득 바닥에 널브러져 있는 오펠리아의 시체를 돌아보며 다시 입을 열었다.

"저건 챙겨라. 나중에 쓸모가 있을 것이니."

"알겠습니다!"

그렇게 파벨루크는 황궁 안이 소란스러운 틈을 타 조용히 움직이고 있었다.

50

새로운 황제

황궁의 가장 큰 홀 안, 현재 그곳에는 갑옷을 입은 수많은 귀족들이 모여 있었다. 그들은 바로 오늘 황궁을 장악하는데 한몫을 한 승리의 주역들이었다.

웅성웅성—

그들이 저마다 오늘 전투에서 벌어진 일들을 이야기하느라 커다란 홀 안이 수군거리는 목소리로 가득 찰 때였다.

“제국의 황태자 전하 드십니다!”

갑자기 칼라일의 등장을 알리는 목소리가 들리자, 거짓말처럼 모두가 동시에 허리를 수그리며 예를 표했다.

쿠웅, 갑옷끼리 마찰하는 소리가 장엄하게 울려 퍼졌다.

"제국의 황태자 전하를 뵙습니다. 루퍼드 제국에 무한한 영광을!"

그들의 우렁찬 인사를 받으며 칼라일이 당당하게 안으로 들어섰다. 칼라일의 바로 옆에는 검은색의 활동복을 입은 이레나가 서 있었고, 그 뒤로는 제너드와 쿤이 그림자처럼 따라 걷고 있었다.

사실 오늘 귀족들에게 가장 많이 언급되고 있는 것 중 하나가 바로 전혀 예상치 못한 이레나의 활약이었다. 이레나가 기사 가문의 영애라는 건 알고 있었지만, 지금까지 아무도 그녀가 그토록 출중한 검술 실력을 지니고 있는 줄 몰랐으니까.

뚜벅뚜벅, 그렇게 모두의 주목을 받으며 칼라일과 이레나가 걸음을 옮겼다.

칼라일의 거침없는 발걸음이 멈춰선 곳은 황금으로 만들어진 황제의 의자 앞이었다. 그 왕좌를 잠시 알 수 없는 눈빛으로 쳐다보던 칼라일이 곧이어 원래 제 자리인 양 자연스럽게 그곳에 앉았다.

정석대로라면 대관식을 치르기 전인 황태자가 앉을 수 있는 자리가 아니었다. 하지만 지금 그런 사실에 반발하는 이는 아무도 없었다.

"축하드립니다! 전하!"

커다란 홀 안에 다시 한 번 귀족들의 목소리가 울려 퍼졌다.

사실상 이미 루퍼드 제국의 황제는 정해진 것이나 다름없었다. 아니, 이젠 하늘이 무너진다고 해도 바뀌지 않을 일이었다.

칼라일은 마치 제 몸에 딱 맞는 옷을 입은 듯, 자연스럽게 홀 안에 모인 귀족들을 내려다보며 나지막이 입을 열었다.

"그럼 회의를 시작하지."

오늘은 루퍼드 제국의 새로운 황제 탄생을 알리는, 그 첫 번째 날이었다.

회의엔 가장 먼저 오늘 벌어진 황궁의 전투로 인해 생긴 크고 작은 피해들이 보고되었다. 사상자와 부상자의 숫자, 그리고 주변 국가들이 황위 다툼을 알고 벌일 수 있는 일들에 관한 내용이 주를 이뤘다.

그렇게 현실적인 문제들을 해결해 나가던 칼라일이 곧 이어 어둡게 가라앉은 눈빛으로 귀족들을 쳐다보며 말했다.

"그런데 왜 아무도 내게 황후와 레드필드에 관한 소식은 전하지 않는 거지?"

"……."

그 질문에 커다란 홀 안이 거짓말처럼 쥐 죽은 듯 조용하게 변했다.

"분명 황후와 레드필드를 생포해서 내 앞에 데려오라고 명령을 내렸을 텐데, 그걸 아무도 수행하지 못한 건가?"

칼라일의 입에선 더 이상 오펠리아에 대한 존칭이 나오지 않았다.

오펠리아는 공식적으로 설리반이 인정한 후계자인 칼라일을 암살하려 했을 뿐만 아니라, 그 틈을 노려 레드필드를 황위로 올리려고 했던 죄인이었다.

거기다 그들이 원래 치러야 할 죗값까지 따지면 아무리 황후였었다고는 하나, 더 이상 존중을 받을만한 대상이 아니었다.

잠시 무거운 침묵이 이어졌다. 하나같이 칼라일의 질책이 무서워서 입을 다물고 있는 것이었다.

그렇게 칼라일의 눈썹이 사납게 일그러지려는 찰나.

케이시 가문의 스미스가 한 발자국 앞으로 나서더니 털썩 무릎을 꿇으며 외쳤다.

"송구하옵니다. 전하. 황궁 전체를 샅샅이 수색했지만 황후와 2황자의 행방을 찾을 수가 없었습니다."

"시작부터 그대들의 무능을 보여 주는 건가?"

언뜻 단조롭게 들리는 말투였지만, 칼라일의 성향을 잘 아는 귀족들은 등 뒤에서 식은땀이 흐를 정도로 긴장했다.

쿠웅, 결국 모두가 스미스의 뒤를 따라 바닥에 무릎을 꿇었다.

"죄송합니다! 전하!"

칼라일은 차갑게 가라앉은 표정으로 귀족들을 쳐다보았다. 오펠리아와 레드필드가 어떤 방법으로 탈출을 시도했든, 그들의 숨이 붙어 있는 한 황궁 바깥으로 빠져나가게 만들어선 안 됐다.

칼라일이 다시 입을 열려고 할 때였다.

끼이이익—

갑자기 회의장의 문이 열리며, 전령이 다급한 표정으로 뛰어 들어왔다.

"황태자 전하께 아뢥니다. 2황자의 시신이 호숫가에서 발견되었다는 소식입니다."

"레드필드의 시신이 발견됐다고?"

순간 칼라일의 푸른 눈동자에 놀란 빛이 감돌았다. 그가 레드필드를 사형하라는 명령을 내리지도 않았는데 죽었다는 건 무언가 이상했다.

놀란 건 칼라일뿐만이 아니었다. 이 회의장 안에 있던 모든 이들이 예상치 못한 소식을 듣고 경악을 금치 못했다.

빠르게 냉정을 되찾은 칼라일이 재차 입을 열었다.

"시체의 상태는? 사망의 이유가 뭐지?"

"그것이…… 처음에는 시체가 너무 훼손이 되어서 2황자인 줄도 몰랐다고 합니다. 눈, 코, 입을 전부 잃었을 뿐만 아니라…… 사지까지 절단된 상태로 발견되었습니다."

이어지는 전령의 보고에 회의장 안은 술렁거리는 목소리가 가득 찼다.

레드필드는 단순한 죽음이 아닌, 누군가에게 고의적으로 살해당한 것이다. 그것도 끔찍한 고문을 받으면서 말이다.

칼라일의 머리가 순간 복잡해졌다.

'대체 누가…….'

거기까지 생각한 칼라일의 머릿속에 떠오른 인물이 있었다.

잠시 뒤로 미뤄 뒀던 존재였다. 일단은 황궁을 먼저 장악하고, 오펠리아와 레드필드를 처리하면 해결하려 했던 숨겨진 적. 바로 파벨루크였다.

칼라일이 아래쪽에 위치하고 있는 제너드를 향해 입을 열었다.

"현재 루넨 대공은 어디 있지?"

칼라일이 파벨루크에 대해 들은 마지막 소식은 황궁의 어딘가에서 머무르고 있다는 것이었다.

제너드가 곧장 대답했다.

"안 그래도 전하께 말씀드리려고 했는데, 황궁 안에 루넨 대공의 모습이 보이지 않는다고 합니다. 그런데 그건 어찌 물으십니까?"

제너드는 파벨루크의 야망에 대해 전혀 모르고 있었기에 갑자기 이런 질문을 받는 것이 꽤나 의아한 듯했다. 하지만 칼라일은 그것을 자세히 설명해 줄 생각이 없었다.

칼라일이 그저 반듯한 이마를 와락 찌푸리며 나지막이 중얼거렸다.

"……한발 늦었나."

칼라일의 시선이 천천히 옆자리에 있는 이레나를 향했다. 이레나 또한 갑작스러운 전령의 보고를 들은 순간부터 표정이 심상치 않게 변해 있었다.

잠시 두 사람이 말없이 서로를 쳐다봤다. 현재로선 칼라일과 이레나만이 미래에 파벨루크가 반란을 일으킬 거라는 걸 알고 있는 유일한 사람들이었다.

'승패가 확실히 결정된 지금 다른 귀족들이 레드필드를 건드렸을 확률은 희박해. 레드필드가 내게 붙잡혔다면 어차피 죗값을 치르게 됐을 테니, 아무리 원한 관계라고 해도 이 상황에서 직접 손을 쓸 이유가 없지.'

누구라도 레드필드를 발견했다면 가장 먼저 칼라일에게 끌고 왔을 것이다. 그래야 새롭게 황제가 될 칼라일에게 공로를 인정받을 수 있었을 테니까.

그리고 설령 누군가 레드필드를 죽이고 싶었다고 해도, 칼라일보다 먼저 발견해서 황궁에서 손을 쓰기란 쉽지 않았다.

살해 동기, 잔인한 방식, 그리고 은밀하게 일을 처리하는 능력까지. 이 모든 것에 부합하는 사람은 단 한 명밖에 없었다.

바로 파벨루크다.

많은 사람들은 황위 다툼을 칼라일과 레드필드가 한 거라고 알고 있었지만, 실상은 파벨루크까지 삼파전이었다.

어떻게 된 경로로 레드필드가 사망했는지는 알 수 없어도 범인을 유추하는 건 그리 어렵지 않았다.

칼라일이 한층 낮아진 목소리로 물었다.

"황후의 시체도 발견됐나?"

"아니요, 전하. 근처를 수색 중입니다만 아직 황후의 시체는 발견되지 않았습니다."

사실 오펠리아가 갖고 있는 권력도 무시할 수준은 아니었지만, 황위 계승권을 가진 레드필드가 없다면 그녀가 할 수 있는 일은 없었다.

더 이상 오펠리아의 행방을 크게 신경 쓸 이유가 사라진 셈이다. 하지만 그렇다고 해서 내버려 둘 생각은 없었다.

칼라일이 냉철한 표정으로 말했다.

“찾아라. 황후가 살아 있든 죽었든, 내 눈앞에 데리고 와.”

그에 대한 대답은 회의장에 소식을 전하러 온 전령이 아닌, 무릎을 꿇고 있는 수많은 귀족들에게서 터져 나왔다.

“네! 전하! 명 받들겠습니다!”

기합이 잔뜩 들어간 그들의 목소리에도 칼라일의 눈빛은 싸늘했다.

“너희들의 무능을 눈감아 주는 건 한 번뿐이다. 내 인내심은 그리 길지 않으니 명심하도록.”

“네! 명심하겠습니다!”

귀족들의 목소리가 함성처럼 어우러졌다.

그렇게 황궁의 주인이 바뀐 지금, 앞으로의 일들을 어떻게 처리할 것인지에 대한 회의는 오랫동안 이어졌다.

* * *

회의가 끝나자 모두 약속이라도 한 듯 녹초가 되어 있었다. 오늘 황궁에서 커다란 전투를 치르기도 했지만, 무엇보다 회의를 주관하는 칼라일의 성격이 호락호락하지 않아서다.

하지만 힘든 것과 반대로 많은 귀족들의 얼굴에는 미약한 기쁨이 어려 있었다. 설리반의 사망 후 오펠리아가 통치하는 루퍼드 제국은 이런저런 문제가 많이 발생됐었다. 그런데 칼라일은 두렵긴 하나 공정하게 일을 처리해 나갔기 때문이다.

그렇게 늦은 시각이 되어서야 회의장을 나온 귀족들이 저마다 뿔뿔이 흩어져 갔다.

이레나도 칼라일보다 먼저 바깥으로 나와 시원한 밤공기를 들이마시고 있을 때였다.

"비전하."

이레나가 자신을 부르는 익숙한 음성에 걸음을 멈추고 뒤를 돌아보았다. 그러자 아주 오랜만에 만나는 아버지, 알포드의 모습이 보였다.

"……아버지."

생각해 보면 이레나와 마주치지는 않았지만, 황제파 가문인 블레이즈가도 당연히 오늘의 전투에 참여했을 터였다.

갑작스러운 만남에 이레나가 잠시 놀란 눈빛으로 알포드를 바라보았다. 알포드는 예의 그 무뚝뚝한 표정으로 이레나에게 가까이 다가오며 재차 입을 열었다.

"아버지라뇨, 비전하가 되셨으니 이젠 블레이즈 경이라고 부르셔야죠."

"아, 그게 적응이 아직 안 돼서……."

이레나가 말꼬리를 흐리며 어색하게 웃었다.

결혼하고도 블레이즈 가문에는 최대한 많이 신경을 쓰고 있었지만, 그래도 예전처럼 가족들의 얼굴을 자주 보기는 힘들었다. 특히나 알포드같은 경우엔 검술 대회에서 잠깐 마주친 이후로 처음이었다.

"그동안 잘 지내셨어요?"

"네, 별다른 일 없었습니다. 제가 이렇게 비전하를 찾아뵌 것은 다름이 아니라 편지에 대한 답을 드리기 위해서입니다."

그 말에 이레나는 그동안 자신이 알포드에게 수차례나 편지를 통해 미라벨의 유학을 주장했었던 게 떠올랐다.

"혹시 미라벨에 관한 말씀이신가요?"

"그렇습니다."

이레나는 긴장한 표정으로 고개를 살짝 끄덕였다.

만약 이 자리에서 알포드가 미라벨의 유학을 반대하면 이레나가 어떻게 대답해야 할지 잠시 머릿속에서 생각을 정리하고 있을 때였다. 그런데 알포드의 입에선 예상과 전혀 다른 말이 흘러나왔다.

"비전하가 권유하신 것처럼 제국이 안정될 때까진 미라벨의 안전을 위해 유학을 보내는 게 더 낫다고 판단했습니다."

“아, 그 말씀은…….”

“네. 비전하께서 행방불명이 되시고 여러 가지로 혼란스러워지자, 얼마 전 미라벨을 서둘러 프리그랑 왕국으로 보냈습니다. 다급히 떠난 터라 미라벨이 도착하면 비전하께 직접 편지를 쓰겠다곤 했지만, 이렇게 마주친 김에 전해 드리는 게 좋을 듯하여 말씀드립니다.”

이레나는 꼬박꼬박 존칭을 쓰는 알포드가 조금 야속하긴 했지만, 그래도 미라벨의 유학을 찬성했다는 건 더없이 좋은 소식이었다.

고지식한 알포드를 설득하기가 쉽지만은 않을 거라 생각했는데, 이번에 루퍼드 제국의 정세가 혼란스러워진 게 이런 부분에선 좋게 작용된 듯싶었다.

이레나의 입가에 감출 수 없는 미소가 떠올랐다.

“미라벨에게 작별 인사를 하지 못한 게 조금 아쉽지만, 그래도 유학을 떠났다니 정말 잘된 일이네요.”

“…….”

알포드는 딱히 대답을 하지 않았다. 그는 아직 미라벨을 유학 보낸 것에 대해 확신이 없는 듯했다.

하지만 파벨루크를 잡지 못한 지금, 미라벨을 멀리 유학 보낸 건 정말로 잘한 행동이었다. 최소한 미라벨의 안전만큼은 확보되었다는 생각에 이레나는 한시름을 놓을 수 있었다.

거기다 가능한 빨리 유학을 떠나고 싶어 했던 미라벨의 바람이 이루어진 것이나 다름없었다.

이레나가 재차 밝은 목소리로 입을 열었다.

"잘 결정하셨어요. 미라벨의 안전을 위해서도 이게 더 나을뿐더러, 누구보다 미라벨이 원한 일이니 응원해 주세요."

"……네."

알포드는 나름 복잡해 보이는 표정으로 대답했다. 그리곤 이내 알 수 없는 시선으로 이레나를 바라보며 조심스럽게 말을 이어 나갔다.

"그런데 비전하, 제가 방금 귀족들에게 이상한 이야기를 하나 들었습니다."

"무슨 이야기죠?"

"다들 비전하께서 뛰어난 검술 실력을 지니고 있다고 하는데…… 이게 대체 어떻게 된 일입니까?"

이레나는 예기치 못한 알포드의 질문에 깜짝 놀라고 말았다.

생각해 보면 이 사실을 알게 된 알포드가 의아하게 여기는 건 당연했다. 당시에 황태자궁의 군사들을 빨리 풀어놓기 위해서 조금은 즉흥적으로 내린 결정이었다. 더구나 오펠리아에게 이미 정체를 들킨 상태라 크게 망설일 이유는 없었다.

하지만 이런 상황까진…… 계산하지 못했던 게 사실이다.

이레나가 그녀답지 않게 잔뜩 당황한 표정으로 횡설수설 말을 내뱉었다.

"그게, 사실 어머니가 기사셨으니 저도 검술을 배우고 싶은 마음이 있었어요. 아버지도 아시잖아요, 제가 어렸을 때 검술을 배우고 싶다고 조른 적이 있다는 걸요."

알포드는 그저 묵묵히 이레나의 해명을 듣고 있을 뿐이었다. 그 무뚝뚝한 시선과 표정에 이레나는 더욱 긴장을 할 수밖에 없었다.

"그래서 그냥…… 몰래 조금씩 배운 게 다예요. 어깨너머로 배운 거라 그렇게 특출한 실력은 아니에요."

"소문이 과장되었다는 말씀이신가요?"

"네, 조금…… 아무래도, 그렇죠."

알포드에게 인정받고 싶은 마음은 굴뚝같았지만, 그렇다고 해서 이레나의 실력을 있는 그대로 드러낼 수는 없었다.

검술을 호신용 수준으로 한다는 것과 수십 명의 적을 한꺼번에 해치울 만큼 뛰어나다는 건 무척이나 큰 차이였다. 더구나 황실의 제 4 기사단장인 알포드가 그러한 차이점을 알지 못할 리가 없었다.

현재 이레나의 실력은 절대로 하루아침에 생길 수 있

는 것이 아니었다. 제대로 설명하려면 저번 생에 있었던 일부터 몽땅 털어놓아야 했는데, 아직은 알포드에게 그걸 밝힐 생각이 없었다.

그리고 알포드가 그 모든 이야기를 듣고 어떻게 반응할지도 조금 무서웠다.

"하지만 제가 듣기론……."

알포드가 뭐라고 말을 하려는 찰나였다.

때마침 회의장에서 나온 칼라일이 이레나를 발견하고 부르는 목소리가 들려왔다.

"부인."

칼라일의 나지막한 목소리에 이레나는 즉각 고개를 돌려 반응했다.

"네, 전하. 금방 가겠습니다."

이레나는 곤란한 상황을 피하기 위해 알포드에게 서둘러 핑계를 댔다.

"저는 전하께서 찾으시니 이만 가 봐야겠어요. 그럼 다음에 또 뵈어요."

"……알겠습니다, 비전하."

알포드는 무언가 할 말이 남은 표정이었지만, 딱히 이레나를 붙잡는다거나 하진 않았다.

이레나는 알포드의 깍듯한 인사를 뒤로 한 채, 재빨리 칼라일에게 걸어갔다.

멀찍이 서 있던 칼라일은 뒤늦게 알포드의 얼굴을 알아보고 이레나에게 물었다.

"이런, 장인어른과 함께 있었던 건가?"

"네. 하지만 지금은…… 서둘러 이 자리를 떠나고 싶어요."

칼라일은 이레나가 어떤 의도로 이런 말을 하는지 몰랐지만, 우선은 고개를 끄덕거리며 재빨리 그녀를 데리고 걸음을 옮겼다.

그렇게 멀어지는 두 사람의 뒷모습을 알포드가 뒤에서 우두커니 바라보고 있었다.

* * *

파벨루크는 루넨 공국에서 데리고 온 수하들을 데리고 황궁을 떠났지만, 그렇다고 그의 세력이 완전히 사라진 건 아니었다. 이레나의 친정 하인으로 잠입해 있는 바토리가 남아 있었으니까.

지금 바토리의 손에는 파벨루크가 마지막으로 남기곤 간 명령서가 들려있었다.

[황태자를 죽여라.]

황제가 될 칼라일을 암살하라는 건 무척이나 어려운 요구였다. 하지만 성공하기만 한다면 그만큼 달콤한 보상을 받게 될 것이다.

바토리는 진중한 눈빛으로 종이를 바라보다가 이내 익숙하게 입 안으로 집어넣어 증거가 남지 않도록 삼켜 버렸다.

"……이번에야말로 제대로 공을 세울 때가 된 건가."

바토리처럼 신분이 천하지만, 능력이 출중한 사람은 성공하기 위해 독해질 수밖에 없었다.

바토리가 파벨루크를 따르는 이유는 여러 가지가 있었지만, 그중에 가장 큰 것은 바로 그가 반란을 일으키려고 하기 때문이었다. 하늘이 바뀌어야 바토리의 신분도 세탁할 수 있을 테니까.

불현듯 얼마 전 파벨루크에게 들었던 말이 떠올랐다.

—네가 그만한 공을 세운다면 장군이 아니라 그보다 더한 자리도 주겠다.

어차피 바토리가 원하는 미래를 얻으려면 이레나의 일거수일투족을 감시하는 단순한 임무만으로는 어림도 없었다.

"내가 장군이 된다라……."

바토리의 입가에 맺힌 웃음이 점점 짙어졌다.

분명 쉽지 않은 임무였지만, 그렇다고 해서 불가능한 건 아니었다. 파벨루크가 오래전에 바토리에게 주었던 블러드 암살단 1개 조원 모두가 현재 아무도 모르게 황궁에 침투된 상태였으니까.

바토리는 황궁 생활을 하면서 아주 천천히 자신의 수하들을 잠입시켰다. 그동안 이런 일이 생길 것을 대비한 것이다.

그리고 지금 이 순간, 바토리는 드디어 자신이 준비해 왔던 모든 것을 걸어야 할 때가 찾아왔다는 걸 깨달았다. 칼라일 암살은 바토리에게 위험한 임무이자, 동시에 절호의 기회였으니까.

* * *

칼라일의 대관식은 이른 시일 안에 이루어졌다. 루퍼드 제국의 황제 자리를 오랫동안 비워 놓을 수 없었기 때문이다.

서둘러 준비한 대관식은 제국의 가장 큰 성당 안에서 치러졌다. 권위 높은 성직자가 대관식을 주관하였고, 루퍼드 제국의 모든 귀족들이 한자리에 모여 그 규모는 성대하기 그지없었다.

뚜벅뚜벅, 칼라일과 이레나는 붉은 카펫이 깔린 길을 따라서 성직자가 서 있는 가장 높은 황제의 자리를 향해 걸어갔다.

그렇게 성직자의 바로 앞까지 간 둘은 나란히 섰다. 그러자 루퍼드 제국의 관례에 따라 성직자가 칼라일과 이레나에게 차례로 왕관을 씌워 주었다.

곧이어 성직자의 목소리가 성당 안에 웅장하게 울려 퍼졌다.

"이로써 제국의 13대 황제로 칼라일 반 데미트리 루퍼드가 즉위하였음을 알리는 바이오."

만천하에 칼라일이 황제가 되었음을 공표하는 순간, 귀족들이 일제히 허리를 수그리며 입을 모아 외쳤다.

"제국의 황제 폐하와 황후 폐하를 뵙습니다! 루퍼드 제국에 무한한 영광을!"

이레나는 이 모든 장면들을 감회에 젖은 표정으로 바라보고 있었다.

저번 생에선 설리반의 뒤를 이어 반란을 일으킨 파벨루크가 차지했던 자리였다. 그런데 이번엔 칼라일이 당당하게 되찾은 것이다.

이레나는 자신도 모르게 옆자리에 서 있는 칼라일의 얼굴을 물끄러미 쳐다보았다. 정돈된 머리카락, 시리도록 푸른 눈동자, 올곧게 뻗은 콧날, 그리고 그 아래에 존재하는 굳게 다물린 입술까지.

그 흠 잡을 데 없는 외모만큼이나 칼라일은 마치 모두의 정점에 서 있는 게 당연하게 느껴지는 남자였다.

그리고 이 아름다운 포식자가……

바로 이레나의 남자였다.

칼라일은 곧 이레나의 시선을 눈치챘는지 슬쩍 고개를 돌렸다. 두 사람의 시선이 허공에서 마주치자, 칼라일의 사나운 눈매가 거짓말처럼 부드럽게 휘며 웃음기를 머금었다.

이레나는 왠지 이 순간 경이롭다는 생각이 들었다.

지금까지 겪었던 고생들이 주마등처럼 머릿속에 스치며, 칼라일과 함께 여기까지 올 수 있었단 사실이 무척이나 감사하게 느껴졌다.

이레나가 그를 향해 입 모양만으로 말을 건넸다.

'사랑해요.'

갑작스러운 이레나의 고백에 칼라일이 미간을 찡그리며 못 참겠다는 듯 낮게 웃었다.

곧이어 칼라일이 이레나를 향해 고개를 기울이며 대답했다.

"나도 사랑해, 부인."

대관식이 끝나고 저녁에 성대한 연회가 열렸지만, 칼

라일은 딱 최소한의 인사만 끝내곤 서둘러 침실로 향했다. 이레나는 다짜고짜 잡아끄는 칼라일에게 끌려가며 약간 어리둥절한 상태였다.

그렇게 다급히 침실로 향하는 두 사람에게 근처에 있던 하녀들이 재빨리 고개를 숙이며 정중하게 인사를 건넸다.

"제국의 황제 폐하와 황후 폐하를 뵙습니다. 루퍼드 제국에……."

칼라일이 그 인사말을 끊으며 나지막한 목소리로 명령했다.

"내일까지 침실 근처에 아무도 들이지 마라."

"네, 폐하."

이레나는 말간 눈동자로 칼라일을 바라보며 의아하게 물었다.

"카릴, 어째서……."

"몰라서 묻는 건가? 지금부터 남들에게 들키면 곤란한 짓을 할 거거든."

말과 동시에 칼라일의 정염에 쌓인 눈동자가 힐끔 이레나를 향했다. 그리곤 한층 더 가라앉은 목소리로 말을 이었다.

"당장이라도 둘러업고 가고 싶은 걸 애써 참고 있다는 걸 알아줬으면 좋겠군."

“……!”

노골적인 칼라일의 말에 순식간에 이레나의 얼굴이 붉게 물들었다. 이제야 이레나는 왜 이렇게 칼라일이 서둘러 침실로 향하는지 알아차린 것이다.

방금 전과 확연하게 달라진 이레나의 얼굴색을 바라보며, 칼라일이 못 참겠다는 듯이 낮게 웃음을 터뜨렸다.

“……정말이지, 가끔은 부인의 생각이 너무 얼굴에 드러나서 미칠 것 같아.”

“카릴! 앗!”

한발 앞서 걸어가던 칼라일이 살짝 상체를 굽히는 듯싶더니, 곧장 이레나의 가느다란 허리를 한 손에 쥐고 어깨에 들쳐멨다. 생각지 못한 행동에 깜짝 놀란 이레나가 버둥거리면서 외쳤다.

“사, 사람들이 보면 어떻게 하려고…….”

“이제 한계야. 너무 귀여운 부인의 탓이라고.”

그렇게 칼라일은 다급한 걸음걸이로 이레나를 업고 침실로 향했다.

달칵, 침실의 문이 닫히는 순간이었다.

칼라일은 곧바로 이레나를 내려놓으며 잠시도 쉴 틈 없이 입술을 부딪쳤다. 마치 지독한 갈증을 해소하려는 듯 진한 입맞춤이었다.

오늘따라 칼라일의 키스는 무척이나 저돌적이어서 이

레나는 진심으로 이대로 잡아먹힐지도 모르겠다는 기분이 들 정도였다.

이레나는 자신이 어느 순간 침대로 옮겨졌는지 알 수가 없었다. 그저 등 뒤로 닿는 폭신한 감촉을 느끼며 자신의 몸이 침대에 다다랐다는 사실만 짐작할 뿐이었다.

그렇게 정신없이 서로를 탐하던 찰나, 불현듯 이레나의 눈에 무언가가 들어왔다.

바로 소파가 있던 자리가 휑하게 변한 것이었다.

"카릴, 소파는 언제 치운 거예요?"

"내가 말했을 텐데, 대관식을 치르면 소파부터 불태울 거라고."

"진심이었어요?"

"당연하지. 난 농담을 모르는 남자라고."

칼라일이 픽 하고 웃으며 이레나의 이마에 부드럽게 입을 맞추었다.

"오늘이야말로 부인과 계약했던 대로 뜨거운 밤을 보낼 차례군."

"하지만 그건 이미……."

칼라일과 이레나는 처음의 계약과 달리, 벌써 동굴 안에서 첫날밤을 치른 후였다. 그뿐만 아니라 그날 이후에도 시시때때로 격정적인 밤을 보내는 통에 이레나의 체력이 갈수록 떨어지고 있는 상황이었다.

그런데도 칼라일은 천연덕스러운 표정으로 이렇게 말했다.

"처음이든 두 번째든 그게 중요한 건 아니잖아, 계약은 계약이니까. 부인도 오늘 성실하게 임해 줄 각오는 되어 있겠지?"

"그런……."

이레나가 이건 사기라고 외치려고 했지만, 눈치 빠른 칼라일이 재빨리 그녀의 입술을 덮어 버렸다.

이제 이레나의 약한 지점을 파악한 칼라일의 손길은 처음보다 훨씬 능수능란하게 움직였다. 칼라일의 애무는 집요하기 그지없어서 이레나는 머리부터 발끝까지 그의 사랑을 넘치도록 받을 수 있었다.

금세 뜨겁게 달아오른 이레나가 흐릿한 시선으로 칼라일을 쳐다볼 때였다.

칼라일이 만족스러운 포식자 같은 미소를 지으며 나지막이 말을 이었다.

"대관식을 치를 때부터 계속 부인을 갖고 싶다는 생각만 했어."

"읏, 공사를, 구분하셔야죠."

"요즘엔 여자 하나 때문에 나라를 망가뜨린 황제들의 마음이 이해가 돼."

"무슨 그런 말씀을……."

이레나가 당황한 표정으로 칼라일을 쳐다보자, 그가 낮게 웃음을 흘리며 그녀의 눈가에 입술 도장을 찍었다. 사랑스러워서 못 견디겠다는 칼라일의 시선을 받고 있자니, 이레나의 가슴 또한 봄바람이 불어오듯 간질거렸다.

그렇게 두 사람 사이에 더 이상의 대화는 이어지지 않았다. 남아 있는 밤은 무척이나 길었지만, 칼라일은 그 모든 시간 동안 이레나를 놓아줄 생각이 없었으니까.

* * *

칼라일이 즉위한 지 한 달이란 시간이 지났다.

이레나는 요즘 때늦은 신혼 생활에 흠뻑 빠져 있는 중이었다. 그가 눈만 마주치면 이레나를 데리고 침실로 가려고 하는 통에 그동안 곤혹스러웠던 적이 한두 번이 아니었다.

매일 새벽부터 일어나 아침 운동을 하던 이레나가 이제는 오후가 돼서야 눈을 뜰 정도로 격렬한 나날들이었다.

오늘도 언제나처럼 늦게 눈을 뜬 이레나가 거울을 들여다보며 단장하고 있을 때였다. 문득 어젯밤 잠자리에서 칼라일과 나눈 대화가 떠올랐다.

—카릴, 조금 자제하는 게 좋겠어요. 요즘 황제궁에서 일하는 하녀들을 보기가 민망할 정도라고요.

—부인, 거울을 좀 봐. 이렇게 예쁜 그대를 곁에 두고 나보고 어떻게 참으라는 거지?

그 말과 함께 칼라일의 입가에 걸린 짓궂은 미소가 생각나서 이레나는 괜스레 얼굴이 뜨겁게 달아오르는 것 같았다.

불현듯 이레나는 거울에 비친 자신의 모습을 바라보았다. 거울 속에 눈부신 금발 머리를 늘어뜨리고 앉아 있는 여인은 생기발랄한 피부에 초롱초롱한 붉은 눈동자를 빛내고 있었다.

분명 자신이 기억하는 저번 생의 마른 나뭇가지처럼 메마른 모습과는 달랐다.

이레나가 보기에도 지금 거울 속에 보이는 자신의 모습은 사랑을 듬뿍 받고 있는 여자의 얼굴이었다.

옆에서 이레나의 머리를 빗질해 주던 하녀 메리가 점점 빨갛게 달아오르는 그녀의 뺨을 바라보며 의아하게 물었다.

"황후 폐하, 혹시 무슨 불편한 거라도 있으세요?"

"아니, 아무것도 아니야. 그냥 좀…… 왠지 쑥스러워서."

의미를 알 수 없는 이레나의 대답에 메리가 재차 질문을 던지려고 할 때였다.

벌컥, 마침 파우더 룸의 문이 열리며 유모가 안으로 들어왔다.

"황후 폐하, 크라우스 가문의 해리 도련님이 찾아오셨습니다."

"그래. 곧 나갈 테니 응접실로 안내해 줘."

"네, 폐하."

오늘은 저번에 에반스를 만나게 도와준 것에 대한 보답으로 해리와 함께 점심 식사를 하기로 약속한 날이었다.

메리가 서둘러 머리 손질을 마무리해 주자, 이레나는 거울 속에 화려하게 치장된 자신의 모습을 바라보며 자리에서 일어섰다.

과거와 달라진 이 행복한 얼굴이, 이제는 진짜 이레나였다.

잠시 후, 이레나가 응접실 안으로 들어서자 해리가 자리에서 일어나 깍듯하게 예를 표했다.

"황후 폐하를 뵙습니다. 루퍼드 제국에 무한한 영광을."

"인사는 그만 됐으니, 편히 앉으세요."

"네, 황후 폐하."

해리는 특유의 능청스러운 표정을 지으며 다시 자리에 앉았다.

이레나가 해리에게 물었다.

"혹시 오늘 점심으로 먹고 싶은 게 있나요?"

"폐하께서 주시는 거라면 뭐든 좋지만, 이왕이면 해산물보단 고기류가 좋겠습니다."

해리가 본인이 원하는 바를 정확하게 표현하자, 이레나의 얼굴이 알게 모르게 밝아졌다.

이레나가 황후가 된 다음에 가장 많이 듣는 말이 '괜찮습니다'였다. 뭐든 괜찮다고 대답하는 사람들 덕분에 이레나는 골치가 아플 지경이었는데, 해리가 이렇게 솔직하게 말해 주니 오히려 마음이 편했다.

"좋은 대답이에요. 앞으로도 꼭 그렇게 소신껏 말해 주세요."

"그건 제 전문이니 걱정 마십시오. 폐하."

이레나가 빙긋 웃으면서 테이블 위에 있는 종을 흔들었다. 그러자 응접실 바깥에서 대기하고 있던 하녀가 잽싸게 안으로 들어왔다.

"네, 부르셨습니까?"

"오늘 점심은 스테이크로 준비해 줘."

"바로 주방에 전달하겠습니다. 황후 폐하."

그렇게 명령을 받은 하녀가 예의 바르게 허리를 숙이며 곧바로 응접실 밖으로 사라졌다.

다시 응접실에 단둘만 남게 되자, 이레나가 해리를 향해 말했다.

"그러고 보니 제가 고맙다는 말을 하지 못한 것 같아요. 크라우스 경을 설득할 수 있게 도와줘서 고마웠어요."

"아닙니다. 저는 미약한 도움을 드린 것일 뿐, 할아버지의 마음을 움직인 것은 바로 황후 폐하이십니다."

이레나는 에반스의 과거를 몰랐기에 도통 그가 어떤 부분에서 마음을 바꿨는지 여전히 알지 못했다. 하지만 지금 해리가 하는 말이 지나친 겸손이란 건 알았다.

"그 미약한 도움이 없었다면 전 크라우스 경을 만날 기회조차 잡을 수 없었겠죠. 제가 진 빚은 잊지 않고 있을 테니, 나중에 도움이 필요하면 언제든 말하세요."

"하하, 그리 말씀하시니 사양은 하지 않겠습니다."

호쾌한 해리의 웃음을 바라보며 이레나도 절로 희미한 미소를 지었다.

이레나가 막상 황후라는 자리에 앉아보니 생각보다 아첨을 하는 자들이 많았다. 누구에게 쉽게 속마음을 터놓을 수 없었는데 오랜만에 해리를 보니, 왠지 마음이 개운해지는 기분이었다.

이레나가 해리를 흐뭇하게 바라보다가, 이내 문득 떠오른 생각에 다시 입을 열었다.

"아, 혹시 요즘 루넨 공국에 대해 들은 것은 없나요?"

그 질문에 해리의 표정이 조금 어둡게 변했다.

칼라일이 즉위한 지 한 달이란 시간 동안 루넨 공국은 루퍼드 제국의 휘하에서 벗어나 독립적인 국가로 인정받기 위해 노력하고 있었다.

그들이 내세우는 명분은 칼라일이 부모와 형제를 죽인 패륜아라는 것이었다.

루넨 공국은 오펠리아가 살해당한 시신을 증거 삼아, 레드필드를 잔인하게 죽인 범인이 칼라일이라고 누명을 씌웠다. 덕분에 요즘 가장 큰 고민이 바로 루넨 공국에서 벌어지는 일들이었다.

"제가 알고 있는 이야기들은 이미 황후 폐하께서도 다 알고 계실 겁니다. 혹시 새로운 이야기가 들리면 전해 드리겠습니다."

"……그래요."

이레나는 황궁으로 돌아와서 행복한 나날들을 보내고 있었지만, 그렇다고 파벨루크에 대한 긴장을 늦춘 것은 아니었다. 파벨루크와 제대로 매듭을 짓지 못했으니 언제라도 다시 사건이 벌어질 것이다.

거기까지 생각이 들자 이레나의 붉은 눈동자가 순간

어둡게 가라앉았다. 하지만 이내 그러한 감정을 감추고 이레나가 다시 밝게 입을 열었다.

"크라우스 경은 무탈하신가요?"

"네. 할아버지야 뭐, 너무 정정하셔서 탈이지요."

그렇게 이레나와 해리가 사소한 이야기들을 나누고 있자니, 황궁 주방장이 손수 준비해 준 점심 식사가 차려졌다.

하녀들이 부지런히 움직이며 이레나와 해리 앞에 갖가지 요리와 식기들을 완벽하게 세팅해 놓았다.

간단한 애피타이저를 먹은 이레나가 막 스테이크를 썰어서 입 안에 넣으려던 찰나였다.

"……욱."

갑자기 밀려드는 메스꺼운 느낌에 이레나가 다른 손으로 서둘러 입가를 가렸다. 요즘에 자꾸 무언가에 체한 것처럼 속이 좋지 못했다.

이레나가 미안한 기색으로 해리를 바라보며 입을 열었다.

"미안해요, 요즘 속이 좀 안 좋아서…… 우웁."

갑자기 스테이크 냄새가 너무 역하게 느껴져서 이레나가 저도 모르게 몇 번이나 헛구역질을 하고 있을 때였다.

그 모습을 걱정스럽게 바라보고 있던 해리가 무언가를 깨달은 듯 놀란 표정을 지어 보였다.

"황후 폐하, 제가 이런 말씀을 드려도 될지 모르겠습니다만……."

"괜찮으니 말해 보세요."

"……혹시 임신하신 게 아닌가요?"

"뭐라고요?"

당사자인 이레나가 더욱 놀란 표정으로 해리를 쳐다보았다. 그러고 보니 이번 달에 찾아왔어야 할 월경이 없었다.

전혀 생각지 못한 사실을 깨달은 이레나의 입이 서서히 벌어졌다.

'설마…….'

이레나의 시선이 아직은 평평한 자신의 아랫배로 향했다.

* * *

황궁의 회의장.

오늘도 평소처럼 수많은 귀족들이 한자리에 모여 루퍼드 제국에서 벌어진 크고 작은 일들을 논의하고 있었다. 최근에 유독 회의가 많아진 이유는 바로 루넨 공국 때문이었다.

"루넨 공국에서 자꾸만 황제 폐하에 대한 유언비어를

퍼뜨리고 있습니다. 서둘러 이에 대한 대책을 마련해야 합니다."

"그러게나 말입니다. 대공의 이미지가 워낙 좋아서 제국민들 사이에 퍼진 소문이 쉽게 사그라지지 않고 있습니다."

칼라일은 가만히 왕좌에 앉아서 쉴 새 없이 떠드는 귀족들을 무감각한 눈빛으로 쳐다보고 있었다.

사실 그는 황제로 즉위하자마자 파벨루크를 잡으러 루넨 공국으로 쳐들어갈 속셈이었다. 그런데 파벨루크는 영리하게도 칼라일에 대한 악소문을 퍼뜨리며, 그가 함부로 루넨 공국을 공격하지 못하도록 만들었다.

당장 병력으로만 따지자면 황제가 된 칼라일이 훨씬 막강했지만, 지금 루넨 공국을 짓밟으면 세간에 떠도는 헛소문이 사실이라고 인정하는 것밖에 되지 않았다.

그래서 칼라일은 섣불리 움직이지 못하고 있었고, 귀족들도 지금 출병하는 것을 반대하고 있는 상황이었다.

'내가 루넨 공국을 칠 거라고 예상하진 못했을 텐데, 그런데도 이렇게 나오는 걸 보면 황제가 된 나와 전면전을 벌이겠다는 건가?'

칼라일은 얼마 전 이레나에게 저번 생에 관한 이야기를 듣고 파벨루크를 죽이겠다고 결심을 굳힌 상태였다. 그런데 그러한 사실을 전혀 모르는 파벨루크가 지금처럼 대놓고 적의를 드러낸다는 건 두 가지의 경우 중 하나였다.

첫 번째는 그만큼 믿을 만한 구석이 생겼거나, 두 번째는 더 이상 자신의 야망을 감출 이유가 사라진 것이다.

그 이유가 정확히 무엇인지는 모르겠지만, 칼라일이 오펠리아를 압도적으로 이긴 이상 파벨루크도 치밀하게 작전을 세워서 움직이고 있을 게 분명했다. 어지간한 방법으로는 이 상황에서 칼라일을 이기기란 쉽지 않을 테니까.

어찌 됐든 칼라일의 입장에선 무척이나 골치가 아파진 게 사실이다.

'……얌전히 죽어 주었다면 좋았을 텐데.'

그렇게 칼라일은 잠시 혼자만의 생각에 빠졌지만, 그의 귀에는 여전히 웅성거리는 귀족들이 목소리가 끊임없이 들려왔다.

칼라일이 나지막이 입을 열었다.

"그만."

짧은 말 한마디에 거짓말처럼 회의장 안이 조용하게 변했다.

칼라일은 대화를 멈춘 귀족들을 내려다보며 다시 말을 이었다.

"주제에서 벗어난 논쟁은 그만두지. 루넨 공국이 무슨

짓을 하든 변하지 않는 건 조만간 내 손에 처참하게 무너질 거라는 사실이다."

칼라일의 위협적인 발언에 귀족들은 새삼 놀란 듯했다. 하지만 칼라일의 말은 거기서 끝이 아니었다.

"지금 중요한 건 언제, 어디서, 어떻게, 그들을 무너뜨릴지 시기를 정하는 것뿐이야."

과정이 문제였지 결과는 달라지지 않았다. 칼라일은 이 대륙에서 루넨 공국이라는 이름을 아예 지워 버릴 생각이었다.

파벨루크의 목숨은 당연히 빼앗아야 했지만, 그뿐만 아니라 루넨 공국이란 흔적조차 남겨 두고 싶지 않았다.

이유는 간단했다. 이레나에게 안 좋은 기억을 떠올리게 할 이름을 굳이 내버려 둘 까닭이 없었으니까.

파벨루크의 처단과 동시에 루넨 공국은 새로운 이름으로 바뀌게 될 것이다.

"그러니 경들이 의논해야 할 건 루넨 공국에서 퍼뜨린 헛소문을 수습하는 게 아니라, 언제 전쟁을 일으켜야 가장 피해를 입지 않고 깔끔하게 끝낼 수 있는지다."

그 말에 케이시 가문의 스미스가 조심스럽게 입을 열었다.

"하지만 폐하, 헛소문을 처리하지 않은 채 전쟁을 일으키시면 그것을 믿는 무리들이 생길 것입니다. 그렇게 되면 나중에 폐하에 대한 오명이 후대에 남을지도…….”

“내 사후에 누가 뭐라고 떠들든 상관없어. 어차피 내가 살아 있는 동안엔 아무도 함부로 입을 놀리지 못할 테니까.”

칼라일의 말뜻은 무척이나 오만했다. 그런데도 그와 동시에 강한 카리스마가 느껴졌다.

회의장 안이 다시금 조용하게 변할 때였다.

지금까지 묵묵히 듣고만 있던 에반스가 처음으로 입을 열었다.

“폐하, 소신에게 좋은 방법이 하나 있습니다. 이번 기회에 차비를 들이시는 게 어떻겠습니까?”

전혀 생각지도 못한 제안에 모든 귀족들의 시선이 에반스에게로 몰렸다. 그러자 에반스는 자신의 주장을 설명하듯 계속해서 말을 이어 나갔다.

“루넨 공국과 맞닿아 있는 변방에 막스 백작 가문이 있다는 걸 아실 겁니다. 워낙 대공과 친밀한 사이를 유지하고 있는 자라 현재 병력을 움직이지 않고 있는 상태이고요.”

그 말에 여러 귀족들이 고개를 끄덕이며 경청했다.

“만약 폐하께서 막스 백작가의 영애를 차비로 맞이하신다면, 폐하의 결혼식으로 인해 제국민들의 관심도 돌릴 수 있고 막스 백작가의 강력한 군사력도 얻을 수 있는 일석이조의 효과를 보실 수 있을 겁니다."

에반스의 말이 끝나자 주변에서 '오오' 하며 감탄을 내뱉었다. 그만큼 누가 들어도 절묘한 대책이었다.

그의 의견대로 막스 백작가와 혼사가 성사된다면 파벨루크를 상대하는데 발생되는 여러 가지 문제를 한꺼번에 해결할 수 있었다.

거기다 아직 칼라일의 뒤를 이을 후계자가 없었기 때문에 안 그래도 최근 귀족들 사이에서 차비를 들여야 된다는 목소리가 나오고 있는 추세였다.

"대단하십니다. 크라우스 경, 어떻게 그런 생각을 하셨습니까?"

"황제 폐하, 크라우스 백작의 말대로 하시면 될 것 같사옵니다."

귀족들은 입에 침이 마르도록 칭찬을 쏟아 냈지만, 정작 칼라일의 표정은 싸늘하게 식어 있었다.

시간이 지나도 칼라일이 아무런 반응도 없자, 무언가 이상하다는 것을 눈치챈 귀족들이 서둘러 입을 다물었다.

그렇게 한동안 무거운 침묵이 회의장 안을 감돌았다.

칼라일이 어둡게 가라앉은 눈동자로 바짝 긴장하고 있는 귀족들을 바라보며 입을 열었다.

"……근래에 차비를 들이라는 요구를 몇 번 받았지. 그때마다 대답하긴 했지만, 이 기회에 확실하게 밝힐 테니 똑똑히 들어."

왠지 살벌해진 분위기에 몇몇 귀족들이 마른침을 넘기는 소리가 생생하게 들려왔다.

"난 지금의 황후 말고 그 누구도 내 비로 들일 생각이 없다."

칼라일의 선언에 모두의 눈동자가 약속이라도 한 것처럼 경악으로 물들었다. 지금껏 루퍼드 제국의 역사상 단 한 명의 부인만 둔 황제는 없었다.

곧 정신을 차린 케이시 가문의 스미스가 재빨리 입을 열었다.

"폐, 폐하, 그러시면 후계의 문제도 그렇고…… 만에 하나 폐하께서 잘못되시기라도 한다면……."

"뭐가 문제지? 황제의 자리에 앉고 싶어 하는 이들이 넘쳐나는 마당에."

칼라일의 거리낌 없는 말투에 오히려 귀족들이 더 놀라고 말았다.

루퍼드 제국은 세습제였다. 부모가 귀족이면 자식도 귀족이고, 작위며 영토며 그대로 물려받는 게 당연했다. 그러니 가진 게 많은 사람일수록 그것을 물려줄 후계자를 갖고 싶어 했다. 하물며 그게 황제라면 말할 필요도 없었다.

그런데 칼라일은 자신이 후계자가 없이 죽었을 경우 친척들 중 누구에게 황위가 가도 상관없다고 밝힌 것이다.

이건 정말이지, 상상을 초월하는 일이었다.

모두 놀란 표정으로 멍하니 칼라일을 바라다보고 있을 때였다.

오직 칼라일만이 아무렇지 않은 얼굴로 나지막이 말을 이어 나갔다.

"두 번 말 안 할 테니 모두 명심하도록 해. 내가 황제로 있는 한 이레나는 나의 유일한 비다. 만약 그녀가 죽는다면…… 앞으로 우리 제국에 황후는 없을 거다."

칼라일의 충격적인 발언에 모두 벌린 입을 다물지도 못했다. 아무도 차마 반박조차 하지 못한 채 딱딱하게 굳어 있을 때였다.

폭탄선언을 하고도 홀로 태연한 표정으로 생각에 잠겼던 칼라일이 픽 하고 웃으며 말했다.

"하지만 크라우스 경의 의견은 나쁘지 않았다. 굳이 혼사가 아니더라도 곧 막스 백작가의 지지를 얻어 내도록 하지."

칼라일은 이제 회의를 끝내려는 듯 왕좌에서 일어났다. 그리곤 뚜벅뚜벅, 바깥으로 걸음을 옮기며 아직까지 충격에서 헤어나지 못한 귀족들을 향해 마지막 말을 남겼다.

"모두 그렇게 알고, 오늘은 이만 해산하지."

콰앙, 칼라일이 나가고 회의장이 문이 닫혔지만 한동안 아무도 입을 여는 사람이 없었다. 그런데 문득 누군가가 큭큭거리며 낮게 웃음을 토해 내는 소리가 들려왔다.

그자는 바로 에반스였다.

처음에 차비를 들이라고 주장한 건 바로 그이면서, 에반스는 뭐가 그리 즐거운지 기꺼운 표정으로 중얼거렸다.

"……두 분의 애정 행각이 아주 낯 뜨겁구만그래."

에반스가 생각하기에 가장 적절한 방안을 내세운 건 사실이다. 하지만 한편으론 이레나에 대한 칼라일의 애정을 시험해 보려는 마음도 있었다. 그런데 생각지도 못하게 한 방 먹은 느낌이었다.

불현듯 예전에 이레나가 에반스에게 했던 말이 떠올랐다.

—만약에 전하가 다른 여인을 들인다고 해도 상관없습니다. 왜냐면 전하가 그만큼이나 고민을 해서 내린 결정이라는 걸 믿으니까요.

그때 이레나가 말한 내용과 방금 전 칼라일이 내뱉은 말이 겹쳐서 떠올랐다.

참, 대단한 부부였다.

에반스가 저도 모르게 흐릿한 미소를 지으며 생각했다.

'황후 폐하께서 속상하실 만한 일은 아예 벌어지지도 않을 것 같습니다.'

잔인하기로 유명한 루퍼드 제국의 황제가 이렇게 일편단심이 될 거라고 그 누가 상상이나 했을까?

오죽하면 눈으로 직접 보고도 에반스조차 믿기지 않을 지경이었다.

그래서일까. 이런 진귀한 광경을 목격하고 나니, 새삼 이레나를 선택해 칼라일을 황제로 만들길 잘했다는 생각이 들었다.

* * *

이레나는 자신이 임신했을지도 모른다는 것을 깨닫고 굉장히 혼란스러운 상태였다.

이런 일을 대비해 황궁으로 돌아와서는 계속 피임을 했었는데, 칼라일과 처음 이어졌던 동굴 안에서는 아무런 준비도 할 수 없어서 그대로 관계를 가졌던 게 사실이다.

'그럼 그때 생긴 걸까?'

물론 피임을 한다고 해서 백 퍼센트 임신 확률을 막는 것은 아니었다. 이레나는 점점 깊어지는 고민에 이내 절레절레 고개를 흔들었다.

'아직 확정 짓지 말자. 확실하게 결과가 나온 것도 아니니까.'

이레나는 이미 아무도 모르게 의사를 불러서 진찰을 받은 상태였다. 하지만 황실의 핏줄은 간단한 검사로 확인이 불가능했다. 그래서 황가에만 존재하는 특수한 임신 테스트기를 사용했는데 하루라는 시간이 지나야지만 정확한 결과를 알 수 있었다.

아무것도 몰랐을 때는 그런 검사가 막연히 특이하다고 생각했는데, 이제 와 돌이켜보면 드래곤의 피가 섞였기 때문에 보통 아이와 다른 듯싶었다.

이레나는 마음이 초조했지만 당장 어떻게 할 수 있는 게 아니었기에 가능한 한 침착하려고 노력하는 중이었다.

그때였다.

끼이익, 방문이 열리는 소리에 이레나가 무심코 고개를 돌려 보니 칼라일이 성큼성큼 안으로 걸어오는 모습이 보였다.

"카릴……."

가까이 다가온 칼라일은 등 뒤에 감추고 있던 무언가를 불쑥 이레나의 앞으로 내밀었다.

하얀색의 들꽃이 한 움큼 그의 손에 들려 있었다.

"……이게 뭐예요?"

이레나가 놀란 표정으로 들꽃을 받아 들자, 칼라일이 눈가를 부드럽게 누그러트리며 다정한 목소리로 말했다.

"오는 길에 보이기에, 부인이 좋아할 것 같아서."

"설마, 직접 꺾은 거예요?"

"당연히 부인한테 선물할 건데 내 손으로 해야지."

"제국의 황제가 이런 걸 하면 어떻게 해요."

이레나는 짐짓 칼라일을 나무라는 말을 내뱉으면서도 저도 모르게 흐릿한 웃음을 지었다. 칼라일이 뒤에 주렁주렁 수하들을 이끌고 혼자서 들꽃을 꺾는 모습이 자연스럽게 상상이 되었기 때문이었다.

칼라일이 꽃을 들고 웃고 있는 이레나의 이마에 입을 맞췄다.

"부인이 이렇게 웃을 줄 알았으니까."

그 말에 결국 참지 못한 이레나가 풋 하고 작게 웃음을 터뜨리고 말았다. 분명 방금 전까지는 머릿속이 혼란스럽기 그지없었는데, 칼라일의 등장만으로도 고민이 사라진 기분이었다.

이렇게나 사랑스러운 남자의 아이였다. 아직 파벨루크를 완전히 해치우지 못한 게 마음에 걸렸지만, 아이가 생긴 것만 따지고 보면 순수하게 기뻐할 만한 일이었다.

이레나가 자신이 임신을 했을지도 모른다는 사실을 밝히려는 찰나였다.

칼라일이 먼저 입을 열었다.

"내가 며칠 황궁을 비워야 할 것 같아."

"무슨 일 있어요?"

"아무래도 막스 백작가에 직접 방문을 해야 할 것 같거든."

"아!"

이레나는 곧바로 무슨 뜻인지 알겠다는 듯 고개를 끄덕거렸다. 현재 루넨 공국과 가까이에 위치한 막스 백작 가문이 협조적으로 나오고 있지 않다는 걸 그녀도 알고 있었다.

"워낙 촉박한 일정이라 같이 가면 힘들 거야. 그러니 부인은 황궁에 남아서 편히 쉬고 있어."

"……그럴게요."

이레나는 어쩌면 자신이 임신했을지도 모른다는 사실을 알기에 함부로 강행군을 따라가겠다는 말을 할 수 없었다.

"언제 출발하실 예정이에요?"

"부인에게 작별 인사만 하고 바로 떠날 생각이야."

"……그렇군요."

"그 꽃이 시들기 전에는 돌아오지."

이레나는 임신에 대한 이야기를 꺼내려다가 이내 생각을 바꿨다.

내일 의사에게 확실한 진단 결과를 듣고 난 뒤 말해도 늦지 않을 것이다. 아직 정확하지도 않은 일을 가지고 괜히 먼 길을 떠나는 칼라일의 마음을 심란하게 만들고 싶지 않았다.

이레나가 아무렇지 않은 척 빙긋 웃으면서 입을 열었다.

"조심해서 다녀오세요. 카릴."

어차피 고작해야 며칠이었다. 칼라일이 공식적으로 막스 가문을 방문하는 거라면 그를 호위하는 기사들 또한 넘쳐날 텐데, 그 짧은 기간 안에 무슨 일이 벌어질 거라고는 생각할 수 없었다.

칼라일이 아쉽다는 듯 이레나의 가느다란 허리를 끌어안았다. 그리곤 그녀의 어깨에 고개를 묻으며 나지막이 말했다.

"……내가 보고 싶어도 조금만 참아."

"카릴이야말로요."

그 말에 칼라일이 픽 하고 바람 빠지는 웃음소리를 냈다.

"그래, 사실 내가 부인이 보고 싶어서 못 견딜까 봐 걱정이야."

그대로 이레나를 가만히 끌어안고 있던 칼라일이 곧 굳센 팔을 풀고 나지막한 목소리로 말을 이었다.

"그럼, 다녀올게."

이레나는 작게 고개를 끄덕거렸다.

불현듯 뒤돌아서는 칼라일의 모습이 꿈결처럼 아련하게 느껴졌지만, 이레나는 그저 헤어짐에 대한 아쉬움이라고만 생각했다.

51

제발, 무사해 줘

다음 날, 아침 해가 떴다.

이레나는 속으로 '그러지 말아야지' 하면서도 새벽부터 일어나서 임신 결과를 초조하게 기다렸다. 너무 긴장을 해서인지 아침 식사를 먹는 둥 마는 둥 겨우 끝냈을 때였다.

의사는 이레나의 애타는 기다림을 알았는지, 결과가 나오자마자 곧장 황후궁으로 달려와서 보고를 올렸다.

"축하드립니다, 황후 폐하."

"아……."

"임신입니다! 어서 황제 폐하께도 이 기쁜 소식을 알리십시오."

이레나는 멍한 표정으로 고개만 끄덕였다. 어제부터 임신을 했을지도 모른다고 생각은 하고 있었지만, 막상 정말로 임신이라는 결과를 들으니 조금은 충격이었다.

이레나가 무의식적으로 아랫배를 쓰다듬으며 생각에 잠겼다.

'……정말로 이 안에 아이가 있다는 건가?'

뭔가 말로 표현할 수 없는 이상한 기분이 들었다. 이걸 신기하다고 해야 할지, 아니면 겁이 난다고 해야 할지…… 정확하게 정의할 수 없는 굉장히 복잡하고 오묘한 감정이었다.

하지만 결론적으로 말하자면 싫지 않았다. 예정에 없던 아이이긴 했으나, 칼라일과 자신의 사이에서 생긴 아이였다. 사랑하는 남자의 아이를 임신한 게 기쁘지 않을 리 없었다.

의사가 밝은 표정으로 재차 말했다.

"제가 지금 당장 가서 이 기쁜 소식을 모두에게 전하겠습니다."

"아, 아니에요. 지금은 폐하께서 잠깐 황궁을 비우신 터라 나중에 돌아오시면 제가 직접 말씀드리죠. 그리고 귀족들에게는 그 후에 전달하는 게 좋을 것 같군요."

"아, 네. 소신의 생각이 짧았습니다. 황후 폐하의 뜻이 그러하다면 기꺼이 따르겠나이다."

의사가 마치 제 일처럼 기뻐하는 모습을 보고 있자니, 이레나도 점차 긴장하던 마음이 풀리고 이성적인 생각이 돌아왔다.

"그때까진 제 임신 사실을 모두에게 비밀로 해 주세요."

"네, 황후 폐하. 일단 제가 돌아가자마자 몸에 좋은 보약을 지어 올릴 테니 이제부턴 꼬박꼬박 드셔야 합니다."

"알겠어요. 그러도록 하죠."

"그럼 소신은 이만 물러갈 테니, 푹 쉬시면서 안정을 취하십시오."

"여기까지 오느라 수고했어요."

의사가 밖으로 나가자 지금까지 곁에서 대화를 듣고 있던 유모와 메리가 믿기지 않는다는 표정으로 다가왔다.

유모가 가장 먼저 눈시울을 붉히면서 감격에 겨운 목소리로 말했다.

"어느새 폐하가 이렇게 자라서 임신을 하다니, 소인 정말 감개무량합니다."

메리 역시 손뼉을 치며 기뻐했다.

"너무 축하드려요, 폐하. 제가 어젯밤 좋은 꿈을 꾸었는데 이런 일이 있을 거라고 미리 알려 주는 거였나 봐요."

두 사람의 뜨거운 축하를 받으면서 이레나가 쑥스러운 표정으로 대답했다.

"모두 고마워. 하지만 일단은 우리끼리만 알고 있는 비밀로 해 줘."

그 말에 유모와 메리가 동시에 입을 열었다.

"알겠습니다. 황후 폐하."

이레나는 칼라일도 이 갑작스러운 소식을 알게 되면 지금의 두 사람처럼 기뻐해 줄까, 조금은 걱정이 되었다.

그는 겉으로 표현하지는 않았지만 저주받은 황가의 피 때문인지 딱히 자신의 아이를 원하지 않는 분위기였다.

물론 이레나를 닮은 아이라면 사랑스러울 거라는 말을 한 적은 있었지만, 그 말을 반대로 해석하면 칼라일 본인을 닮은 아이는 원하지 않는다는 뜻이었다.

'……난 카릴을 닮은 아이가 더 갖고 싶은데.'

칼라일과 똑같은 푸른 눈동자를 가진 사내아이가 태어난다면 이레나는 굉장히 기쁠 것 같았다. 물론 그 전에 해결해야 할 문제가 남아 있었지만 말이다.

만약 칼라일처럼 드래곤의 피를 많이 물려받은 사내아이가 태어난다면, 열 살 전후로 이상 현상이 나타날 것이고 그럴 경우엔…… 끔찍하지만 인간의 피를 먹어야 했다.

설령 운이 좋아 이레나의 아이는 평범하게 태어날지라

도, 앞으로 계속되는 황가의 굴레를 벗어날 수는 없었다.

이레나는 가능하다면 이 저주를 완전히 끊어 내고 싶었다. 하지만 지금은 마음만 앞설 뿐, 그것에 대해 알아낸 게 아무것도 없는 상황이었다.

원래는 이 부분에 대해 정확히 조사를 마친 후, 임신을 계획하려고 했다. 그러나 일이 이렇게 된 이상 모든 일정을 앞당기는 수밖에 없었다.

잠시 혼자서 생각에 잠겼던 이레나가 자리에서 벌떡 일어났다. 그러자 옆에 있던 메리가 깜짝 놀라서 입을 열었다.

"폐하, 이제 홑몸도 아니신데 조심해서 움직이셔야죠."

그에 질세라 유모도 서둘러 메리의 말에 맞장구를 쳤다.

"메리 말이 맞습니다. 이제부턴 걷는 것도 조심하셔야 합니다."

임신 사실을 알고 확연히 달라진 두 사람의 태도에 이레나는 희미한 미소 짓고 말았다.

"알겠어, 알겠어. 조심하도록 할게."

이레나가 책상 앞으로 가서 앉자, 유모가 빠르게 담요를 가지고 와서 그녀의 무릎 위에다 덮어 주었다.

"배를 따뜻하게 하시는 게 좋아요."

"시녀장님, 저는 그럼 따뜻한 차를 내오겠습니다."

메리는 시키지 않았는데도 불구하고 이레나가 마실 차를 타러 부리나케 바깥으로 나갔다.

유난을 떠는 두 사람을 보며 이레나는 괜스레 행복감에 젖었다. 지금 배 속에 있는 아이가 태어나면, 이렇게나 사랑해 줄 사람들이 넘쳐난다는 생각이 들어서였다.

이레나에겐 더 이상 저주받은 황가의 핏줄이라는 건 중요하지 않았다. 확실한 건, 이 아이는 사랑받아 마땅하다는 사실이다.

이레나는 천천히 펜을 들어 아스타 상단에게 편지를 썼다.

[소문에 드래곤을 모시는 부족이 있다는 얘기를 들었어요.

그에 대해 자세히 알아봐 주셨으면 좋겠네요.

비밀에 싸인 그들이 어디에 머무는지, 혹시 접촉할 방법은 없는지요.

시간을 다투는 일이라 동일한 내용을 크라우스 상단에도 의뢰할 생각이에요.

먼저 알려 주시는 쪽에게 크게 포상을 내리겠습니다.]

현재 아스타 상단은 이레나에게 루퍼드 독점 교역권을 얻고 크게 성장을 하고 있었다.

그런 아스타 상단과 크라우스 상단을 동시에 움직였는데 이 대륙에서 알아내지 못할 일은 없었다. 잘만 된다면 이레나는 생각보다 빠르게 결과를 받아 볼 수 있을지도 모른다.

'……저주에 대해 뭐라도 알아낼 수 있으면 좋겠는데.'

일단은 드래곤을 신성시하며 신처럼 모시고 있는 부족부터 파고들 생각이었다. 워낙 베일에 싸인 이들이었지만 접촉할 수만 있다면 무언가 정보를 얻을 수 있을지도 몰랐다.

이레나는 그렇게 당장 할 수 있는 일들부터 차근차근 처리해 나갔다.

며칠이란 시간은 순식간에 지났다.

이레나의 입덧은 점점 심해졌지만, 외관상 크게 달라진 부분은 없었다. 하지만 속마음조차 겉모습처럼 태연한 것은 아니었다.

가능하다면 한시라도 빨리 칼라일을 만나 솔직하게 임신 소식을 전하고, 그의 단단한 품에 안겨 안정을 취하고 싶었다.

메리가 그런 이레나의 심정을 간파했는지, 시키지 않

았는데도 칼라일에 대한 소식을 전해 주었다.

"현재 황제 폐하께서는 황궁으로 복귀하는 중이라고 하십니다. 아마 내일쯤에는 도착하실 듯한데, 혹시 조금 더 빨리 보고 싶으시다면 저희가 마중을 나가는 게 어떨까요?"

"내가 마중을?"

"네. 황제 폐하께서 지나가시는 장소에 저희가 미리 도착해 있으면 오늘 저녁에는 뵐 수 있을 테니까요."

메리의 의견은 꽤 좋은 생각이었다.

누군가에겐 고작 하루의 차이라고 할 수도 있겠지만, 이레나는 그 짧은 시간이라도 단축하고 싶은 마음이 컸다.

칼라일이 떠나기 전에 농담처럼 자신이 보고 싶어도 참으라고 했었는데, 이제 보니 그 말이 틀리지 않았다.

이게 이레나가 참을 수 있는 한계인 듯싶었다.

'예전에는 카릴 없이 어떻게 살았는지…….'

지금 돌이켜 보면 칼라일을 만나기 전이 까마득하게 느껴질 정도였다. 이레나는 저도 모르게 피식 실소를 머금으며, 이내 메리를 향해 확고한 표정으로 고개를 끄덕거렸다.

"그래. 폐하를 마중 나가자꾸나."

"역시나 많이 보고 싶으셨던 거지요? 매일 저 화병에

꽂아 둔 들꽃만 바라보고 계시는 걸 제가 진즉에 눈치챘답니다."

어쩐지 놀리는 듯한 메리의 말에도 이레나는 딱히 반박할 수가 없었다. 지금 메리가 하는 말이 다 사실이었으니까.

칼라일이 떠나기 전, 들꽃을 주고 가며 남긴 말처럼 저 꽃이 시들기 전엔 돌아오겠지라고 막연하게 기다리고 있었다.

이레나가 쑥스러운 표정으로 나지막이 대답했다.

"그래, 메리 네 말이 다 맞아. 그러니 어서 폐하를 보러 가자."

"헤헤, 네! 그럼 제가 전령을 보내 황후 폐하께서 마중을 나가실 거라고 미리 전달해 놓겠습니다."

칼라일에게 소식을 전하지 않고 가면 깜짝 놀라게 해 줄 수 있었지만, 서로 엇갈리지 않기 위해선 미리 통보를 하는 게 안전했다.

이레나도 고개를 끄덕이며 말했다.

"그러는 게 좋겠다. 황궁 생활을 오래 했더니 메리 너도 이제 베테랑이 다 됐네."

"그럼요. 앞으로 황후 폐하를 계속 모시려면 소인이 이 정도는 해야죠."

"든든하구나."

기특한 메리의 말에 이레나는 희미한 웃음을 지었다.

그렇게 이레나와 메리, 그리고 수십 명의 호위 기사들이 칼라일을 마중하러 황궁 바깥으로 나왔다.

막스 가문이 있는 북쪽 방향에서 황궁으로 돌아오려면 기필코 지나야 하는 길목이 있었다. 양옆으로 높은 절벽이 있는 샛길이었는데, 이쪽 길을 통하는 게 가장 빨리 황궁으로 복귀할 수 있는 지름길이었다.

칼라일 역시 오늘 이 길을 지날 예정이었고, 이레나도 그를 마중하기 위해 그 절벽의 근처로 이동하는 중이었다. 사전에 전혀 계획하지 않았던 갑작스러운 외출이었다.

달그락, 달그락.

이레나의 마차가 기사들의 호위를 받으며 지나가자, 길을 지나던 제국민들이 일제히 고개를 숙이며 인사를 올렸다.

이레나의 예민한 청각에 언뜻 몇몇 사람들이 말하는 목소리가 들려왔다.

"그런데 아까도 황후 폐하의 행차가 있었던 거 아닌가?"

"그러게나 말일세. 뭐, 행렬이 긴 모양이지."

이레나는 마차의 창밖으로 희미하게 들리는 사람들의

말소리를 의아하게 생각하다가 이내 대수롭지 않게 넘겼다.

어쩌면 호위 기사들 몇몇이 앞서 길을 확보했을지도 모른다. 그리고 그 모습을 봤다면 충분히 나올 수 있는 말이었으니까.

그렇게 얼마나 지났을까.

조금은 황량한 목적지에 도착하자, 기사들이 순식간에 천막을 쳐서 이레나가 편안히 쉴 수 있도록 해 주었다.

이레나가 아늑한 천막 안으로 들어서며 빙긋 웃었다.

"모두 고생했네요. 덕분에 여기서 편히 기다릴 수 있겠어요."

"별말씀을요, 그럼 쉬십시오. 황후 폐하."

호위 기사들이 깍듯하게 인사를 하고 나가자, 이 천막 안에는 이레나와 메리 단둘만 남았다.

처음엔 이곳에서 오붓하게 칼라일이 도착할 때까지 기다릴 생각이었지만, 장시간 마차를 타고 이동해서인지 갑자기 이레나의 속이 거북해졌다.

"우웁!"

딱히 먹은 게 없는데도 이레나가 헛구역질을 하자, 옆에서 메리가 걱정스러운 표정으로 그녀의 등을 토닥거려 주었다.

"폐하, 괜찮으세요?"

"난 괜찮으니 걱정…… 욱!"

"안 되겠어요. 폐하, 물이라도 좀 드셔 보세요. 속을 진정시켜야 할 것 같은데……."

이레나가 조금 창백해진 얼굴로 고개를 저었다.

"아니야. 잠깐 바깥바람을 쐬면 나아질 것 같구나."

임신을 하니 언제부턴가 냄새에 민감해져서 천막 안의 공기가 조금 텁텁하게 느껴졌다.

이레나의 요구에 메리는 서둘러 고개를 끄덕였다.

"네. 그럼 근처를 잠깐 산책하러 갈까요?"

"그래."

무엇보다 이런 이레나의 모습을 칼라일이 도착하자마자 본다면 걱정을 할 것 같았다.

이레나와 메리는 입구를 지키고 있던 호위 기사 두 명만 데리고, 잠깐 근방을 산책하다 다시 천막 안으로 돌아오기로 했다.

그렇게 해가 저물어 어둑어둑해져 가는 한적한 길을 걷고 있을 때였다.

이레나는 새삼 이곳의 지형이 꽤나 위험하다는 생각이 들었다.

'절벽 사이로 난 좁은 길이라 만약 누군가 위에서 공격을 하면 속수무책으로 당할 수밖에 없겠어.'

물론 그런 일이 벌어지기란 쉽지 않았다. 여긴 황궁과

멀지 않은 곳이었기에 허가도 없이 사람들이 몰린다면 금방 소식이 전해질 터였다.

이레나는 그저 이곳의 지형을 기억해 두었다가 혹시 필요한 일이 생기면 이용해야겠다고 혼자서 생각하고 있을 때였다.

수군수군.

갑자기 어디선가 남자들의 목소리가 들려왔다. 이레나가 있던 천막과는 전혀 다른 방향이라 그녀를 지키는 호위 기사들이라곤 생각할 수 없는 위치였다.

그래서일까.

이레나는 왠지 불길한 기분이 들었다.

이레나의 옆에서 걷던 메리도 근처에서 사람들의 말소리를 들었는지 의아한 표정으로 입을 열었다.

"엇? 저기에……."

"쉿—"

이레나가 한 손가락을 세워 입가로 가져갔다. 그러자 눈치 빠른 메리가 서둘러 양 손바닥으로 자신의 입을 막으며 알겠다는 듯 고개만 위아래로 끄덕거렸다.

이레나를 따라온 호위 기사 두 명도 무언가 이상한 낌새를 눈치챘는지, 서로 수신호를 주고받으며 사방을 경계했다.

이레나는 문득 이곳으로 올 때 사람들이 '아까도 황후

폐하의 행차가 아니었나?'라고 수군거리던 말이 떠올랐다. 그래서인지 수상한 음성을 허투루 넘길 수가 없었다.

'……혹시 모르니까.'

그렇게 이레나와 메리, 두 명의 호위 기사는 정체불명의 목소리가 들리는 방향으로 발소리를 죽인 채 가까이 접근했다.

곧이어 그들이 대화를 나누는 목소리가 점점 또렷하게 귓가에 들려왔다.

"곧 황제가 이곳을 지난다고 하니, 모두 각자의 위치로 움직여."

"단장이 황후의 친정 하인으로 잠입해 있어서 생각보다 쉬웠네. 아무도 우리가 이쪽으로 이동하는 걸 의심하지 않았으니 말이야."

"친정 하인이라는 게 황후의 직속이라는 느낌이라 누구라도 쉽게 믿을 수밖에 없지."

이레나는 전혀 생각지도 못한 대화 내용을 엿듣고 머릿속이 혼란스러워졌다.

'저게 도대체 무슨 말이지?'

지금 저들이 말하는 황후의 친정 하인이란 게 대체 누구를 가리키는 건지 알 수 없었다. 그리고 이곳에서 뭘 계획하고 있는지도 말이다.

하지만 하나 확실한 건, 정체불명의 이들이 칼라일을

노리고 있다는 사실이다.

'서둘러 이 사실을 알려야 해.'

이레나와 호위 기사들의 마음이 통했는지 허공에서 눈이 마주쳤다.

서로 조용히 고개를 끄덕이며 방금 전 이레나가 머물던 천막으로 가서 다른 기사들에게 이 소식을 전하려 할 때였다.

바스락, 뒤로 물러나던 메리가 바닥에 있는 나뭇가지를 밟았다.

그 자그만 소리를 귀신같이 감지해 낸 정체불명의 괴한들이 동시에 이레나가 있는 방향으로 고개를 돌리며 크게 외쳤다.

"거기 누구냐!"

자신의 잘못을 알아챈 메리의 안색이 시커멓게 변했다.

하지만 이미 벌어진 일이었다. 위치를 들킨 마당에 더 이상 숨어 있을 순 없었다.

호위 기사 두 명이 재빨리 허리춤에 차고 있던 검을 뽑아 들고 괴한들을 향해 달려나갔다. 갑작스러운 그들의 등장에 정체불명의 괴한들도 눈을 빛내며 재빨리 공격 태세를 취했다.

이레나 또한 발목에 차고 있던 자그마한 단검을 꺼내

다가오는 괴한들을 상대해 나가기 시작했다. 메리가 그녀의 뒤편에 서서 어쩔 줄 몰라 하는 표정으로 입을 열었다.

"죄송해요. 저 때문에……."

"메리야, 내 뒤에 바짝 붙어 있어야 해. 안 그러면 지켜주기 힘드니까."

"네, 폐하."

메리도 더 이상의 짐이 되고 싶진 않았는지, 눈물을 머금으면서도 이레나의 곁에서 떨어지지 않으려고 노력했다.

이레나는 등 뒤에 있는 메리를 지키면서 빠르게 괴한들의 숫자를 세었다.

'하나, 둘, 셋…… 일곱.'

한 무리가 움직이고 있다고 생각하긴 했지만, 막상 정확한 숫자를 세어 보자 예상보다 더 많은 인원에 막막한 기분이 들었다.

더군다나 아까 그들의 대화를 유추해 봤을 때, 근처에 같은 패거리가 더 있을 확률이 높았다.

그리고 문제는…….

이 일곱 명 모두가 하나같이 뛰어난 훈련을 받은 특급 살수들이라는 점이었다.

차앙, 이레나가 자그만 단검으로 자신에게 쏟아지는

공격을 막아서며 재빨리 날렵한 발차기로 상대를 가격했다. 하지만 상대방 또한 양팔을 교차해 전방으로 날아온 이레나의 공격을 막아 냈다.

눈 깜짝할 사이에 몇 차례의 공격을 주고받았다.

짧은 시간이었지만 이레나는 이들이 호락호락하지 않다는 것 정도는 충분히 짐작할 수 있었다.

그때였다.

"크윽!"

앞서 괴한들과 상대하던 호위 기사 중 한 명이 배에 검을 맞고 힘없이 바닥으로 쓰러지는 모습이 눈에 들어왔다.

이레나를 따라온 호위 기사들도 실력이 출중했지만, 수적으로 너무 불리한 상황이라 결국 밀릴 수밖에 없었다.

이레나도 그런 호위 기사들을 도와주고 싶은 마음이 굴뚝같았지만, 지금은 이쪽도 전혀 여유가 없는 상황이었다.

괴한 중 한 명이 메리를 공격하려고 다가가는 걸 포착한 이레나가 재빠르게 그쪽으로 몸을 돌렸다.

쉬이이익!

순식간에 허공으로 솟구친 이레나가 괴한의 가슴팍을 발로 내리치고는 연이은 동작으로 손에 들고 있던 단검을 괴한의 목덜미에다 박아 넣었다. 마치 고양이를 연상시키게 하는 유연하고 날렵한 움직임이었다.

하지만 이대로 버티는 데 한계가 있다고 판단한 이레나가 서둘러 메리를 돌아보며 입을 열었다.

"메리! 네가 어서 가서 다른 사람들에게 이 사실을 알려!"

"폐, 폐하는요?"

"나는 알아서 할 테니, 빨리."

메리는 내키지 않는다는 듯 입술을 질끈 깨물었지만, 이내 이곳에서 자신이 할 수 있는 게 없다는 걸 깨닫고 천막이 있는 방향으로 뛰기 시작했다.

그런 메리의 움직임을 눈치채고 막으려는 괴한들이 있었지만, 이레나의 방해에 누구도 그녀를 쫓아갈 수 없었다.

어느새 주위를 돌아보니 처음에 이레나와 같이 왔던 호위 기사 두 명은 이미 싸늘한 시체가 되어서 바닥에 쓰러져 있었다.

으득, 이레나는 울렁거리는 속을 어금니를 꽉 깨물고 참았다. 그리곤 싸늘하게 눈앞에 남아 있는 괴한들을 노려보았다.

처음엔 일곱 명이었던 괴한들의 숫자가 이제는 네 명으로 줄어들어 있었다.

괴한들 역시 이레나의 뛰어난 검술 실력에 무척이나 혼란스러운 듯 보였다.

"칫, 골치 아프게 됐네."

그들은 분하다는 표정을 지어 보였지만, 그중 한 명이 시간을 확인하며 곤란하다는 듯 말했다.

"더 늦으면 황제를 놓치게 돼. 여기서 더는 지체할 수 없다."

"빌어먹을. 어쩔 수 없나."

그들은 자기들끼리 뭔가 알 수 없는 대화를 주고받았다. 그리곤 짜증 난다는 시선으로 이레나를 쳐다보며 나지막이 말했다.

"……달고 가자."

이레나는 뜻 모를 그들의 말에 궁금증을 느낄 수밖에 없었다.

"지금 뭐 하자는……!"

하지만 이레나의 말은 끝까지 이어지지 않았다. 그들의 생각지도 못한 행동 때문이었다.

괴한들 네 명은 서로 눈짓을 주고받더니, 이레나를 이곳에 둔 채 제각각 어딘가로 흩어지기 시작했다.

'……뭐지?'

단순히 도망을 친다고 보기에는 이레나와 싸울 마음이 사라진 건 아닌 것 같았다. 그렇다면 이레나를 상대하는 것보다 더욱 급한 일이 있다는 건데…….

이레나가 그들의 뒤를 쫓아갈 확률이 있는데도 불구하고 그것을 무시한 채 가야 할 만큼 급한 일이란 게 대체 뭘까?

이레나는 궁금증이 들었지만 어차피 지금 당장은 답을 알 수 없었다. 하지만 뭐가 됐든 칼라일과 연관된 일이란 것만은 확실했다.

이레나는 붉은 눈동자를 날카롭게 빛내며, 어딘가로 황급히 이동하고 있는 괴한들의 뒤를 재빠르게 추적해 갔다.

'누가 놓칠 줄 알고.'

그렇게 괴한 한 명의 뒤를 은밀하게 쫓아온 이레나는 눈앞에 벌어진 광경을 보고 입을 벌릴 수밖에 없었다.

'……말도 안 돼.'

지금 이레나가 서 있는 위치는 절벽의 가장 높은 곳이었다. 그리고 그곳엔 커다란 바위들을 줄로 묶어서 고정시켜 놓고, 언제라도 아래로 떨어트릴 수 있도록 장치를 해 놓은 게 보였다.

이레나는 이제야 괴한들이 시간에 맞춰 움직이려고 한 의미를 깨달았다.

그들은 칼라일이 절벽 아래를 지나갈 때를 노려서 정

확한 타이밍에 바위를 아래로 떨어트리려고 한 것이다. 그것도 한 번에 동시다발적으로 떨어트려서 칼라일이 미처 피하지 못하고 죽을 수밖에 없도록.

그때 이레나의 눈에 누군가의 모습이 들어왔다.

'저자는…….'

붉은 머리에 웃는 인상을 한 남자, 블레이즈 저택에서 자신에게 천연덕스럽게 인사를 하던 모습이 생생히 떠올랐다.

바로 바토리였다.

이레나는 바토리를 확인하자마자 방금 전 괴한들이 말했던 '황후의 친정 하인'이 누구를 가리켰던 건지 알아차렸다.

'그가 첩자였나.'

적을 근처에 두고도 못 알아봤다는 사실에 이레나의 표정이 어둡게 변했다.

그때였다. 방금 전 이레나와 싸웠던 괴한 중 한 명이 바토리에게 다가가 뭐라고 보고를 하는 모습이 보였다.

둘이서 무슨 이야기를 나눴는지 곧이어 바토리가 크게 웃었다. 그리곤 누구라도 들을 수 있게끔 큰 목소리로 외쳤다.

"황후 폐하, 여기 어딘가에 계십니까? 그렇다면 좋은 명당으로 자리 잡으십시오. 황제께서 죽는 모습을 곧 보여드릴 테니 말입니다. 하하하."

그 말에 이레나가 저도 모르게 주먹을 세게 말아 쥐었다.

바토리가 이런 일을 꾸미고 있다는 걸 지금이라도 발견해서 다행이었지만, 이건 이레나의 부주의로 인해 벌어진 부분도 있었다.

바토리는 이레나의 친정 하인이라는 직위를 이용해 이런 일을 벌였고, 덕분에 사람들의 의심을 피할 수 있었을 것이다.

이레나가 이곳으로 행차했을 때 제국민들이 나누던 대화나 괴한들끼리 한 이야기만 들어봐도 충분히 짐작이 가능했다.

'무슨 수를 써서라도 막아야 해.'

눈앞에서 칼라일이 위험에 처했다는 걸 알게 됐는데 두 손 놓고 보고 있을 수만은 없었다.

가능한 한 빨리 호위 기사들이 합류해 주기를 바랐지만, 만약 그들이 늦는다면 이레나 혼자서라도 어떻게든 움직여야 했다.

그렇게 이레나가 초조하게 상황을 지켜보고 있을 때였다.

누군가 절벽 위로 헐레벌떡 뛰어오며 바토리에게 보고했다.

"황제가 근처에 다다랐다고 합니다."

바토리가 야망에 찬 눈을 빛내며 근처에 있는 블러드 암살단 모두에게 명령을 내렸다.

"모두 준비해라."

"네! 단장님!"

제각각 위치를 잡고 있던 그들이 움직이려는 찰나였다.

타다다다다닥!

더 이상 숨어 있을 수 없다고 판단한 이레나가 재빨리 그들이 자리 잡고 있는 곳으로 달려 나갔다. 그리고 이런 최악의 상황이 닥칠 것을 대비해 계산해 둔 가장 좋은 위치를 선점했다.

바로 이 중에 제일 큰 바위가 묶여 있는 지점이자, 주변의 몇 개의 바위들과 연결이 되어 있는 중요한 곳이었다.

이레나의 모습에 바토리가 입가에 비웃음을 머금으며 입을 열었다.

"우선 황제부터 보내드리고 난 뒤에 상대해 드리려고 했는데, 그새를 못 참고 나오셨습니까?"

"감히 누굴 마음대로 보내 드린다 만다 지껄이는 거지? 미리 말하는데 날 이곳까지 끌어들인 걸 후회하게 될 거야."

이레나가 천천히 손에 쥐고 있던 단검을 세워 멀리 있는 바토리를 향해 겨누었다. 그를 가만두지 않겠다는 경고가 담긴 행동이었다.

그들의 계획이 치밀하고 완벽한 건 사실이다. 하지만 동시다발적으로 바위를 굴리게 하기 위해선 각자 맡은 역할이 있을 테고, 그중에 일정 부분 인원수가 비어 버리면 빈틈이 생기기 마련이다.

그래서 조금 전 이레나에게 세 명의 괴한들이 죽었으니, 더 이상의 빈자리가 생기면 불리하다고 판단했던 것이다.

지금은 이레나를 죽이는 것보다 칼라일의 목숨을 빼앗는 게 훨씬 더 급한 상황.

방금 전 그들은 여러 가지를 고려해 봤을 때 이레나와의 싸움으로 피해를 감수하는 것보다, 차라리 그녀를 끌고 이곳까지 오는 것을 안전하다고 생각했을 게 분명했다.

하지만 그건…….

'너희들의 가장 치명적인 실수가 될 거야.'

어떻게든 이레나의 발목을 붙잡고 이곳을 들키지 않게 노력을 했으면 모를까. 이레나에게 직접 이런 장면을 목격하게 한 이상 결코 바토리의 뜻대로 흘러가도록 내버려 두지는 않을 것이다.

이레나의 자신만만한 태도에 바토리가 기가 차다는 듯 대꾸했다.

"저희 인원수가 몇 명인 줄 아십니까? 아무리 황후 폐하께서 뛰어난 검술을 지녔다고 해도 우리를 막을 수 있을 거라 보십니까?"

파벨루크가 만든 블러드 암살단은 하나같이 엄청난 실력자들만 모여 있었다. 그중 1개 조 전원이 참석한 장소에서 이레나가 할 수 있는 일은 지극히 미비했다.

그랬기에 바토리나 다른 수하들도 이런 장소를 들키고도 딱히 대수롭지 않게 생각한 것이었다. 절대로 막지 못할 거라는 자신이 있었으니까.

하지만 그 말에 이레나가 씨익 웃으면서 나지막이 입을 열었다.

"누가 막는다고 했지?"

"뭐……?"

바토리가 뭔가 의아하다고 생각하기도 전이었다.

이레나가 손에 들고 있던 단검을 빠르게 던져서 어딘가를 맞췄다.

쉬이이이익—

타앙!

이레나가 던진 단검은 정확히 바위를 묶어 놓은 줄 하나를 끊어 냈다.

그 덕분에 위치상 가장 멀리에 떨어져 있는 바위가 흔들거리더니 곧이어 절벽 아래로 굴러 내려가기 시작했다.

우덩텅텅텅.

묵직한 소리만 들어도 무척이나 위협적이었다.

처음엔 이레나가 벌인 행동을 이해하지 못했던 바토리가 곧이어 무언가를 알아차리고 안색이 새하얗게 질렸다.

"이, 이……!"

이레나의 입가에 달린 웃음이 짙어졌다. 칼라일이 곧 이 길을 지나갈 거라고 했으니, 눈앞에서 바위가 떨어지는 모습을 본다면 뒤로 후퇴할 게 뻔했다.

적절한 시기에 맞춰서 칼라일에게 떨어트려야 하는 바위를 이레나가 먼저 선수를 쳐 버린 것이다. 바로 칼라일에게 경고를 하기 위해서.

전혀 생각지 못한 이레나의 행동에 바토리의 얼굴이 분노로 시뻘겋게 달아올랐다.

이레나가 그 모습을 보며 태연하게 웃었다.

"어쩌지. 이젠 폐하께서 이 길이 위험하다는 걸 아셨을 텐데."

바토리가 서둘러 부하들에게 소리쳤다.

"지금이라도 모두 다 줄을 끊어!"

타이밍이 어긋나긴 했지만, 아직 칼라일이 피하지 못했다면 가능성이 있었다.

바토리의 명령에 부하들이 재빠르게 움직이기 시작했고, 몇 개의 밧줄이 끊기면서 바위가 재차 아래로 굴러떨어졌다.

콰타타타타탕!

그것을 본 이레나 또한 바빠졌다. 그들이 혹시 몰라 바위를 모두 떨어트리려는 것처럼, 이레나도 잠시 동안 시간을 벌어주는 게 칼라일의 안전을 지키는 길이었다.

"누구 마음대로!"

이레나가 재빨리 괴한들을 공격하며 어떻게든 그들의 움직임을 조금이라도 더디게 하기 위해 노력했다.

그와 동시에 처음에 자리를 잡았던 가장 큰 바위가 묶여 있는 지점에서도 멀어지지 않으려 신경을 썼다. 확률적으로 이 바위가 떨어졌을 때 칼라일이 아래에서 받을 피해가 가장 컸기 때문이다.

챙! 채앵!

서로 검이 부딪치는 소리가 절벽 위에 울려 퍼졌다.

그렇게 이레나에겐 숨 막히는 시간이 흘러갔다.

절벽 아래를 내려다보고 있던 바토리는 항상 얼굴에 머금고 있던 웃음기를 완전히 지운 채 이레나를 쳐다보았다. 바토리의 가느다란 실눈에서 느껴지는 살기가 어마어마했다.

“황후 폐하, 하나 더 묻겠습니다. 이제는 여기에서 어떻게 도망치실 겁니까?”

칼라일은 이곳까지 올 수 없었다. 그가 달려오기엔 거리가 너무 멀었으니까.

그나마 이레나가 의지할 데라곤 호위 기사들뿐인데, 사실 그들이 온다고 해도 바토리와 블러드 암살단을 물리치긴 힘들었다.

이레나는 처음으로 바토리의 말에 아무런 대답도 할 수 없었다.

“…….”

애초에 바토리의 앞에 모습을 드러내는 순간부터 이레나는 자신의 안전을 완전히 포기한 상태였다.

칼라일을 죽이려는 그들의 계획을 무산시키기 위해선 누군가의 희생이 필요했고, 그게 바로 이레나 자기 자신이었으니까.

바토리가 살벌한 표정으로 명령을 내렸다.

“잡아.”

이제 바위를 떨어트리는 것을 포기한 암살단 조원들이 한꺼번에 이레나에게 달려들었다.

하지만……

‘순순히 당해 줄 순 없지.’

이레나는 재빨리 손에 잡힌 검을 휘둘렀다.

슉슉슉!

이레나의 민첩한 공격에 블러드 암살단 조원들의 진형이 무너졌다. 그녀는 그 틈을 파고들며 재빠르게 주변에 있는 이들을 향해 검을 찔러 넣었다.

"컥!"

짧은 비명과 함께 한 명의 암살자가 피를 토하며 쓰러졌다.

이레나는 거기서 멈추지 않고 재차 블러드 암살단을 베어 넘기기 시작했다. 그녀의 기민한 움직임을 바라만 보던 바토리의 표정이 일그러졌다.

'이거 상상 이상인데.'

말도 안 될 정도의 실력자라는 소문은 이미 들었다. 하지만 그렇다고 해도 혼자의 몸으로 다른 이들도 아닌 특급 살수들로 구성된 블러드 암살단을 몰아붙이고 있다는 것이 믿기 어려웠다.

그렇지만 결국 여러 명을 동시에 상대하다 보면 빈틈이 생길 수밖에 없었다.

뒤편으로 다가오던 암살단 한 명이 창의 뒷부분으로 그녀의 등을 강하게 후려쳤다.

퍽!

"으읏."

이레나는 균형이 무너진 상태에서도 어떻게든 싸움을 이어 가려 했지만, 그걸 놓칠 정도로 어수룩한 이들이 아니었다.

재빠르게 옆으로 다가온 누군가가 그녀의 발목을 걷어찼고, 균형이 무너져 쓰러진 이레나의 목에 여섯 자루의 칼이 교차하듯 감쌌다.

서슬 퍼런 칼날이 목에 들어왔음에도 불구하고 이레나는 고개를 치켜들어 바토리를 노려봤다.

그 모습을 본 바토리의 표정이 꿈틀했다. 준비된 모든 계획을 망쳐 버리고, 지금처럼 자신을 노려보는 저 눈빛이 마음에 들지 않았으니까.

바토리가 천천히 뚜벅뚜벅 걸어왔다. 그리곤 손을 높이 치켜들고는 그대로 이레나의 뺨을 강하게 내리쳤다.

짜악!

순식간에 이레나의 고개가 반대편으로 돌아가며 붉게 달아올랐다.

바토리는 그럼에도 분이 안 풀린다는 듯 거친 숨을 내쉬며 잔뜩 가라앉은 목소리로 말했다.

"황후 폐하, 당신을 인질로 끌고 갈 겁니다. 대공 각하께 보이고 난 이후엔…… 각오하시는 게 좋을 겁니다."

바토리가 살기 어린 눈빛으로 예의 웃음을 지으며 다시 말을 이었다.

"만약 각하께서 쓸모없다고 하시면 2황자님보다 더 잔인하게 죽여 드리죠. 감히 내게 살려 달라 애원하지 마세요. 어차피 안 들어드릴 거니까."

바토리의 협박은 살벌했지만 이레나는 가벼운 웃음을 흘릴 뿐이었다. 어차피 그들의 손에 붙잡히는 순간 최악의 상황까지 염두에 두었다. 칼라일의 발목을 붙잡을 바에야 망설임 없이 자살을 선택할 것이다.

마음에 걸리는 건 오직 하나뿐이었다.

'내 아이…….'

지금 이레나의 배 속에서 자라고 있을 아이가 자칫 잘못하면 빛을 보지 못할 거라는 사실 말이다.

바토리가 몸을 홱 돌리며 수하들에게 나지막이 명령했다.

"대공 각하께 간다."

* * *

칼라일은 갑자기 절벽 위에서 떨어진 바위 때문에 원래 가려던 방향을 꺾어 서둘러 뒤로 돌아온 상태였다.

그러던 중 몇 차례나 바위가 더 떨어지는 바람에 위험한 순간이 있었지만, 다행히도 칼라일 일행은 전부 무사할 수 있었다.

칼라일의 옆에서 말을 타던 제너드가 안도의 한숨을 내쉬며 말했다.

"휴, 큰일 날 뻔했네요. 바위 하나가 먼저 떨어져서 미리 알아챘기에 망정이지, 자칫 위험할 뻔했습니다. 폐하."

칼라일은 말없이 바위로 인해 먼지가 뿌옇게 올라온 정면을 응시했다.

이제는 커다란 바위가 좁은 길을 막고 있어서 이곳을 지나쳐 갈 수는 없을 듯했다.

"……뭔가 이상한데."

"어떤 게 말입니까?"

"누가 날 노리고 준비하지 않은 이상, 지금처럼 내가 지나가는 타이밍에 딱 맞춰서 바위가 떨어질 리 없잖아."

"우연이라고 보기엔 작위적인 느낌이 드는 게 사실이지만, 만약 누군가 폐하를 노렸다면 저희 행렬보다 먼저 바위가 움직일 리 없지 않을까요?"

"그러니까 이상하다는 거다."

칼라일이 석연치 않은 표정을 지은 채 바위로 막힌 길을 쳐다보았다.

왠지 기분이 좋지 않았다.

"부인과 만나기로 한 장소는 이곳과 꽤 떨어져 있었지?"

"아, 네. 황후 폐하께는 피해가 가지 않았을 것입니다."

"……그래."

칼라일은 애써 커다란 바위에서 시선을 돌리며 다른 기사들을 향해 나지막이 명령했다.

"서둘러 간다."

하지만 눈앞의 지름길이 막힌 이상, 이곳을 돌아서 가려면 원래 예정했던 시간보다 훨씬 더 걸릴 수밖에 없었다.

칼라일은 묘하게 찜찜한 마음을 억누른 채 말을 타고 빠르게 달려갔다.

어둑어둑한 밤.

칼라일과 일행들이 뒤늦게 이레나와 만나기로 약속한 장소에 도착했을 때였다.

가장 먼저 칼라일의 눈에 들어온 건 수많은 기사들이 횃불을 들고 분주하게 주변을 돌아다니는 모습이었다.

여기까지 오는 동안 계속해서 무언가가 칼라일의 마음에 걸렸는데, 그 모습을 본 순간 불길한 감정이 물밀 듯 밀려왔다.

때마침 칼라일의 등장을 먼저 알아차린 기사단장이 서둘러 달려왔다.

"폐하, 오셨습니까?"

"이게 어떻게 된 일이지?"

"그게…… 황후 폐하께서 정체불명의 괴한들과 마주치셨는데, 그 후로 어디에 계신지 도통 찾을 수가 없는 상태라서……."

그 말에 칼라일의 눈썹이 사납게 치켜 떠졌다.

"황후가 사라진 지 얼마나 됐지?"

"그, 그것이 몇 시간이 지난……."

"그걸 지금 내게 말이라고 하는 건가!"

칼라일이 버럭 화를 내자 기사단장이 서슴없이 바닥에 무릎을 꿇었다.

"송구하옵니다. 폐하."

칼라일은 그 말에 대꾸조차 하지 않은 채, 시퍼런 안광을 빛내며 옆에 있는 제너드를 향해 명령을 내렸다.

"당장 황후를 찾아."

"네, 폐하."

심상치 않은 분위기를 파악한 제너드가 즉각 여기까지 함께 온 기사들의 병력을 나누며 수색을 지시할 때였다.

저 멀리서 헐레벌떡 뛰어온 기사 한 명이 다급히 입을 열었다.

"수상한 장소를 발견했습니다!"

그 말에 모두 약속이라도 한 듯 시선이 몰렸다.

칼라일이 가라앉은 눈빛으로 그 기사를 쳐다보며 입을

열었다.

"거기가 어디지?"

황제인 칼라일에게 직접 질문을 받자 기사는 잠시 당황한 표정을 지어 보였지만, 이내 굳건한 표정으로 또박또박 대답했다.

"네, 여기서 조금 멀리 떨어진 절벽 위인데 전투의 흔적들이 발견……."

칼라일은 더 들어 볼 필요도 없다는 듯 그의 말을 잘랐다.

"직접 가겠다. 안내해."

"네, 네! 폐하 이쪽으로—"

그렇게 칼라일과 일행들은 그 기사가 발견했다는 미심쩍은 장소로 순식간에 말을 타고 달려서 이동했다.

마침내 도착한 곳은 절벽의 꼭대기였다.

사방에는 밧줄로 묶어 놓은 커다란 바위들이 포착되었다. 한눈에 절벽에서 떨어진 바위가 이곳에서 조작된 거라는 사실을 알 수 있었다. 역시 누군가가 여기에서 칼라일의 목숨을 노린 것이다.

'설마 부인이…… 이걸 막아 낸 건가?'

이레나 혼자 고군분투했을 상상을 하니 칼라일의 가슴속에서 무언가 울컥 치밀어 올랐다.

이레나에 대한 안쓰러움과 미안함, 고마움, 여러 가지

감정이 들었지만, 그중에 칼라일의 마음속에 가장 크게 차지하고 있는 건 바로 적들을 향한 분노였다.

'감히 이레나를…….'

칼라일이 이를 악다문 채로 무시무시한 기세를 풍기며, 치열한 전투의 흔적들이 남아 있는 장소들을 살폈다. 혹시라도 무언가 증거가 될 만한 게 없을까 해서였다.

그때였다.

칼라일의 눈에 이레나가 차고 다니던 자그마한 단검이 들어왔다.

팟!

칼라일이 바위에 박혀 있는 단검을 뽑으며 으드득 이를 갈았다. 어떻게 된 일인지 모르겠지만 이레나에게 사고가 생긴 게 틀림없었다.

그렇게 칼라일이 단검을 쥔 채로 우두커니 서 있자, 제너드가 걱정스러운 마음에 그에게 조심스레 다가가 말을 건넸다.

"폐하…… 아!"

하지만 제너드는 끝까지 말을 내뱉지 못했다. 가까이 다가가자 칼라일의 오른팔이 점점 시커멓게 변하며 검은 색의 비늘들이 돋아나고 있는 모습이 보였기 때문이다.

순간 놀라서 딱딱하게 굳어 있는 제너드를 향해 칼라일이 고개를 돌렸다.

지금 칼라일의 눈빛은 서늘하기 그지없었다. 그 푸른 눈동자 안에서 느껴지는 분노는 이루 형언할 수가 없을 정도였다.

칼라일이 잔뜩 가라앉은 목소리로 입을 열었다.

"……당장 지금 움직일 수 있는 모든 병사들을 집합시켜."

끼기기기긱.

그 말과 동시에 검은 비늘이 돋아난 칼라일의 오른손 안에서 이레나의 자그마한 단검이 속절없이 구부러졌다. 엄청난 괴력이었다.

"루퍼드 제국을 전부 뒤져서라도 이레나를 찾는다."

칼라일이 어둡게 그늘이 진 푸른 눈동자로 절벽 위에 떨어진 핏자국들을 바라보며 나지막이 말을 이었다.

"만약 저 중에 이레나의 피가 한 방울이라도 있다면…… 이 일을 벌인 범인이 누구든, 내가 기필코 살아 있는 걸 후회하게 만들어 줄 것이다."

제너드는 직감적으로 여기서 칼라일의 감정이 더욱 격해졌다간 이성을 잃고 폭주를 할지도 모른다는 걸 눈치챘다.

제너드가 황급히 고개를 수그리며 입을 열었다.

"명 받듭니다. 폐하."

*　*　*

이레나는 손발이 꽁꽁 묶여 움직일 수 없었다. 그뿐만 아니라 얼굴에 무언가를 뒤집어씌우는 바람에 아무것도 보지 못한 채 오랜 시간을 끌려다녀야만 했다.

눈을 가려 시야조차 확보할 수 없으니 자신을 어디로 데려가는지 알 수 없었고, 날짜 감각을 완전히 상실한 상태였다. 그래서 그때 이후로 얼마나 날이 지났는지 가늠할 수 없었다.

"콜록."

이레나가 입이 묶인 상태에서 마른기침을 토해 냈다.

바토리는 이동하는 내내 이레나에게 약간의 물 외에 그 무엇도 제공하지 않았기 때문에 체력은 날이 갈수록 떨어졌다.

어떻게 봐도 일말의 희망도 기대할 수가 없는 상황이었다.

바람 앞의 등불처럼 자신의 목숨이 위중한 와중에도 이레나는 자꾸만 배 속에 있는 아이가 걱정이 되었다.

'아기야, 벌써 잘못된 건 아니겠지?'

태동이라도 느껴진다면 살아 있다고 짐작이라도 할 텐데, 지금 이레나에겐 울렁거리는 입덧 말고는 아이가 있다는 걸 알 수 있는 길이 없었다.

자신의 목숨을 바쳐서라도 어떻게든 아이만은 살리고 싶었지만, 지금 두 목숨은 하나로 연결되어 있어서 방법이 없었다.

'조금만 더 버텨 줘…….'

당장 어떻게 될지 모르는 상황이었고, 분명 안 좋은 방향으로 흘러갈 가능성이 더욱 컸다. 하지만 이레나는 자신의 숨이 끊어지기 전까지 이 아이를 포기할 수는 없었다.

어쩌면 탈출할 수 있을지도 모른다고, 그렇게 혼자 되뇌며 이레나는 고통스러운 시간을 이 악물고 견뎌 내는 중이었다.

그렇게 한참을 어딘가로 끌려가던 이레나가 누군가의 손에 의해 처음으로 의자에 앉혀졌다.

"데리고 왔습니다."

짤막한 병사의 말에 누군가가 목을 긁는 듯한 거친 목소리로 대답했다.

"그래."

이레나는 그 목소리만으로도 상대방이 누구인지 알아차릴 수 있었다. 귓가로 그 음성이 들리는 순간, 온몸의 털이 바짝 서는 듯했다.

본능적으로 알았다.

'……파벨루크.'

이레나는 이곳이 어디인지는 모르겠지만, 파벨루크의 앞이라는 것과 바토리가 파벨루크가 심어 놓은 첩자라는 것만큼은 짐작할 수 있었다.

철커덩!

병사가 바깥으로 나가는 문소리와 함께, 파벨루크가 거침없이 이레나의 시야를 가리고 있던 천을 벗겨 냈다.

덕분에 이레나는 미간을 찌푸리며 오랜만에 보는 사물에 적응을 해야 했다.

인질로 붙잡혀 온 이레나의 행색은 엉망진창이었지만, 그럼에도 여전히 그녀에게서 느껴지는 본연의 아름다움은 퇴색하지 않은 상태였다.

파벨루크가 픽 웃으며 입을 열었다.

"우리가 이렇게 만나게 되는군요. 비전하. 아니, 이젠 황후 폐하라고 불러드려야 되나?"

그가 곧 우악스러운 손놀림으로 이레나의 입을 묶고 있던 것까지 풀어 주었다.

이레나는 오랜만에 해방된 입 안이 얼얼하게 느껴졌지만, 그보다 매서운 눈빛으로 눈앞의 파벨루크를 노려보았다.

그 살아 있는 시선에 파벨루크가 짐짓 놀랍다는 듯 말을 이었다.

"바토리가 꽤 거칠게 모셔 온 모양이던데, 아직까지 이럴 만한 기력이 남아 있나 봅니다."

"……날 어쩔 셈이지?"

이레나의 질문에 파벨루크가 여전히 입가에 웃음을 머금은 채로 천천히 자신의 멋스러운 턱수염을 쓰다듬었다. 하지만 그런 여유로운 행동과 달리, 지금 그의 눈빛에는 살기가 진득하게 어려 있었다.

"글쎄요. 황제를 죽일 기회를 놓치게 만들었다던데, 일단은 그 건방진 눈알부터 뽑아 놓고 한 번 생각해 볼까요?"

어찌 보면 농담으로 들릴 수도 있는 말이었지만, 이레나는 그가 장난으로 이런 말을 내뱉을 사람이 아니라는 걸 알았다.

그는 웃으면서 사람은 죽여도, 시답잖은 농담을 던질 남자가 아니었다. 그건 저번 생에서 파벨루크를 겪어 본 이레나가 누구보다 잘 알고 있었다.

하지만 이레나는 여전히 조금도 주눅 들지 않은 채 똑바로 파벨루크를 쳐다보며 희미하게 입꼬리를 올려 웃었다.

"원하는 게, 고작 내 눈인가."

그 말에 파벨루크의 안면이 순간 꿈틀거렸다. 전혀 내세울 게 없는 상황에서 기죽지 않는 이레나의 모습이 심히 마음에 들지 않았기 때문이다.

"왜요, 그게 마음에 안 드십니까? 그렇다면 그 눈을 뽑기 전에 예쁜 얼굴을 엉망진창으로 만들어 버리는 건 어떻습니까? 칼로 잘게 난도질을 하면 더 이상 그 외모를 보고 아름답다 칭송할 사람은 없을 테니, 그걸 거울로 보여드리는 재미가 꽤 쏠쏠할 것 같긴 하군요."

이레나는 안색 하나 변하지 않은 채, 그 말을 듣고 있을 뿐이었다.

그에 자극을 받은 파벨루크가 뒷말을 이어 나갔다.

"여자를 무너트리기란 생각보다 쉽죠. 황제의 눈앞에서 윤간을 당하는 건 어떤가요? 아마 이곳에서 살아 나가신다 해도 절대로 이전의 생활로는 돌아갈 수 없을 터인데……."

파벨루크가 말꼬리를 흐리며 정말로 재밌겠다는 듯 낮게 웃음을 지었다.

이레나는 그 끔찍한 말들을 전부 가만히 듣고 있었다. 하지만 분노로 인해 손끝이 미세하게 떨려 오는 것만은 감출 수 없었다.

파벨루크는 이런 남자였다. 상대의 약점을 꿰뚫어서 가장 아픈 부위를 물고 늘어지는 사람.

겉으로 이레나의 감정 변화는 드러나지 않았지만, 파벨루크는 그녀가 굉장히 화가 났다는 사실을 간파했다.

그가 비릿하게 웃으며 나지막이 말을 이었다.

"이제 좀 긴장이 되십니까?"

으득, 이레나는 저도 모르게 어금니를 세게 깨물었다.

애초부터 살려 달라고 애원해서 달라질 수 있었다면 거짓으로라도 수백 번 그렇게 했을 것이다.

하지만 파벨루크는 그런 비굴함을 실컷 만끽하고는 원래 자신의 계획대로 상대를 죽이는 잔인한 인물이었다.

그걸 잘 알기에 이레나는 그에게 더욱 약한 모습을 보이고 싶지 않았다. 어차피 이레나가 어떤 태도를 취하든, 파벨루크는 본인이 하고 싶은 대로 그녀를 처리할 테니까.

"분명히 말하는데……."

드디어 이레나가 입을 열자 파벨루크가 흥미로운 표정으로 귀를 기울였다.

"나한테 무슨 짓을 하든, 넌 그보다 몇 배나 더 비참하게 죽게 될 거야. 내가 장담하지."

이레나는 저번 생에서 파벨루크에게 목이 잘렸던 장면을 떠올렸다. 아직까지 그때의 서늘한 감촉이 생생했다. 하지만 이번 생은 달랐다.

여기서 살아 나간다면 이레나는 기필코 복수에 성공할 것이고…….

만약 그녀가 못 한다면 칼라일이 해 주리라는 믿음이 있었다.

"저주하는 건가?"

파벨루크가 어처구니없다는 듯 웃었지만, 곧이어 싸늘하게 표정을 굳히며 뒷말을 이었다.

"아주 건방지게 말이야."

퍼억!

그가 커다란 손으로 이레나의 뺨을 갈겼다.

한 번이 끝이 아니었다.

퍽! 퍽! 퍼억!

이레나의 얼굴이 사방으로 날아가며 파벨루크의 매서운 손길을 견뎌야 했다.

콰당탕!

결국 그의 강한 힘에 의자가 고꾸라졌고, 몸이 묶인 이레나 역시 바닥으로 쓰러졌다.

"……큿."

이레나의 입가에서 피가 주르륵 흘러내렸다. 입 안이 터졌는지 따끔거렸지만, 그보다 정신을 차리지 못할 만큼 귀가 멍멍했다.

파벨루크는 그대로 넘어져 있는 이레나의 배를 가격했다.

퍼억!

이레나는 그의 막무가내인 발길질로 배에 극심한 고통을 느끼며 처음으로 당황스러운 기색을 감추지 못했다.

"자, 잠깐……."

마음 같아선 제발 배만큼은 때리지 말아 달라고 사정하고 싶었지만, 그런 나약한 모습을 보인다면 오히려 더욱 괴롭힐 거라는 걸 알기에 이레나는 이를 악물었다. 그리곤 묶여 있는 상태임에도 몸을 최대한 구부려 배에 충격이 가지 않도록 했다.

그렇게 여기저기 가리지 않고 마구잡이로 쏟아지는 몇 차례의 발길질을 견뎌 내자…….

파벨루크가 흘러내린 머리카락을 정돈하며 아무렇지 않은 목소리로 말을 내뱉었다.

"원래는 그냥 죽여 버릴까도 싶었지만, 직접 만나고 보니 생각이 바뀌었어. 칼라일을 상대하는데 쓸모가 있을지도 모르고…… 하다못해 전쟁을 나설 때 네 목을 성벽에 걸어 두면 칼라일이 미쳐 날뛸지도 모르니까 말이야."

파벨루크가 발끝으로 이레나의 붉게 달아오른 뺨을 툭툭 건드렸다. 그러자 이레나가 다시금 독기 어린 시선으로 그를 노려보았다.

그 모습에 파벨루크는 기껍다는 듯 웃었다. 그리곤 나지막이 말을 이었다.

"그러니 황후 폐하, 목숨을 부지하고 싶다면 네 위치를 잘 파악하는 게 좋을 거야. 내가 기분이 나빠지면…… 무슨 짓을 할지도 모르거든."

이레나는 욱신거리는 고통을 참으며 이를 꽉 깨물었다. 이제는 아까의 폭행으로 입 안이 터져서 피가 흐르는 건지, 아니면 이레나의 이빨에 살점이 물린 건지 알 수가 없었다.

지금 이레나의 머릿속엔 온통 배 속의 아이에 대한 걱정뿐이었다.

'제발, 무사해 줘…….'

그렇게 정신적으로나 육체적으로 기력이 쇠해진 이레나는 더 이상 버티지 못하고 어느 순간 정신을 잃었다.

* * *

이레나가 다시 눈을 떴을 땐, 한 뼘만 한 창문이 전부인 어두침침한 감옥 안이었다.

사방이 탁 트인 쇠창살로 이루어진 감옥이 아니라 단단한 철문으로 이루어진 독방이라 이레나의 곁엔 아무도 없었다.

퀴퀴한 냄새를 맡으며 정신을 차린 이레나는 가장 먼저 자신의 평평한 배를 어루만졌다.

'……아가야.'

제대로 먹지도 못한 채 오랜 시간을 끌려다녔고, 파벨루크에게 무차별 폭행까지 당한 상태라 온몸에 안 아픈 구석이 없었다. 아마 유산을 했다 하더라도 납득할 수밖에 없는 상황이었다.

하지만……

천만 다행히도 이레나의 하체엔 피가 비친 흔적이 없었다.

물론 이것만 가지고 안심할 수는 없었지만, 이레나는 본능적으로 아이가 아직 자신의 곁을 떠나지 않았음을 느낄 수 있었다.

'너도 견뎌 준 거니? 장하구나.'

이레나는 눈시울을 붉히며 조심스럽게 배 언저리를 쓰다듬었다. 눈앞에 보인다면 칭찬이라도 해 주고 싶은데 지금은 이런 방법으로밖에 자신의 마음을 표현할 길이 없었다.

이레나 혼자였다면 모를까. 아직 아이가 무사하다면 자신이 먼저 포기를 할 수는 없었다.

아무리 최악의 상황이라고 해도 힘이 닿는 데까진 버텨 내야 했다.

"……으윽."

이레나는 저도 모르게 앓는 소리를 내며 몸을 일으켰다. 그러자 굳게 닫힌 철문 앞에 희멀건 죽 한 그릇이 놓여 있는 게 보였다.

따뜻한 김이 올라오지 않는 거로 봐선 한참 동안이나

방치된 듯싶었지만, 지금은 그런 게 전혀 중요하지 않았다.

이레나는 그릇을 들고는 서둘러 안에 담긴 죽을 떠먹었다. 짧은 순간, 음식에 무언가 타져 있을지도 모른다는 생각이 들긴 했지만 사실상 그럴 확률은 그리 높지 않았다.

'날 죽일 생각이었다면 이렇게 가둬 두진 않았겠지.'

갑자기 음식을 먹으려니 그게 아무리 죽이라 해도 목구멍으로 잘 넘어가지 않았다. 위장도 오랜만의 음식물 섭취에 놀란 듯했다. 하지만 지금은 살려면 뭐라도 먹어야 했다.

임신한 상태에서 장기간 굶는다는 건 최악이었다. 그리고 만에 하나 탈출의 기회가 온다고 해도 체력이 없다면 불가능했다.

그렇게 조금씩 죽을 비우고 있을 때였다.

"웁!"

갑자기 토기가 밀려와서 이레나는 한 손으로 입가를 막았다.

'……입덧하는 모습을 보이면 이상하게 생각할지도 모르는데 큰일이네.'

겉보기엔 임신 초기인 이레나의 상태를 알아차릴 수 없었지만, 만에 하나라도 들키게 되는 날엔 무슨 일이 벌어질지 몰랐다.

현재 칼라일은 루퍼드 제국의 황제였고, 이 아이는 그의 핏줄을 이은 유일한 존재였다.

파벨루크라면 이레나의 아이를 볼모로 무슨 짓을 벌일지 알 수 없었다.

최악의 경우, 그는 이레나에게 아이를 낳게 한 후 빼앗아 갈지도 몰랐다. 그리곤 이 핏덩이 같은 아이를 앞장세워 칼라일의 반대 세력을 키우고, 파벨루크에게 황위를 찬탈할 힘이 생길 때까지 꼭두각시처럼 이용할 가능성도 염두에 두어야 했다.

꼭 그게 아니더라도 칼라일만 제거한다면 이 아이가 자연스레 황위 계승권 서열 1위가 될 테니, 이용할 수 있는 방법은 무궁무진하게 많았다.

어찌 됐든 칼라일의 아이를 임신했다는 건 지금 이레나에게 최대의 약점이었기 때문에 들켜서 좋을 게 없었다.

타앗, 이레나는 깨끗이 비운 죽 그릇을 다시 철문 앞에 내려놓았다.

그렇게 서늘한 한기가 올라오는 차가운 바닥에 멍하니 앉아 있자니, 문득 저번 생에 대한 기억들이 머릿속에 떠올랐다. 왠지 사무치게 외로웠던 그 시절로 돌아간 느낌이었다.

'어쩐지 꿈을…… 꾼 것 같네.'

마치 처절하게 고독했던 그때의 이레나가 진짜고, 다시 과거로 돌아와서 겪었던 행복한 나날들이 한여름 밤의 꿈처럼 멀게 느껴졌다.

죽었던 가족들을 다시 만나고, 칼라일에게 열렬히 사랑받았던 모든 게 사실 이레나에겐 얼마나 기적 같은 일인지 모른다. 그리 행복한 시간을 살다 보니 욕심이 생겼다.

"……처음엔 그저 블레이즈 가족들을 구해 내는 게 목적이었는데."

이레나의 입가에 자조적인 미소가 지어졌다.

언제부턴가 자신은 칼라일의 곁에서 이 아이와 함께 오순도순 행복하게 살아가는 장밋빛 미래를 꿈꾸고 있었다.

예전엔 가족들만 살릴 수 있다면 이레나의 목숨쯤은 아무렇지 않게 버릴 수 있었는데…….

어느새 겁쟁이가 되어 버렸다. 다신 칼라일을 만나지 못할까 봐 저도 모르게 겁이 났으니까.

'카릴이 막스 백작가로 떠난다고 했을 때, 조금이라도 더 자세히 봐 둘 걸 그랬어.'

그가 작별 인사를 하며 안아 줄 때 좀 더 오래 안겨 있을 걸 그랬다. 아니, 뒤돌아서는 그를 붙잡고 마지막 입맞춤이라도 한 번 할 걸 그랬다며 뒤늦게 후회가 밀려들었다.

그리웠다.

자신에게만 보여 주는 그의 다정한 눈빛이.

칼라일이 중저음으로 속삭여 주는 사랑 고백이.

그의 시리도록 푸른 눈동자가.

너무나 보고 싶었다.

"……카릴."

이레나는 그의 이름을 나지막이 읊조리고는 무릎에 얼굴을 기대었다. 그저 이름을 불러 본 것만으로도 가슴이 울렁거리는 것 같았다.

*　　*　　*

와장창창!

칼라일의 집무실에서 무언가 깨지는 소리가 울려 퍼졌다.

며칠 전 이레나가 실종된 이후부터 자주 벌어진 일이라 이제는 황제궁에서 생활하는 그 누구도 놀라지 않았다.

칼라일이 분노한 감정을 추스르기 위해 거친 숨을 몰아쉬었다.

그의 앞에 있는 제너드가 송구하다는 듯 고개를 푹 수그렸다.

"죄송합니다. 황후 폐하를 붙잡은 것으로 추정되는 무리가 국경을 넘은 것 같은데…… 사전에 잡아내지 못했습니다."

콰앙, 칼라일이 답답하다는 듯 검은 비늘이 돋아난 오른팔로 책상을 내리치자 단단한 마호가니 책상이 거짓말처럼 쩍 금이 갔다.

현재 집무실은 책상뿐만 아니라 사방이 어지럽혀지고 물건이 부서진 상태였다

칼라일의 오른팔이 이레나가 사라진 직후부터 계속 검게 물들어 있는 중이라 힘 조절을 할 수가 없었다. 그리고 그건 지금 칼라일의 분노가 얼마나 깊은지 보여 주는 단편적인 예였다.

칼라일은 검은 비늘이 돋아난 오른손으로 말없이 이마를 감싸 쥐었다.

상식적으로는 알고 있었다. 정체불명의 이들이 치밀하게 칼라일을 암살할 준비를 했고, 실제로 이레나가 막지 못했다면 무슨 일이 벌어졌을지 모를 정도로 꽤나 위험한 사건이었다.

그런 자들이 이레나를 데리고 갔는데 쉽게 잡을 수 있을 리가 없었다.

머리로는 알지만……

속이 타서 미쳐 버릴 것 같았다.

"……이레나가 사라진 지 벌써 며칠이다. 이젠 더 이상 기다릴 수 없어."

생각하고 싶지도 않았지만…… 최악의 경우 이레나가 이미 죽었을지도 모른다.

그리고 설사 아직까지 살아 있다 하더라도 인질이 된 그녀가 제대로 된 대우를 받고 있을 리 만무했다.

이레나가 실종이 된 지 얼마 안 됐을 때, 하녀 메리가 직접 칼라일을 찾아와서 전해 준 말들이 계속 머릿속을 맴돌았다.

—사실 황후 폐하께서는 지금 임신을 하고 계신 상태세요. 이번에 만나시면 직접 그 사실을 밝히시려고 하셨는데…… 흑흑.

당시에 그 말을 듣고 칼라일은 한참 동안 멍하니 서 있었다. 아이에 대한 염려도 있었지만, 무엇보다 이레나의 몸 상태에 대한 걱정이 더 컸다.

'부득이한 경우…… 아이는 포기할 수 있어. 이레나만 무사하다면 다시 가지면 되니까.'

둘 중 하나를 선택해야 한다면, 칼라일은 일말의 망설

임도 없이 이레나의 생존이었다.

하지만 지금 이레나와 아이의 목숨은 하나로 연결이 되어 있었고, 그 아이는 가뜩이나 힘든 이레나를 더욱 고통스럽게 할 것이다.

이레나가 임신한 몸으로 얼마나 고생할까 생각하니 아무것도 손에 잡히지 않았다. 하물며 그것도 그녀가 살아 있을 경우에나 적용되는 말이었다.

지금은 이레나가 살았는지, 죽었는지, 혹시 어디 다친 곳은 없는지 무엇 하나 제대로 확인되지 않은 상태였다.

칼라일의 눈빛에 짙은 어둠이 깃들었다.

"귀족들을 소집해."

"그 말씀은……."

"루넨 공국으로 쳐들어간다."

"하, 하지만 폐하, 아직 루넨 대공이 납치했다는 정확한 증거도 잡히지 않았습니다."

파벨루크가 움직였다는 물질적인 증거는 없었지만, 현재 칼라일의 목숨을 노릴 가장 큰 용의자는 누가 뭐래도 그였다.

칼라일은 이레나에게 저번 생에 관한 이야기를 듣고, 파벨루크가 가지고 있는 야망이 얼마나 큰지 알게 되었다. 더구나 이번 사건은 루퍼드 제국 안에서 벌어진 일이었다.

루퍼드 제국에서 이만큼의 영향력을 행사할 수 있는 건 파벨루크가 아닌 이상 불가능했다.

며칠 동안 칼라일이 섣불리 움직이지 않았던 건, 혹시라도 전쟁을 일으켰을 경우 이레나의 안전에 위협이 될까 봐서였다. 그런데 더는 기다릴 이유가 없어졌다. 정말로 국경을 넘었다면 더 이상의 수사는 진척이 없을 테니까.

"증거 따위 필요 없어. 내 명령에 불복하는 자가 있다면 그자부터 베겠다."

"폐, 폐하……."

더 이상 칼라일에게 대의명분 같은 건 중요치 않았다. 지금까진 가능한 파벨루크를 깔끔하게 처리하려고 했지만, 이젠 얼마큼의 피가 흐른다고 해도 상관없었다.

"이레나가 루넨 공국에 있는지 직접 가서 확인하겠다. 만약 거기서도 발견하지 못한다면 이 대륙 전체를 이 잡듯이 뒤져서라도 찾아낼 거야."

칼라일의 말은 마치 이레나를 되찾을 때까지 이 대륙 전체를 피로 물들여도 상관하지 않겠다는 것처럼 들렸다. 그리고 칼라일이라면 충분히 그럴 수도 있다는 걸 제너드도 알고 있었다.

제너드가 저도 모르게 마른침을 삼키며 입을 열었다.

"폐하, 이런 상황일수록 침착하셔야……."

"내가 냉정하지 않은 것처럼 보이나?"

말과 동시에 칼라일의 입가에 비릿한 미소가 걸렸다. 그가 화를 내거나 윽박을 지른 것도 아니었지만 제너드는 그 모습을 보고 등에서 오싹 소름이 돋았다.

"난 지금 지극히 이성적인 상태야."

칼라일이 검은 비늘이 돋아난 자신의 오른팔을 힐끗 쳐다보면서 재차 말을 이었다.

"내가 정신을 차리지 않으면 이레나를 구해 낼 수가 없는데, 분노로 인해 사리 분별을 못 하고 있을 순 없지."

그게 지금까지 칼라일이 미쳐 날뛰지 않은 유일한 이유였다.

아직은 분노를 터뜨릴 때가 아니었다. 이레나가 살아 있을지도 모른다는 실낱같은 희망이 있는 한, 칼라일은 누구보다 냉철하게 상황을 판단해야 했으니까.

희박한 확률이라도 이레나를 되찾을 수 있는 길을 절대로 놓칠 수 없었다.

그리고 만약……

누군가 정말로 이레나를 해쳤다면……

한순간 칼라일의 전신에서 진득한 살기가 뿜어져 나왔다.

"그저 내가 복수라는 걸 해야 하는 상황이 오지 않기를 바랄 뿐이다."

그 말에 제너드는 속으로 크게 동조를 할 수밖에 없었다. 칼라일이 정말 복수의 칼날을 꺼내 들게 되는 순간이 찾아온다면, 이 대륙은 사상 최악의 암흑기를 맞이하게 될지도 몰랐다.

제너드 또한 전장에서 칼라일의 잔혹한 모습을 많이 봐 왔지만, 요즘처럼 시한폭탄 같은 상태는 처음이었다.

만약 칼라일이 폭발하는 순간이 온다면……

그 화력은 어마어마할 것이다.

어찌 됐든 칼라일이 명령을 한 이상, 제너드는 그게 설령 불구덩이로 뛰어드는 일이라 해도 따를 수밖에 없었다.

제너드가 깍듯하게 허리를 수그리며 입을 열었다.

"알겠습니다. 지금 바로 귀족들을 모아 전략 회의를 시작하겠습니다."

칼라일이 어두워진 눈동자로 고개를 끄덕였다. 그리곤 진득한 살기를 풍기며 나지막한 목소리로 읊조렸다.

"감히 내 아내를 건드리면 어떻게 되는지…… 똑똑히 보여 주지."

*　*　*

현재 파벨루크는 켈트 왕국에서 온 장군과 독대를 하

는 중이었다. 그 장군의 이름은 에이지로, 켈트 왕국에서 자랑하는 최고의 지휘관이었다.

에이지는 왜소한 체구를 지니고 있었지만, 그와 한 번이라도 검을 겨눠 본 자는 절대로 그를 작다고 평가하지 않았다.

그만큼 누가 봐도 탄복할 정도로 실력이 출중했고, 그가 켈트 왕국을 위해 쌓아 올린 공적 또한 대단했기 때문이다.

에이지가 말했다.

"단도직입적으로 묻겠소. 루퍼드 제국의 황위 쟁탈전에 휘말려 켈트 왕국의 병사들이 피를 흘린다면 어떻게 보상해 줄 생각이오?"

이건 켈트 왕국과 파벨루크가 정식으로 손을 잡기 전에 가장 먼저 해결해야 할 문제였다.

파벨루크 또한 이미 생각해 둔 바가 있었기에 거침없이 대답했다.

"장군도 아시겠지만 황제를 죽인다면 모를까, 그렇지 않다면 루퍼드 제국을 완전히 장악하는 건 지금으로선 불가능에 가깝소."

"……."

에이지는 딱히 대답하지 않았지만, 그건 파벨루크의 생각에 동의한다는 뜻이었다.

파벨루크가 재차 말을 이었다.

"나도 서로 간을 보며 쓸데없는 대화가 길어지는 걸 원치 않으니 솔직히 말하겠소이다. 황제를 죽인다면 켈트 왕국과 맞닿아 있는 남부의 땅을 주겠소. 하지만 그게 실패한다면 내가 얻은 지역의 십분의 이를 주리다."

이어지는 말에 에이지는 속으로 적잖이 놀란 상태였다.

더할 나위 없는 조건이었다. 에이지도 나름 이 정도는 받아 내야겠다고 생각한 마지노선이 있었는데, 파벨루크가 처음부터 이렇게 세게 부를 줄은 몰랐다. 그건 에이지 원했던 요구치를 단번에 채워 주는 것이었다.

'……조금 더 흥정해 볼까?'

순간 그런 마음이 들었지만 에이지는 이내 그 생각을 접었다.

평상시에도 파벨루크에 대한 소문은 익히 들었다. 파벨루크 같이 유능한 남자가 에이지에게 아무런 생각도 없이 이런 제안을 할 리 없었다. 무슨 꿍꿍이인진 모르겠지만 방금 전 말처럼 쓸데없는 심력 소모를 줄이자는 것만은 분명했다.

그런데 이 상황에서 에이지가 더 요구하는 것도 우스웠고……

그렇게 한다고 해서 지금보다 더 많이 얻어 낼 수 있으리란 보장도 없었다. 이미 파벨루크는 그가 할 수 있는 선에서 충분한 보상을 제안한 것이었으니까.

에이지는 눈을 빛내며 마음의 결정을 내렸다. 파벨루크가 허심탄회하게 나온 이상, 에이지 또한 그대로 받아들이겠다고 말이다.

"……좋소. 말처럼 쓸데없는 대화는 그만둡시다. 대공이 제안한 대로 보상해 준다면 켈트 왕국은 있는 힘껏 돕겠소."

그 말에 파벨루크가 미약한 웃음을 지었다.

에이지의 예상대로 파벨루크는 처음 내세운 조건에서 더 이상 양보할 생각이 없었다. 만약 에이지가 더 욕심을 부렸다 하더라도 결과는 지금과 똑같았을 것이다.

이미 파벨루크에겐 그만큼의 땅을 내어 주는 것만으로도 꽤나 속이 쓰라린 일이었다. 하지만 이젠 칼라일을 상대하려면 이런 방법밖에 없었다.

파벨루크가 먼저 에이지에게 손을 내밀며 악수를 청했다.

"그럼 앞으로 잘 부탁하오."

에이지도 서슴없이 파벨루크의 손을 맞잡으며 강인한 표정으로 고개를 끄덕거렸다.

"가능한 루퍼드 황제의 목숨을 취하는 방향으로 노력하리다."

그렇게 오펠리아가 계획했던 켈트 왕국의 병력이 파벨루크의 손에 떨어졌다.

새로운 전쟁의 시작이었다.

〈다음 권에서 계속〉